BASTEI
LÜBBE
STARS

Von Mark Fisher sind bei Bastei Lübbe Taschenbücher lieferbar:

12890 Der Psychiater
14379 Bei Scheidung Mord
14707 Die Klippen der Furcht
15708 Verräterisches Spiel

Über den Autor:

Mark Fisher wurde 1953 in Montreal geboren. Er studierte Philosophie und Literaturwissenschaft, bevor er schriftstellerisch tätig wurde. Internationales Aufsehen erregte er mit seinem Thriller *Der Psychiater*. Der begeisterte Golfspieler und Yoga-Anhänger ist verheiratet und hat eine Tochter.

MARK
FISHER

Teufelskreis

Thriller

Aus dem Französischen von
Bettina Bach

BASTEI
LÜBBE
STARS

BASTEI LÜBBE STARS
Band 77223

Vollständige Taschenbuchausgabe

Bastei Lübbe Stars in der Verlagsgruppe Lübbe

Umschlaggestaltung: Johannes Wiebel, HildenDesign,
unter Verwendung eines Motivs von
Brian Garvey, USA / stochexchange
Satz: hanseatenSatz-bremen, Bremen
Druck und Verarbeitung: Ebner & Spiegel GmbH, Ulm
Printed in Germany, November 2007
ISBN 978-3-404-77223-0

Sie finden uns im Internet unter
www.luebbe.de
Bitte beachten Sie auch: www.lesejury.de

Der Preis dieses Bandes versteht sich einschließlich
der gesetzlichen Mehrwertsteuer.

1

Es war kurz nach neun Uhr morgens und für Anfang Juni wunderschönes Wetter, sodass das Übungsgelände des exklusiven Hampton Country Golfclubs bereits recht gut besucht war. Weil es ein Wochentag war, ein Montagmorgen, waren es hauptsächlich Frauen, zum größten Teil sehr elegant gekleidete Damen, die sich mit dem Schwung der Schläger abmühten oder versuchten, das Einlochen zu verbessern.

Natürlich zählten auch wohlhabende Ruheständler zu den Besuchern. Sie ließen sich fast jeden Tag, selbst bei schlechtem Wetter, im Golfclub blicken, spielten aber Bridge statt Golf: Ein guter Vorwand, um dem Inferno ihrer Ehe zu entkommen.

Nur einige wenige Löcher des Platzes lagen direkt am Atlantik, doch die Meeresbrise roch man auch noch auf dem Übungsgelände, das durch ein eindrucksvolles Clubhaus vom Meer getrennt war. Mit seinen roten Dachschindeln und den weiß verputzten Mauern mutete es spanisch an.

Obwohl man sagt, dass man Golf »spielt«, war es für die meisten Clubmitglieder kein Spiel, sondern eine Art Arbeit oder gar eine Religion, um nicht zu sagen eine Droge, der sie alles opferten: Liebe, Familie und Beruf.

Doch Louisa Eaton, die sich für fünfunddreißig ausgab, obwohl sie vier Jahre älter war, spielte aus ganz anderen Gründen Golf.

Als sie vor sieben Jahren den steinreichen Joseph Eaton geheiratet hatte, hatte sie zu spielen angefangen, weil ihr sozusagen nichts anderes übrig blieb. Fast alle ihre Nachbarinnen spielten – Golf oder Bridge! – im elitären Club, dessen Vorsitzender ihr Mann war. Louisa war nie eine herausragende Golfspielerin geworden, vielleicht weil sie zu spät mit diesem Sport angefangen hatte, doch sie war nicht schlecht. Ihre beste Runde waren unverhoffte vierundneunzig Schläge, die ihr die Meisterschaft in ihrer Klasse einbrachten.

Vor ungefähr einem Jahr hatte sie allerdings jegliches Interesse an dem edlen Sport verloren. Dennoch erschien sie merkwürdigerweise täglich im Club, wenn sie nicht verhindert war, beispielsweise, weil sie ihren Mann auf einer seiner vielen Geschäftsreisen durch die USA begleiten musste.

Der Grund für Louisas permanente Anwesenheit im Club bestand darin, dass sie unsterblich in den Golftrainer verliebt war, den zweiunddreißigjährigen David Berger. Er sah aus wie ein Schauspieler und verdrehte unzähligen Frauen den Kopf mit seinem langen blonden Haar, den blauen Augen, die seine Sonnenbräune noch verführerischer machten, seinem kessen Schnauzbart, der den sinnlichen Mund betonte, und seinem strahlenden Lächeln.

Doch im Unterschied zu den anderen Golferinnen im Club war Louisa Eaton nicht bloß in David verliebt, sie hatte seit einem Jahr eine Affäre mit ihm. Und trotz der Zweifel, die manchmal an ihr nagten, glaubte sie die Einzige zu sein, der dieses Privileg zustand. Schließlich war es ihr Mann gewesen, der David vor anderthalb Jahren den Job im Golfclub gegeben hatte. Der gut aussehende Trainer hatte viele Ehefrauen – selbst denen, die ihrem Mann bisher treu gewesen waren – auf gefährliche Gedanken gebracht und anzügliche Bemerkungen provoziert, die Louisa sich anhören musste, ohne sich etwas anmerken zu lassen.

Ihre Golfpartnerinnen beispielsweise tuschelten beim Anblick Davids, wenn er mit seinem beschwingten Schritt und vom Wind zersaustem Haar über den Golfplatz lief: »Schade, dass er keine Golfstunden zu Hause erteilt!« Oder: »Mit dem würde ich gern mal das neunzehnte Loch spielen!« oder gar: »Was würde ich dafür geben, sein Eisen zu halten!«

Die manchmal sehr eindeutigen Bemerkungen musste Louisa ungerührt über sich ergehen lassen und sich zusammenreißen, um niemanden ins Vertrauen zu ziehen. Und das, obwohl sie ein paar Stunden zuvor noch in den Armen dieses Mannes gelegen und sich ihm lustvoll entgegengedrängt hatte. Seine kräftigen Hände verstanden es nicht nur, den Schläger kraftvoll zu schwingen oder kleine, kunstvolle Lupfer mit dem Ball zu machen ... Nein, seine wundervollen Hände waren zu sehr viel mehr in der Lage. Mit einer Freiheit, die sie keinem anderen Mann je zugestanden hatte, erforschten sie die Tiefen ihrer Weiblichkeit, und unter ihrer Berührung erbebten Louisas jungmädchenhafte Brüste, die ihr Mann, ein Liebhaber großer Oberweiten, gar nicht mehr beachtete.

Kurz und gut, David Berger machte Louisa schier verrückt. Sie erlaubte ihm fast alles – nicht nur, um ihm ihre Liebe zu beweisen, sondern aus schierer Lust und Sinnlichkeit.

Erstaunlicherweise hatte sie es geschafft, ihr Verhältnis mit David geheim zu halten, wo sonst fast alles herauskam, besonders in der Clique ihrer so genannten Freundinnen, die sich gegenseitig mit lächelnder Boshaftigkeit im Auge behielten und deren Lieblingssport es war – außer Golf, versteht sich –, Gerüchte in die Welt zu setzen. Louisas Leidenschaft für den Golftrainer jedenfalls füllte ihr ganzes Leben aus, quälte sie, verzückte sie, verzehrte sie …

Deshalb hörte Louisa den guten Ratschlägen, die David Berger ihr während der morgendlichen Golfstunden mit Engelsgeduld gab, nur mit halbem Ohr zu. Wie bei all seinen Schülerinnen und Schülern, denen er geduldig (und in den meisten Fällen erfolglos) sein Können zu vermitteln versuchte, legte er selbst vor jedem Schlag den Golfball aufs Tee. Es waren keine gewöhnlichen, mit einer roten und schwarzen Linie gekennzeichneten Übungsbälle – diese Markierung sollte geizige Golfer davon abhalten, die Bälle in die eigene Tasche zu stecken –, sondern schöne, nagelneue weiße Bälle: Im exklusiven Hampton Country Golfclub gab es keine Langfinger – und wenn, hatten die einzigen Diebstähle mit der Hochfinanz zu tun.

»Und jetzt«, sagte David in dem unpersönlichen Tonfall, den er allen Schülern gegenüber anschlug, einschließlich seiner Geliebten, um keinen Verdacht zu erregen, »wollen wir versuchen, den Ball langsam steigen zu lassen, damit er nicht zu schnell wieder herunterkommt.«

Die falsche Blondine mit den grünen Augen, der hohen Stirn und den vorstehenden Wangenknochen lächelte gequält, als würden die Worte ihr wehtun. Das Einzige, was sie aus diesem Munde hören wollte, waren Worte der Leidenschaft.

Dennoch führte sie den Schlag aus, jedoch so eilig, wie man sich einer unliebsamen Aufgabe entledigt. Trotz – oder gerade wegen? – ihrer Nachlässigkeit gelang ihr der Schlag recht gut. Der Ball flog in einer geraden Linie hundertfünfundsiebzig Meter weit – das Beste, was die Blondine angesichts ihrer Begabung und ihres zierlichen Körperbaus erwarten durfte. Doch ihr Erfolg verschaffte ihr keine Befriedigung. Ebenso gut hätte jemand anders den Schlag führen können.

»Das war sehr gut!«, lobte David.

Sie schenkte dem Lob keine Beachtung, bedankte sich nicht einmal dafür. David bückte sich, um einen weiteren Ball aufs Tee zu legen.

»Und jetzt versuchen wir, die Bewegung zu wiederholen.«

Anstatt den Ball zu schlagen, sagte Louisa leise, um von den anderen Spielerinnen, die gleichzeitig trainierten, nicht gehört zu werden:

»Ich halte es nicht mehr aus, David. Ich halte es einfach nicht mehr aus! Du hast ja keine Vorstellung, was es heißt, jeden Tag mit meinem Mann zusammen sein zu müssen.«

Ihre Miene hatte sich plötzlich verändert, ihre schönen Züge drückten Schmerz aus, was den anderen Golferinnen bestimmt nicht entgangen wäre, hätten sie das Gesicht ihrer Mitspielerin gesehen.

Der Aufmerksamkeit des schwarz gekleideten Mannes, der im Waldstück östlich des Übungsfeldes kauerte, entging dieser Ausdruck jedenfalls nicht. Der Mann war ganz in Schwarz gekleidet: schwarze Hose, schwarzes Jackett, breitkrempiger schwarzer Hut und zwei schwarze Handschuhe, nicht bloß einen, wie beim Golf üblich. Dank eines starken Teleobjektivs machte er aus seinem Versteck heraus Großaufnahmen des Paares.

»Ich weiß nicht, was ich dazu sagen soll, Louisa. Du hast von Anfang an gewusst, worauf wir uns einlassen.«

»Ich möchte, dass wir uns öfter sehen.«

»Aber wir sehen uns doch jeden Tag!«

»Das meine ich nicht, und das weißt du ganz genau!«

»Ich glaube nicht, dass wir das hier und jetzt besprechen sollten.«

Bei diesen Worten verzog er den Mund zu einem seltsam unpassenden, gezwungenen Lächeln. Er hatte sich abgewandt, und Louisa drehte sich nun ebenfalls um – gerade rechtzeitig, um eine zweiundzwanzig Jahre junge Golfspielerin zu sehen, die Tochter eines der Clubmitglieder, die sich vorbeugte, um ihren Golfhandschuh aufzuheben. Hatte sie ihn absichtlich fallen lassen, als sie in Davids Nähe kam? Jedenfalls gewährte sie ihm einen verführerischen Blick auf ihren zartrosa Büstenhalter, der ausgezeichnet zu ihrer Golfbluse passte.

»Guten Tag, David«, flötete sie mit einer Stimme, die in Louisa Eatons Ohren geziert klang. »Hätten Sie im Lauf des Vormittags Zeit, mir eine Unterrichtsstunde zu geben?«

»Hm, kommen Sie doch im Pro-Shop vorbei, da muss ich in meinem Terminkalender nachsehen.«

»Sehr gern«, antwortete sie und entfernte sich, während die wutentbrannte Louisa Eaton ihre junge Rivalin nachäffte: »Guten Tag, David, hätten Sie Zeit für mich?«

Um ihrem Zorn Luft zu machen, schlug sie mit voller Kraft nach dem Ball, traf ihn aber nicht und fluchte undamenhaft.

David enthielt sich jeden Kommentars. Er begnügte sich damit, einen weiteren Ball aufs Tee zu legen.

»Hat es etwas damit zu tun, dass ich dir zu alt bin?«, bedrängte Louisa ihn.

Der Anblick der jungen Golferin und ihr unschuldiger, aber allzu offensichtlicher Annäherungsversuch hatten Louisas alte Angst, die sie seit Anfang ihrer heimlichen Liebschaft mit David verfolgte, wieder aufleben lassen. Schließlich war David Berger sieben Jahre jünger als sie –

ein Altersunterschied, der Louisa, das wusste sie nur allzu gut, in Sachen Liebe nicht zum Vorteil gedieh. Im Gegenteil, er würde sie eines Tages in tiefste Verzweiflung stürzen. Denn würde David sie noch begehren, wenn sie fünfundfünfzig war? Er wäre dann erst achtundvierzig, und junge Dinger auf der Suche nach einem reifen Mann fanden seine ergrauenden Schläfen dann bestimmt sehr anziehend.

Es schien Louisa sogar, dass ihr eigener Mann, der doch immerhin Mitte fünfzig war, seit einiger Zeit bereits ein Auge auf jüngere Frauen warf. Zu Anfang war es mit ein Grund dafür gewesen, dass sie sich für David interessierte – als wollte sie sich im Voraus für das Schicksal rächen, das sie eines Tages erwartete.

Es war vielen ihrer Golfpartnerinnen passiert, als sie die vierzig erreicht hatten – was im Übrigen kein Alter war, wie ihr eine betagtere Freundin versichert hatte, verglichen mit dem erschreckenden Alter von fünfzig Jahren. Die Freundin hatte Louisa prophezeit, dass ihr Mann sie eines Tages bitten würde, sich bloß nicht aufzuregen – um ihr dann seelenruhig zu offenbaren, dass er sie einer Frau wegen sitzen ließe, die zwanzig Jahre jünger war als sie. Und das – so Louisas Freundin – würde ein Gefühl sein, als bekäme sie zwei Ohrfeigen gleichzeitig anstelle von einer.

In der Ferne – zwischen den Sträuchern, die so dicht standen, dass selbst an den sonnigsten Tagen nie ein Sonnenstrahl dorthin gelangte – nahm der Fotograf neue Fotos auf, als wäre er von dem Liebespaar fasziniert oder habe genaue Anweisungen erhalten, was die beiden betraf. Er hatte sich eine Zigarette angezündet und zog zwischen jedem Foto geduldig daran, nachdem er professionell überprüft hatte, wie der Wind stand. Er wehte vom Meer zum Waldstück hin, also konnte er in Ruhe rauchen.

»Erzähl keinen Unsinn, Louisa! Du scheinst zu vergessen, dass du mit dem Vorsitzenden des Golfclubs verheiratet bist, bei dem ich Trainer bin! Du machst dir nicht klar, was passieren würde, wenn herauskäme, dass …«

Plötzlich hielt er inne. Es gelang ihm nicht, seine Besorgnis zu verbergen. Er flüsterte:

»King …«, und stockte.

(Er hatte »King Kong« sagen wollen, der reizende Spitzname, den Louisa ihrem geliebten Gatten gegeben hatte. Doch es wäre respektlos und vor allem gefährlich gewesen, einen solchen Namen im Club fallen zu lassen.)

»Ich wollte sagen, dein Mann kommt.«

Und da kam er tatsächlich, am Lenker seines Elektrokarts, mit dem er sich stets auf dem Golfplatz fortbewegte, weil sein Körperumfang und seine Knie es nicht zuließen, dass er auch nur einen Parcours von neun Löchern zu Fuß zurücklegte. Eaton war eine imposante Erscheinung, wirkte allerdings älter als Mitte fünfzig. Das lag nicht etwa daran, dass er kahl wurde; er hatte im Gegenteil noch volles Haar, das er aus Eitelkeit und mit wenig Geschick färbte: Es war offensichtlich, dass Rabenschwarz nicht, oder jedenfalls schon lange nicht mehr, seine Naturfarbe war. Aber er strahlte etwas Bedrohliches aus, als wäre er ein Killer, der sich als Mann von Welt oder vielmehr als Geschäftsmann verkleidet hatte. Eine Brille mit großem schwarzem Gestell und Gläsern so dick wie die einer Lupe ließen seine grauen Augen noch eisiger wirken. Seine Gesichtszüge verrieten Macht: breite Stirn, große gerade Nase, markantes Kinn. Trotz seines verfetteten Körpers wirkte er kräftig und einschüchternd. Seine breiten, behaarten Hände leisteten ihm beim Golf gute Dienste; besonders gut beherrschte er weite Schläge.

Es schien ihm nicht zu gefallen, seine Frau in Gesellschaft des Trainers anzutreffen. Dabei beklagte er sich öfters, dass Louisa nicht gut genug spielte. Er selbst war ein recht guter Golfer, trotz seines Gewichts und seiner schlechten körperlichen Verfassung; er hatte ein respektables Handicap von 13. Aber vielleicht verdächtigte er sie ja, ihn zu betrügen, oder er war einfach genervt, dass sie diesen Schönling augenscheinlich anziehend fand, wie so viele andere Frauen im Golfclub. Vielleicht wäre es ja besser gewesen, David Berger gar nicht erst einzustellen.

»Louisa«, sagte er voller Ungeduld, »du wirst beim ersten Abschlag erwartet.«

Sie warf einen Blick auf ihre hübsche goldene Uhr, eines der zahlreichen Geschenke, mit denen Eaton sie zu Anfang ihrer Beziehung überschüttet hatte. Jetzt hatte er beruflich schrecklich viel zu tun und zog es vor, Louisa Geld zu geben, damit sie sich selbst etwas kaufte.

»Ich dachte, wir beginnen erst um zehn Uhr vierundzwanzig.«

»Wir haben früher einen Platz bekommen. Und da wir um vier Uhr nachmittags losfliegen ...«

Sie fragte sich, weshalb er Wert darauf legte, überhaupt Golf zu spielen, wenn er den Parcours im Eiltempo absolvieren und die achtzehn Löcher in weniger als vier Stunden hinter sich bringen musste, als würde es sich um einen Marathon handeln. Sollte Golf denn nicht ein erbauliches und erholsames Spiel sein? War ein *Spiel* denn nicht etwas, das man gern tat und nicht etwas, das man gern *erledigte*? Im Unterschied zur Arbeit, die man *nicht* gern tat, aber gern hinterher erledigt *wusste,* weil man es dann hinter sich hatte? Es verhielt sich in etwa so wie mit dem Sex: Mit ihrem Mann brachte Louisa den Sex gern hinter sich, ohne gern mit ihm ins Bett zu gehen. Mit ihrem Geliebten ging sie nur zu gern ins Bett und war traurig, wenn sie es hinter sich hatte. Zumal sie den Eindruck hatte, dass sie in letzter Zeit immer seltener Sex hatten.

Doch wenn Golf ein Spiel war, warum sollte man sich dann beeilen? Warum nicht den Spaß in die Länge ziehen? Aber nein, es musste schnell gespielt werden, um sich damit brüsten zu können – eine in Louisas Augen widersprüchliche Argumentation –, dass man den Parcours innerhalb von vier Stunden und zehn Minuten absolviert hatte (genau wie man damit prahlt, man habe eine bestimmte Strecke mit dem Auto binnen kürzester Zeit zurückgelegt)!

Es gab vieles an ihrem Mann, das Louisa Eaton nicht verstand. Doch sie hatte den Versuch, ihn zu verstehen, schon vor langer Zeit aufgegeben. Er kam aus anderen gesellschaftlichen Kreisen als sie, und sie hatte es auch nach Jahren der Ehe nicht geschafft, sich an die Unterschiede zwischen ihnen beiden zu gewöhnen!

»Guten Tag, Mr Eaton«, sagte David ehrerbietig und ein wenig ängstlich.

Er hatte Eatons Zorn gespürt, und diesen Mann zu verärgern, durfte er sich auf keinen Fall erlauben. Schließlich war Joseph Eaton nicht bloß Clubmitglied – und David musste sich bemühen, es allen Mitgliedern recht zu machen –, sondern der Vorsitzende des Clubs, und der Golftrainer war demzufolge ganz und gar abhängig von ihm. Und nachdem er zu allem Überfluss seit einem Jahr mit seiner Frau schlief …

Doch hatte Eaton nicht von Anfang an von der Liebschaft seiner Frau gewusst, aber nichts gesagt, weil es ihm insgeheim gut passte? Hatte er nicht selbst eine Geliebte? Eaton war viel und oft allein auf Reisen, und obwohl man ihn nicht gerade als attraktiv bezeichnen konnte, übte er wie alle reichen Männer eine starke Anziehungskraft auf Frauen aus, sodass ein Verhältnis Eatons mit einer anderen jedenfalls nicht unwahrscheinlich war.

»Guten Tag, David«, erwiderte Eaton die Begrüßung mit einem ironischen Lächeln, als ob er alles wüsste. »Hat meine Frau Fortschritte gemacht?«

Was für eine zweideutige Frage!

»Äh … ja, enorme Fortschritte.«

»Enorme Fortschritte? Herzlichen Glückwunsch! Sie muss einen guten Lehrer haben.«

»Vor allen Dingen ist sie sehr begabt.«

»Oh ja, begabt ist sie ganz bestimmt«, bemerkte der Ehemann mit einem Lächeln, das jetzt eindeutig zu verstehen gab, dass er seit langem die Wahrheit kannte und die Affäre so lange guthieß, wie es ihm allein passte.

Eilig verstaute David die Tasche seiner Schülerin hinten auf dem Elektrokart ihres Ehemannes. Seine Verlegenheit verbarg er hinter dem aufgesetzten Lächeln, dessen er sich bestimmt zwanzig Mal am Tag bediente – mit wechselndem Erfolg.

»Danke, David«, sagte Eaton mit nun verschlossener Miene.

Seine Frau stieg in den Elektrokart wie ein kleines Tier, das nach zu kurzem Auslauf in den Käfig zurückkehrte. Dann warf sie David einen verzweifelten Blick zu, als solle sie zu ihrer Hinrichtung gekarrt werden.

Der Vorsitzende des Golfclubs und seine Gemahlin entfernten sich, und David sah dem Pärchen seufzend nach.

Der geheimnisvolle, schwarz gekleidete Fotograf, der sich im Gebüsch versteckt hatte, trat seine Zigarette aus und verschwand ebenfalls. Die Kippe schwelte noch – zum Glück in einiger Entfernung von den Tannennadeln, die auf dem Boden einen duftenden Belag bildeten.

2

Jeden Abend, bevor er nach Hause ging, schaute David in der Bar des Clubs vorbei. Zu Recht sah er darin einen doppelten Vorteil: Zum einen konnte er ein bisschen Eigenwerbung bei den Mitgliedern betreiben, zum anderen konnte er Stress abbauen, indem er sich ein paar Bierchen hinter die Binde goss.

Bei seinen Besuchen in der Bar unterhielt David sich stets mit dem Barkeeper Paul Loria, einem diskreten Mann, der vor langer Zeit gelernt hatte, dass die Kunst der Konversation hauptsächlich darin besteht, anderen zuzuhören – was umso mehr gilt, wenn man reiche und von sich eingenommene Gesprächspartner hat. Loria beherrschte diese Kunst aus dem Effeff und war daher in viele der kleinen Geheimnisse der Clubmitglieder eingeweiht – sowohl in diejenigen, die sie ihm anvertraut hatten, als auch in die, die sie für gut behütet hielten.

Paul hatte es seiner sprichwörtlichen Diskretion zu verdanken, dass er seit mehr als zwanzig Jahren im Hampton Country Golfclub arbeitete und somit einer der ältesten Angestellten war. Mit seinen zweiundfünfzig Jahren konnte er sich gar nicht mehr vorstellen, woanders zu arbeiten. Er hoffte, seine Tage bis zur Rente in diesem edlen Club fristen zu können, was ihm nicht nur ein annehmbares Gehalt bescherte, sondern auch ein gewisses Ansehen.

Er war ein kleiner Mann, der mit dem Alter kaum zugenommen hatte. Obwohl er nur selten lächelte, war er von allen Mitgliedern sehr geschätzt.

Paul Loria schenkte David ein, was er ihm allabendlich einschenkte: ein Bier. David, tief in Gedanken versunken, trank den ersten Schluck (der immer der beste war) mit geschlossenen Augen, als würde es ihm dann umso besser gelingen, die Sorgen dieses Tages zu vertreiben.

Allmählich machte Louisa Eaton ihm ernstlich Ärger.

Zu Anfang hatte er sie amüsant gefunden, und vor allem war sie ihm sehr gelegen gekommen. Zumindest bildete er sich Letzteres in seiner männlichen Naivität ein.

Er hatte gerade eine schmerzliche Trennung hinter sich, die ihn nicht nur sein Haus, sondern auch seine geliebte Tochter gekostet hatte, denn das Sorgerecht hatte nicht David bekommen, sondern seine Exfrau. Außerdem musste er – eine zusätzliche Unannehmlichkeit – jeden Monat ein hübsches Sümmchen Alimente zahlen, ganz abgesehen von den horrenden Anwaltskosten, die er als umso drückender empfand, als er auf der ganzen Linie verloren hatte! Welche Ironie des Schicksals, dass er mit Anwalt und Prozess dasselbe bekommen hatte, was er auch ohne bekommen hätte: seine Tochter an zwei armseligen Wochenenden im Monat, und das auch nur, wenn seine Frau – die darin sehr erfinderisch war – keine Ausrede fand, ihm das Mädchen gänzlich vorzuenthalten. Und das Ganze für geschlagene fünfzehntausend Dollar! Fünfzehntausend Dollar, die David nicht hatte und die er deshalb aufnehmen musste, denn zum Zeitpunkt seiner Scheidung arbeitete er noch nicht im Hampton Country Golfclub, sondern bei einem anderen Verein, der sehr viel weniger bezahlte, sodass David an unzähligen Golfturnieren teilnehmen – und siegen! – musste, um am Monatsende über die Runden zu kommen.

Deshalb wollte er sich auf gar keinen Fall noch einmal binden.

Als ihm klar geworden war, dass Louisa Eaton es auf ihn abgesehen hatte, hatte David nicht lange überlegt. Louisa würde ihn nie um etwas bitten, jedenfalls nicht um Geld oder eine Heirat, denn sie war bereits reich und verheiratet. Und das nicht mit irgendjemandem, sondern mit dem Vorsitzenden des Golfclubs, für den David arbeitete.

Doch wie sich jetzt herausstellte, machte ihm diese überaus »praktische« Beziehung unerwartete Schwierigkeiten – keine so großen Probleme, als dass er sich Paul Loria hätte anvertrauen müssen, aber es genügte, um dem Vorschlag, den Paul ihm vor einiger Zeit unterbreitet hatte, nun aufgeschlossener gegenüberzustehen. Wenn man ledig war und noch einigermaßen jung, schienen es alle immer darauf anzulegen, einen mit jemandem zu verkuppeln, als hätte der Status des Ledigseins etwas Anrüchiges.

»Und, hast du über meinen Vorschlag nachgedacht?«, erkundigte sich der Barkeeper mit einem kleinen Lächeln bei David, nachdem er ihm sein Bier gebracht hatte.

Dieser wischte sich erst einmal den Schaum vom Mund, ehe er antwortete:

»Nein, eigentlich nicht.«

»Ich hab was dabei, das dich überzeugen wird«, sagte Paul und warf einen Blick in die Runde, um sich zu vergewissern, dass niemand in der Nähe war, doch die höchstens zwanzig Gäste, die sich in der Bar aufhielten, hatten alle an den Tischen Platz genommen. So beugte der Barmann sich vor, zog einen großen braunen Umschlag unter der Theke hervor und legte ihn auf den Tresen.

»Kuppler!«, sagte David nur.

Dennoch schob er den Umschlag nicht weg, sondern öffnete ihn. Ein großes Schwarzweißfoto steckte darin. Um nicht die Aufmerksamkeit der Gäste zu erregen, zog David es nur halb heraus. Es war, als würde ihn der Schlag treffen. Er glaubte zu träumen. Auf dem Foto war eine sehr schöne junge Frau zu sehen, mit blonden Haaren und großen hellen Augen. Das war an sich nichts Außergewöhnliches gewesen, hätte sie Louisa Eaton nicht zum Verwechseln ähnlich gesehen. Sie mochte zwar vier oder fünf Jahre jünger sein, doch wenn man nur einen kurzen Blick auf das Foto warf, hätte man sie für Louisas Doppelgängerin halten können.

Gespannt wartete der Barkeeper auf Davids Reaktion.

»Und? Ist sie dein Typ?«

»Immerhin kann man nicht behaupten, dass sie Carola ähnlich sieht. Das ist schon mal ein Pluspunkt für sie.«

Carola war seine Exfrau, die mit ihren langen, lockigen schwarzen Haaren, den braunen Augen und dem dunklen Teint ein ausgesprochen südländischer Typ war.

Schweigend räumte Loria die frisch gespülten Gläser weg, die ihm der Junge aus der Küche gebracht hatte. Dann hakte er nach:

»Weißt du, sie ist die ideale Kandidatin für dich. Zweiunddreißig, kinderlos und so frei wie der Wind.«

»Wenn sie so toll ist, wie du sagst, warum ist sie dann noch zu haben? Wo ist der Haken?«

»Sie hat sich gerade von ihrem Mann getrennt. Wenn du die Gelegenheit nicht beim Schopf packst, ist es zu spät. In einem Monat hat sie bestimmt schon einen Neuen.«

»Mag sein. Aber ihr Alter gefällt mir nicht.«

»Spinnst du? Zweiunddreißig ist ein gutes Alter für eine Frau.«

»Genau. Mit Anfang dreißig sind sie nicht auf der Suche nach einem Liebhaber, sondern nach dem zukünftigen Vater ihrer Kinder. Wenn sie den nicht suchen, stimmt was nicht mit ihnen. Und ich habe es mir zur Regel gemacht, nie mit jemandem zu schlafen, der mehr Probleme hat als ich!«

»Das hört sich ja so an, als hättest du dir Gedanken über Beziehungen gemacht.«

»Genau. Ehrlich gesagt wäre es mir lieber gewesen, du hättest mir gesagt, dass sie geschieden sei und fünf Kinder habe, oder dass sie verheiratet ist. Verheiratete Frauen lassen einen wenigstens in Ruhe.«

»Es sei denn, man ist ihr Ehemann«, antwortete Paul ironisch.

»Stimmt«, gab David zu und lachte.

Er bereute seine Worte, als hätte er seine Beziehung mit Louisa Eaton zugegeben. Einen Augenblick dachte er, der Barkeeper habe seine Gedanken erraten, denn Paul bedachte ihn mit einem sehr seltsamen Lächeln.

Doch er sagte nichts weiter dazu. Stattdessen verzog er das Gesicht und griff sich mit der rechten Hand an die Brust, was David nicht entging. Es war wieder mal sein Herz, das sich bemerkbar machte. Paul Loria litt unter Herzrhythmusstörungen, und seit einiger Zeit hatte er immer öfter Herzflattern, ohne dass er den Grund dafür wusste. Dabei trank er fast keinen Alkohol mehr – eine wahre Folter für einen Barkeeper – und hatte, wegen der ständigen Ermahnungen seines Kardiologen, das Rauchen fast ganz aufgegeben.

Nun wollte Paul das Fläschchen mit den Pillen aus der rechten Hosentasche ziehen, die sein Arzt ihm verschrieben hatte, falls es zu Anfällen kam, doch er konnte es nicht finden. David, der natürlich von Pauls Krankheit wusste, sah das Fläschchen auf der Theke stehen, nahm es und fragte:

»Suchst du das hier?«

Der Barkeeper riss ihm das Fläschchen aus den Händen, schraubte den Deckel auf und schluckte rasch eine Tablette mit einem großen Glas Wasser. Dann blieb er einen Augenblick regungslos stehen, als warte er darauf, dass der Schmerz verging. Schließlich lächelte er leicht und warf einen Blick in die Runde, um sich zu vergewissern, dass niemand den Anfall mitbekommen hatte – Paul war nicht gerade stolz darauf, dass sein Herz ihm solche Streiche spielte. Außerdem konnte man nie wissen. Es waren schon Leute aus nichtigeren Gründen entlassen worden.

»Eines Tages werde ich meine Pillen nicht finden, und dann …«

»Ach, du überlebst uns alle«, meinte David. »Die da ganz bestimmt.«

Bei diesen Worten blickte er zu einem Tisch in der Nähe der Theke, an dem vier alternde Golfer saßen und Bridge spielten. Einer von ihnen schwenkte gerade sein leeres Glas in Paul Lorias Richtung. Sein Partner, ein wahres Urgestein, war am Tisch eingenickt.

Der Barkeeper lächelte zum Zeichen, dass er verstanden hatte. David grüßte das Clubmitglied und bemerkte dann erst, dass dessen Tischgenosse eingeschlafen war.

»Beim Bridge ist es wie in der Ehe«, flüsterte David leise, »in Ermangelung eines guten Partners braucht man eine gute Hand!«

Paul prustete beinahe laut los und legte die Hand wieder ans Herz.

»Du hast einen ausgeprägten Sinn für Humor!«

»Ich zitiere Woody Allen.«

»Ach?«

David nahm wieder einen Schluck Bier, und Paul kam auf sein Thema zurück.

»Weißt du, wenn es dich beruhigt … ich kenne meine Nichte lange genug, um zu wissen, dass sie sich keine Kinder wünscht. Sie ist sehr ehrgeizig. Sie ist Zahnärztin, hat aber die Nase voll von dem Beruf. Sie will nicht immer nur Zähne ziehen. Jetzt will sie ein neues Leben als Schriftstellerin anfangen. In einer neuen Stadt. Deshalb zieht sie aus Detroit weg und lässt Freunde und Verwandte zurück, um sich in New York niederzulassen. Sie möchte die neue Agatha Christie werden. Du hast also nichts zu verlieren. Es ist so, als müsstest du nur noch aus dreißig Zentimetern einlochen, um ein Turnier zu gewinnen.«

»Ich weiß nicht recht. Mir geht es allein prima. Ich habe meine Ruhe. Ich werde nicht angemault, wenn ich die Klobrille oben lasse oder vergesse, die Zahnpastatube zuzuschrauben. Ich kann ausgehen, mit wem ich will, nach Hause kommen, wann es mir passt, und sieben Tage die Woche arbeiten, wenn mir der Sinn danach steht. Ich brauche mich weder mit den Freundinnen meiner Frau herumzuschlagen, noch mit ihren Kollegen und Verwandten.«

»Du hast Recht, das Alleinsein hat Vorteile. Aber nur weil du mal Pech gehabt hast, heißt das noch lange nicht, dass es sich wiederholen muss.«

»Kennst du nicht auch welche, die kein Pech gehabt haben und trotzdem ihre Frau in ein Ufo setzen und sie zum Mars schicken würden, wenn sie könnten?«

»Da hast du wohl Recht. Aber es sagt ja auch niemand, dass du sie heiraten sollst. Es wäre nur gut, wenn du eine Freundin hättest.«

David reagierte nicht. Nachdenklich nippte er am Bier. Eine Bedienung kam mit einer Bestellung zur Bar. Rasch schob David das Foto in den Umschlag zurück.

»Alles in Ordnung, Mr Berger?«

Sie redete ihn mit »Mr Berger« an, nicht mit David, jedoch mit einer Stimme, aus der eher ihre Verliebtheit sprach als der Respekt, den eine schlichte Bedienung dem Profitrainer des Golfclubs entgegenbringen musste. Es war offenkundig, dass er ihr mit seinen schönen Augen, seinem Schnauzer und seinen kräftigen Händen gefiel.

»Ja, alles bestens«, antwortete David abwesend.

Der Barkeeper gab der Bedienung, was sie geordert hatte, und sie verschwand.

»Weißt du, David, es ist zu deinem eigenen Besten«, sagte Paul Loria dann ernst. »Die Leute fangen an zu munkeln. Es gibt Gerüchte.«

»Ich wüsste nicht, was die Clubmitglieder mit meinem Sexualleben zu tun haben«, protestierte David mürrisch.

»Reg dich ab, David. Es geht mir um dich. Ich möchte, dass du Bescheid weißt, was hier im Golfclub vor sich geht. Wenn du so aussehen würdest wie ich, würden die Frauen dich in Ruhe lassen. Aber du siehst aus wie ein Playboy, und solange du ungebunden bist, stellst du eine Bedrohung für die männlichen Mitglieder dar.«

»Aber ihre Frauen sind mir doch ganz egal!«

»Ihnen vermutlich auch. Aber ihr Ruf ist ihnen nicht egal. Versetz dich mal in die Lage einflussreicher Mitglieder. Vom Trainer ihres Golfclubs Hörner aufgesetzt zu bekommen, wäre eine Riesenblamage für sie. Alle würden sich lustig über sie machen.«

»So was wird nicht geschehen. So dumm bin ich nicht. Da müssten sie schon einen anderen als Trainer einstellen.«

»Genau das tun sie vielleicht.«

»Was?«

»Einen anderen einstellen.«

»Aber …«

»Ich will dir gegenüber ehrlich sein, David. Die Dinge sind schon ziemlich weit fortgeschritten. Es gibt Gerüchte. Man glaubt, dass du eine Beziehung mit der Frau eines der Mitglieder hast – zu allem Überfluss mit der eines sehr *einflussreichen* Mitglieds …«

David konnte sein Erschrecken nur mit Mühe unterdrücken. Er nippte am Bierglas und sah aus, als hätte man ihm den Weltuntergang prophezeit.

Eine Beziehung mit der Frau eines einflussreichen Mitglieds …

Genauer konnte man es kaum ausdrücken!

Man brauchte praktisch nur noch den Namen des Mitglieds zu nennen.

Dabei war David so sicher gewesen, dass seine Affäre mit Louisa Eaton ein gut gehütetes Geheimnis war! Wo hatte Paul dieses Gerücht bloß aufgeschnappt? Hatte Louisa sich aus Versehen verraten oder gar den Mund nicht halten können? Hatte sie sich dummerweise einer Freundin anvertraut, die nichts Besseres zu tun gehabt hatte, als gleich loszurennen und sie zu verraten?

»Das ist total hirnrissig«, wehrte David schnell ab. »Als ob ich so dumm wäre, meinen Job für so was aufs Spiel zu setzen!«

Der Barkeeper antwortete nicht gleich, sondern sah David scharf in die Augen, als versuche er, die Wahrheit zu ergründen. David nahm wieder einen großen Schluck Bier, um seine Nerven zu beruhigen.

»Es mag ja erstunken und erlogen sein«, fuhr Paul schließlich fort, »aber du weißt selbst, dass hier im Club alles nur aus Eindrücken und Gerüchten besteht. Die Wahrheit hat nichts zu sagen, mein armer David. Wenn gewisse Mitglieder der Meinung sind, dass du eine Bedrohung für sie darstellst, weil ihre Frauen sich einbilden, sie könnten sich den Golftrainer des Clubs angeln, nur weil er geschieden ist, dann *stellst* du eine Bedrohung dar. Und du kannst dir sicher sein, dass diese Herrschaften gegen dich stimmen werden, sobald es darum geht, deinen Vertrag zu verlängern. Und wenn mich nicht alles täuscht, steht die Vertragsverlängerung im September an, in nur drei Monaten, oder?«

Zum Teufel, Paul schien ja sehr gut über seinen Vertrag unterrichtet zu sein! David konnte sich nicht erinnern, ihm davon erzählt zu haben. Weil er ansonsten aber fast alles erzählte – abgesehen von seiner Beziehung zu Louisa Eaton, versteht sich –, war es nicht auszuschließen, dass er Paul auch die Einzelheiten seines Vertrags mit dem Golfclub anvertraut hatte.

»Ich weiß, dass es ärgerlich und ungerecht ist«, fuhr der Barkeeper mit Unschuldsmiene fort, »aber so ist es nun mal. Ich will damit ja auch nur sagen, dass es für alle Beteiligten besser wäre, wenn du dir jemanden suchen würdest.«

Offensichtlich beleidigt, schüttelte David den Kopf.

»Jemanden wie deine Nichte, zum Beispiel.«

Wieder machte David den Umschlag auf und zog das Foto heraus, diesmal ein bisschen weiter – und wieder fand er die überwältigende Ähnlichkeit der Nichte des Barkeepers mit seiner Geliebten frappierend.

Der Gedanke an das geplante Blind Date hatte David bis jetzt gar nicht behagt, doch plötzlich änderte er seine Meinung. Zu seinem eigenen Erstaunen überlegte er sich, dass Pauls Vorschlag vielleicht gar nicht so dumm war, sondern seine Probleme mit einem Schlag lösen könnte. Er würde zwei Fliegen mit einer Klappe schlagen. Zum einen wäre sein Ansehen im Club wiederhergestellt und die Sorgen der Mitglieder in den Wind gestreut, zum anderen wäre er, zumindest körperlich, nicht mehr so abhängig von Louisa, und es würde ihm leichter fallen, sich bald von ihr zu trennen.

Im Grunde kam ihm der Vorschlag des Barkeepers ganz gelegen …

David betrachtete immer noch das Foto der jungen Frau, von der er praktisch nichts wusste, außer dass sie Paul Lorias Nichte war. Schließlich rang er sich dazu durch, Paul ein paar Fragen zu stellen, als habe er einen Entschluss gefasst.

»Wie kommst du eigentlich auf den Gedanken, dass sie sich für mich erwärmen könnte?«

»Ich habe ihr ein Foto von dir gezeigt.«

»Ein Foto von mir?«

»Ja. Das Bild, das in der *New York Post* erschienen ist, als du zum Trainer unseres Clubs ernannt wurdest. Du gefällst ihr.«

»Du überlässt aber auch nichts dem Zufall. Du willst uns wohl auf Teufel komm raus verkuppeln?«

»Natürlich! Glaubst du, dass ich den Golftrainer meines Clubs *irgendeiner* Frau vorstellen würde?«

»Hast du ihr denn auch erzählt, dass ich geschieden bin und eine fünfjährige Tochter habe?«

»Es wird ihr egal sein, dass du geschieden bist und ein Kind hast! Heutzutage sind doch fast alle geschieden oder stehen kurz davor. Ich habe ihr nur gesagt, dass du ledig bist, New York wie deine Westentasche kennst und ihr als Fremdenführer dienen könntest. Sie ist gerade erst angekommen.«

So dumm war der Vorschlag wirklich nicht, das musste David immer mehr zugeben. Über seine nächste Frage jedoch wunderte er sich selbst:

»Spielt sie gern Golf?«

»Ob sie gern Golf spielt? Du fragst mich, ob sie gern *Golf* spielt?«

»Ja. Was ist so Besonderes daran?«

»Sie ist eine fanatische Golferin! Im Sommer war sie immer nur vormittags in ihrer Zahnarztpraxis, um jeden Nachmittag Golf spielen zu können. Sie legt sich sozusagen mit dem Golfschläger ins Bett und geht in ihren Golfschuhen arbeiten!«

»Das macht sie sehr sympathisch.«

»Sie hat ein Handicap von acht, und dazu einen wirklich schönen Busen!«

»Das soll wohl ein Scherz sein.«

»Nein, ganz im Gegenteil. Also, was hältst du davon? Darf ich ihr sagen, dass du sie anrufst?«

Wider Erwarten antwortete David:

»Ich weiß nicht … Blind Dates sind wohl doch nichts für mich.«

Er leerte sein Bier in einem Zug, stellte das Glas mit einer entschiedenen Geste auf die Theke und erhob sich.

»Ich lass es mir noch einmal durch den Kopf gehen«, sagte er.

»Aber lass dir nicht zu viel Zeit. Eine Frau wie sie bleibt in New York nicht lange allein.«

Da war etwas Wahres dran, doch im Grunde war es David egal. Er hatte kein dringendes Bedürfnis, jemanden zu finden. So ging es einem nun mal, wenn man schon eine Frau hatte, selbst wenn sie nicht die ideale Partnerin war … und obendrein mit dem eigenen Chef verheiratet.

»Du kannst das Foto behalten, wenn du willst. Sag mir Bescheid, sobald du dich entschieden hast. Übrigens, sie heißt Louisa Loria.«

Louisa?

Derselbe Vorname wie seine Geliebte!

Als ob der Zufall ihn an sie erinnern wollte.

Wie seltsam. Die Nichte des Barkeepers sah also nicht nur aus wie eine Doppelgängerin seiner Geliebten, sie trug auch noch denselben Namen.

War das ein Wink des Schicksals, um ihn zu warnen, sich nicht darauf einzulassen, weil dieses arrangierte Treffen ihm nur Ärger bereiten würde?

Dennoch nahm David den Umschlag mit, als er die Bar verließ, wie von einer geheimnisvollen Kraft getrieben.

In seinem Auto, einem Jeep, legte er den Umschlag auf den Beifahrersitz. Doch bald verstaute er ihn nervös im Handschuhfach, denn nach kaum einem Kilometer fiel ihm im Rückspiegel ein Auto auf, das ihm anscheinend folgte. Es war ein schwarzer BMW 325, dessen Fahrerin er überraschenderweise zu kennen glaubte.

3

Es sah wahrhaftig so aus, als würden die behandschuhten Hände am Lenker des deutschen Wagens, der Davids Jeep folgte, niemand anderem gehören als Louisa Eaton, seiner Geliebten.

Was hat sie hier zu suchen?, fragte David sich stirnrunzelnd. Louisa sollte doch am späten Nachmittag mit ihrem Mann auf Geschäftsreise gehen, gleich nach dem Golftraining …

Am Vortag hatte Louisa sich noch bei ihm beklagt, dass sie vier endlos lange Tage von ihm getrennt sein würde.

Wenn er sich nicht täuschte und tatsächlich Louisas Auto

hinter ihm fuhr, war es das erste Mal, dass sie so etwas Merkwürdiges tat.

Natürlich war es schon vorgekommen, dass sie ihn am selben Abend drei Mal hintereinander angerufen hatte, oder dass sie mitten in der Nacht unangekündigt in seiner Wohnung in Brooklyn erschienen war.

Aber ihm nach seinem Arbeitstag im Golfclub zu folgen, war etwas vollkommen anderes. Das wirkte beinahe so, als würde sie ihn verdächtigen, sie zu betrügen und sich mit einer anderen Frau zu treffen. Beispielsweise mit dieser jungen Golfspielerin mit dem rosa Büstenhalter, die ihn heute Morgen auf wenig dezente Weise aufgefordert hatte, ihr eine Golfstunde zu geben …

Es war wirklich merkwürdig und stellte in jedem Fall ein Eindringen in seine Privatsphäre dar – insofern man bei einer Frau, mit der man seit einem Jahr die intimsten Stunden verbrachte, noch von Privatsphäre sprechen konnte.

David fühlte sich unbehaglich, als wären die Dinge nun definitiv zu weit fortgeschritten. Er bekam das Gefühl, mehr und mehr die Kontrolle über die Situation zu verlieren.

Doch er hätte sich noch viel unwohler gefühlt, hätte er den schwarzen Van gesehen, der wiederum unauffällig dem schwarzen BMW folgte. Am Steuer saß der mysteriöse Fotograf vom Vormittag, immer noch mit schwarzen Handschuhen, Hut und Brille, der in aller Ruhe eine Zigarette rauchte, während er hinter Mrs Eaton herfuhr.

»Hat Louisa den Verstand verloren?«, fragte David sich laut. »Warum folgt sie mir?«

Es war unvorsichtig gewesen, sich auf diese Beziehung einzulassen, die ihn vielleicht seine Stelle kosten würde – die beste Stelle seines Lebens. Sollte man ihn feuern, würde er große Schwierigkeiten haben, wieder einen solchen Job zu finden, denn Stellen für Profitrainer in exklusiven Golfclubs gab es nicht wie Sand am Meer. Bei der Anzahl der Mitbewerber war es ohnehin ein Wunder gewesen, dass sie ihn damals genommen hatten. Wahrscheinlich hatte er es seinen zahlreichen Siegen bei regionalen Turnieren zu verdanken gehabt. Die Aussicht, seine Stelle möglicherweise zu verlieren, war angesichts seines Schuldenbergs und den horrenden Alimenten, die er bis zur Volljährigkeit seiner Tochter zahlen musste, nicht gerade erquicklich.

Nein, das Risiko war zu groß, er musste etwas unternehmen. Er musste eine Entscheidung treffen. Genauer gesagt – er musste sich von dieser Frau trennen, die allzu aufdringlich wurde.

David griff nach seinem Handy, wählte die Nummer seiner Geliebten und ließ es gut zehn Mal klingeln. Sie nahm nicht ab, was ihn sehr ärgerte. Warum wollte sie nicht mit ihm reden? Was für ein Spielchen trieb sie?

Aber vielleicht war es gar nicht Louisa. Er konnte das Gesicht der BMW-Fahrerin nicht erkennen, denn die Frau trug einen breitkrempigen Hut und Sonnenbrille. Allerdings pflegte seine Geliebte sich auf diese Weise zu tarnen, wenn sie nicht erkannt werden wollte. Schließlich war sie mit einem bekannten Mann verheiratet; da war es besser, keine großen Risiken einzugehen, indem sie sich mit einem Burschen blicken ließ, der auf seine Art ebenfalls bekannt war, zumindest bei allen Clubmitgliedern und deren Frauen.

Vielleicht hatte er sich in der Eile verwählt …? David wählte noch einmal, diesmal sehr sorgfältig – so sorgfältig, dass es ihm beinahe zum Verhängnis wurde, denn er fuhr fast auf den Wagen vor ihm auf, der plötzlich bei Gelb vor einer Ampel hielt. David stieg voll auf die Bremse und kam wenige Zentimeter vor der Stoßstange seines Vordermannes zum Stehen. Er atmete tief durch, legte den Rückwärtsgang ein und fluchte, nicht sosehr wegen des übervorsichtigen Fahrers vor ihm als über sich selbst.

Er tat zu viele Dinge auf einmal. Seine gefährliche Liebschaft machte ihn ständig nervös – viel mehr, als er sich eingestehen wollte. Es war nicht das erste Mal, dass er fast einen Unfall gebaut hätte, weil er zu vertieft war in ein Telefongespräch oder zu beschäftigt mit der Tastatur seines Handys, anstatt sich auf die Straße zu konzentrieren. Ganz zu schweigen davon, dass er des Öfteren sein Telefonbuch durchblättern musste, weil er eine Nummer vergessen hatte. Eines Tages würde er noch den Preis für diese Schusseligkeit bezahlen!

Ungeduldig hieb David auf den Lenker. In letzter Zeit war er oft müde und angespannt zugleich. Er hatte seine nervenaufreibende Scheidung und den Verlust seiner Tochter längst nicht überwunden. Vielleicht stand er kurz vor dem Nervenzusammenbruch, ohne dass er es wusste? Und er hielt nur durch, weil er keine andere Wahl hatte?

Er tat zu viel auf einmal, so viel stand jedenfalls fest, und das schon zu lange. Und vor allem tat er Dinge, die er lieber bleiben lassen sollte.

Zum Beispiel, sich auf eine Affäre mit einer verheirateten Frau einzulassen.

Wieder ließ er das Handy ein paar Mal klingeln, doch seine Geliebte nahm das Gespräch immer noch nicht entgegen. David ärgerte sich über ihre Sturheit.

Ob sie ihr Handy ausgeschaltet hatte? Möglich war's, aber unwahrscheinlich, denn das tat Louisa eigentlich nur, wenn sie mit ihrem Mann zusammen war – aus nahe liegenden Gründen. Da David sie niemals zu Hause anrief, konnte er sie nur per Handy erreichen, wenn er sich überhaupt bei ihr meldete, denn üblicherweise war Louisa diejenige, die die Initiative ergriff.

Oder war es *doch* jemand anders, der hinter ihm herfuhr? Im Golfclub – und auch anderswo – gab es eine Menge schwarzer BMWs.

David bog nach rechts ab und warf einen Blick in den Innenspiegel.

Der BMW war verschwunden!

Der Kleintransporter ebenfalls, aber das nahm David nur am Rande wahr.

Er atmete auf.

4

Einige Minuten später kam er zu Hause an. Er lebte in einer äußerst bescheidenen Wohnung in Brooklyn, die eines Golf-Professionals beim Hampton Country Golfclub bestimmt nicht würdig war. Doch in seinen Augen war sein Aufenthalt in dieser Wohnung nur vorübergehend, ganz abgesehen davon, dass er sich zurzeit nichts Besseres leisten konnte.

Er nahm den braunen Umschlag aus dem Handschuhfach, den ihm sein Freund Paul Loria gegeben hatte, der Barkeeper. David hatte beschlossen, sich das Foto mit klarem Kopf anzusehen und dann seine Entscheidung zu treffen. Schon auf dem letzten Teil der Fahrt hatte er an den Vorschlag gedacht und war zu dem Schluss gekommen, dass es im Grunde einfach für ihn war: Er hätte immer noch den Eindruck, mit Louisa Eaton zusammen zu sein, weil die

Nichte des Barkeepers, die ebenfalls Louisa hieß, seiner Geliebten wie ein Ei dem anderen glich. Natürlich war sie eine andere, aber dafür war sie nicht mit dem Vorsitzenden des Golfclubs verheiratet.

Und vom Zeitplan her passte alles wunderbar. David hätte vier Tage – vier Tage für sich allein, während seine Geliebte fort war –, um die junge Frau kennen zu lernen und mit ihr anzubandeln. Vier volle Tage ohne Louisa, die sich am anderen Ende des Kontinents befand, in Los Angeles.

Außerdem war er ihr keine Rechenschaft schuldig; schließlich war sie nicht seine Frau. Bei ihrer Rückkehr würde er ihr einfach sagen, dass … ja, was eigentlich?

Nun, ihm würde schon etwas einfallen, wenn es so weit war.

Immer schön eins nach dem anderen.

Zuerst musste er diese seltsame Zahnärztin treffen, die Schriftstellerin werden wollte. Eine merkwürdige Kombination, aber das änderte nichts daran, dass sie eine Traumfigur und das Gesicht eines Engels besaß …

Vor dem Haus, in dem David wohnte, hatte er keinen Parkplatz finden können. Als er nun zu Fuß zum Gebäude ging, sah er, dass ein schwarzer BMW vor der Haustür parkte. Wie erwähnt, gab es in New York massenhaft schwarze BMWs – aber nicht in diesem Viertel, es sei denn, es handelte sich um Besuch.

David zuckte zusammen. Also war es vorhin doch keine Einbildung gewesen, dass Louisa ihm folgte.

Bald darauf stieg sie tatsächlich aus dem Wagen. Seit geraumer Zeit ärgerte David sich über sie, was aber nichts daran änderte, dass sie stets dieselbe Reaktion bei ihm hervorrief, wenn er sie sah: wildes, animalisches Verlangen. Und diesmal war sie mit ihrem großen Hut, der getönten Brille, der hellbraunen Wildlederjacke und den engen schwarzen Leggings besonders sexy.

Nach kurzem Zögern ging David zu ihr. Jedes Mal, wenn er sie sah, war er unschlüssig, ob er ihr die Hand geben oder sie auf die Wange küssen sollte, selbst an Orten, an denen kaum die Gefahr bestand, von Mitgliedern des Golfclubs beobachtet zu werden.

Beispielsweise in Brooklyn.

Doch er hatte Angst, einen Fehler zu begehen oder sich etwas anzugewöhnen, das ihm irgendwann einmal schlecht bekommen würde, wenn er Louisa aus Unachtsamkeit zum falschen Zeitpunkt und am falschen Ort zur Begrüßung küsste.

Deshalb hielt er ihr nur die Hand hin. Doch sie ärgerte sich über seine übertriebene Vorsicht und sah geflissentlich darüber hinweg. David litt anscheinend unter Verfolgungswahn! Schließlich waren sie beide nicht so prominent, dass Paparazzi sich für jeden ihrer Schritte interessierten.

David fragte erstaunt:

»Du bist nicht mit deinem Mann geflogen?«

An seinem Tonfall merkte Louisa gleich, dass er nicht gerade begeistert war, sie zu sehen.

»Ich habe meinem Mann erzählt, dass meine Mutter krank ist, sodass ich in New York bleiben und mich um sie kümmern muss.«

»Aber Los Angeles wäre doch sicher spannend für dich gewesen.«

»Es war nicht Los Angeles, es war Las Vegas«, erwiderte Louisa mit verhaltenem Zorn, denn David hatte gerade zum wiederholten Mal bewiesen, dass er ihr nie richtig zuhörte – und ironischerweise war genau das einer der Gründe gewesen, weswegen Louisa sich von ihrem Mann abgewendet und sich einen Liebhaber genommen hatte.

»Las Vegas? Auch nicht schlecht … mit all den Nachtclubs und Golfclubs …«

Das war wirklich die Höhe.

»Du solltest einen Reiseführer schreiben«, stichelte Louisa. »Es tut mir fast schon Leid, dass ich hier geblieben bin, obwohl ich schon zehn Mal in Las Vegas war.«

»Oh, das wusste ich noch gar nicht«, gab er entwaffnend zurück.

Noch etwas, das Louisa ihm schon mehrere Male erzählt und das er vergessen hatte, das er vielleicht nicht einmal *gehört* hatte, weil er in Gedanken immerzu beim Golf oder bei seinen familiären Problemen war! Aber was brachte es schon, ihm das zum Vorwurf zu machen? Louisa wollte nicht, dass ihr Gespräch zum Streit ausartete. Das kam in letzter Zeit ohnehin schon zu häufig vor. Es war fast schon zu einer Gewohnheit geworden – und das war eine der tödlichsten Gefahren für jede Beziehung.

Außerdem hatte Louisa heute Abend fast schon Leibschmerzen vor Lust auf David. Da war es besser, keinen Streit vom Zaun zu brechen, der die Leidenschaft abkühlen würde.

Auf der gegenüberliegenden Straßenseite stand der Mann mit dem schwarzen Hut und schoss ohne Eile weitere Fotos. Das Paar, das er beobachtete, legte kein besonders auffälliges Verhalten an den Tag.

»Gehen wir zu dir?«, fragte Louisa.

»Um diese Uhrzeit?«

»Du tust ja so, als hätten wir drei Uhr morgens! Was ist denn los? Bist du verabredet? Vielleicht mit der blöden Kuh, die dich heute Morgen um eine Golfstunde gebeten hat?«

»So ein Quatsch! Was redest du denn da?«

Bei diesen Worten drückte er unwillkürlich den Briefumschlag fester an sich, den Paul Loria ihm gegeben und den er dummerweise mitgenommen hatte, denn die Eifersucht schien Louisa die Gabe zu verleihen, die Gedanken ihres Geliebten lesen zu können. Natürlich nicht wirklich, sonst wäre sie entsetzt über das, was ihm seit geraumer Zeit im Kopf herumspukte. Doch sie wies auf den Umschlag und fragte mit vorwurfsvoller Stimme:

»Was ist das?«

»Nichts. Bloß Unterlagen.«

»Darf ich sie sehen?«

»Aber ich sag dir doch, es ist nichts.«

»Wenn es nichts ist, warum darf ich es dann nicht sehen?«

»Hör endlich mit diesem kindischen Getue auf, Louisa. Bist du mir bis hierher gefolgt, um mir so eine lächerliche Szene zu machen?«

»Gibt es etwas, das du vor mir versteckst?«

»Vertraust du mir nicht mehr?«

Anstatt zu antworten, riss sie ihm den Umschlag aus den Händen und stürzte davon, um sich den Inhalt in Ruhe anzusehen. In düsterer Vorahnung zitterten ihr die Hände.

David versuchte sie einzuholen.

»Louisa!«, rief er. »Das ist doch lächerlich! Was tust du denn da?«

Sie blieb stehen und kehrte ihm den Rücken zu. Wild entschlossen, ihr das Foto zu entreißen, eilte David zu ihr, doch es war zu spät. Mit vor Schreck weit aufgerissenen Augen betrachtete Louisa das Foto der Frau, die ihr aufs Haar glich.

»Ich wusste es!«, stieß sie mit bitterer, verzweifelter Stimme hervor. »Du triffst dich mit einer anderen!«

»Beruhige dich, Louisa. Es ist nicht, was du denkst.«

»Ich gebe ja zu, dass ich vielleicht nicht so schlau bin wie du oder King Kong, der sich für einen gewieften Geschäftsmann hält, weil er alle anderen übers Ohr haut. Aber für wie dumm hältst du mich eigentlich?«

Jetzt musste er sich rasch etwas einfallen lassen, wenn er mit heiler Haut davonkommen wollte.

»Paul Loria, der Barkeeper, hat es mir gegeben.«

Es macht sich immer gut, sagte sich David, eine Lüge mit einer Prise Wahrheit zu würzen.

»Es ist der Lebenslauf seiner Nichte, die als Kellnerin arbeitet«, fuhr er fort, vom Schweigen seiner Geliebten ermutigt. »Sie sucht eine neue Stelle, und da dachte er, sie könnte vielleicht im Club arbeiten.«

»Bist du neuerdings zum Personalchef aufgestiegen?«

»Nein, aber Paul hat mich gebeten, ein gutes Wort für das Mädchen einzulegen, um ihre Chancen zu verbessern. Ich wollte ihm bloß einen Gefallen tun.«

Louisa sah im Umschlag nach, ob sich tatsächlich ein Lebenslauf darin befand. Natürlich nicht.

Schäumend vor Wut rief sie: »In dem Umschlag ist aber kein Lebenslauf!«

»Na so was. Paul hat wohl vergessen, ihn hineinzutun. Ich werde ihn gleich morgen darauf ansprechen.«

»Bei der Gelegenheit kannst du ihm gleich sagen, dass es dem Personalchef Leid tut, ihm mitteilen zu müssen, dass es mit dem Job für seine Nichte nichts wird …«

Mit diesen Worten ließ sie den Umschlag fallen und zerriss das Foto, warf es auf den Boden und trampelte darauf herum.

»… weil trotz ihrer offensichtlichen äußerlichen Qualitäten ihr Profil nicht dem entspricht, was wir suchen!«

Immer wilder stampfte sie auf den Schnipseln des Fotos herum, blieb dann stehen und schloss mit einem amüsierten Lächeln:

»Nein, ihr Profil entspricht dem wirklich nicht! Es tut mir sehr Leid.«

Sie lachte und zündete sich mit zitternden Fingern eine Zigarette an, als würde sie Halt daran suchen. Louisa war immer noch erschüttert von der verblüffenden Ähnlichkeit zwischen der Frau auf dem Foto und ihr selbst. Es war ein typischer Fall, wie ihr schien. In der Vergangenheit war es ihr oft genug passiert. Viele Männer, mit denen sie zusammen gewesen war, hatten ihr genau das angetan: Sie verließen oder betrogen sie, meist mit einer Frau, die genauso ein Typ war wie Louisa, allerdings zehn Jahre jünger.

Dann aber verrauchte Louisas Zorn, und die Lust gewann wieder die Oberhand.

»Gehen wir zu dir?«, fragte sie David noch einmal.

David hatte zwar keine Lust, doch der Sturm schien sich gelegt zu haben, und er fühlte sich schuldig. Und weil er wollte, dass Louisa ihm verzieh, hatte er nicht den Mut, sie zurückzuweisen.

»Wenn du möchtest ...«

David warf einen letzten Blick auf die Papierschnipsel, dann ging er mit seiner Geliebten – allerdings ohne sie bei der Hand zu halten – zum Haus, in dem er wohnte, während der Fotograf unablässig Fotos schoss. Lächelnd zog er an seiner Zigarette. Er bereitete sich auf eine lange Wartezeit vor.

Im Fahrstuhl waren Louisa und David allein. Sie schmiegte sich sehnsüchtig an ihn und küsste ihn. Am liebsten hätte er sie zurückgewiesen. Ihm stand nicht der Sinn nach ihr, zumal sein Entschluss feststand: Er würde Schluss mit ihr machen.

Doch er ließ sich küssen, wenn auch ohne Leidenschaft von seiner Seite. Bald ließ Louisa ihre Hand kühn die Innenseite seiner Schenkel hinaufgleiten. David zeigte keine Reaktion. Unwillkürlich musste Louisa an ihr erstes Mal denken, vor kaum einem Jahr, ebenfalls in einem Fahrstuhl. Sie hatten sich leidenschaftlich geküsst, und ihre Hände hatten voll Verlangen den Körper des anderen erkundet, als hätten sie sich viel zu lange zurückhalten müssen und würden ihrer Leidenschaft nun endlich freien Lauf lassen. Und der Ausbruch ihres Verlangens hatte damals alle Mauern zwischen ihnen eingerissen.

Was für ein schlechtes Zeichen, dachte Louisa, dass ich den Film unseres gemeinsamen Lebens vor dem geistigen Auge ablaufen sehe, als wäre unsere Beziehung drauf und dran, Schiffbruch zu erleiden, wenn es nicht schon geschehen ist …

Wie sehr die Dinge sich im Lauf eines knappen Jahres verändert hatten!

Anstatt den Fahrstuhl mit einer unwiderstehlichen Geste anzuhalten, indem er wild auf den Knopf drückte, um Louisa noch auf der Stelle im Stehen zu nehmen, sagte David müde:

»Da wären wir.«

Ja, da wären wir, dachte Louisa – an der Endstation des Verlangens.

David hatte es nie gefallen, dass seine Wohnung der Schauplatz ihrer heimlichen Treffen war. Sie war so bescheiden – und abgewohnt, um ehrlich zu sein –, im Vergleich mit dem Palast, in dem seine Geliebte zu Hause war. Dieser Palast gehörte Louisa zwar nicht, aber trotzdem …

Der Unterschied zwischen ihren Behausungen führte ihm jedes Mal aufs Neue den Abgrund vor Augen, der sie auf gesellschaftlichem Gebiet trennte, und das verletzte ihn. David fühlte sich erniedrigt, zumal zu erwarten war, dass es sich niemals ändern würde. Lousia würde immer unendlich viel reicher sein als er.

Doch die billigen Kaschemmen und drittklassigen Motels, in denen sie sich eine Zeit lang getroffen hatten, waren kaum besser. Mit nachlassender Leidenschaft fiel es einem auf, dass die Laken nicht aus Seide waren, und dass das Bad nicht gründlich geputzt worden war und noch Spuren der vorherigen Liebespaare aufwies.

Und teurere Hotels kamen aus zwei Gründen nicht als Treffpunkt in Frage. Erstens riskierten sie peinliche Begegnungen, weil dort Bekannte der Eatons verkehrten. Zweitens waren solche Hotels wahnsinnig teuer, und David mit seiner männlichen Eitelkeit lehnte es kategorisch ab, dass seine Geliebte die Rechnung beglich, obwohl es für sie ein Leichtes gewesen wäre, denn sie bekam mehr Taschengeld in der Woche, als er im ganzen Monat verdiente.

In der Wohnung angelangt, legte David immer noch wenig Eifer an den Tag, Louisa zu verführen. Es war neun Tage her, neun lange Tage, dass sie sich das letzte Mal geliebt hatten (nach Louisas strenger Buchhaltung), und das war einer der Gründe, weswegen sie eine Ausrede erfunden hatte, nicht mit ihrem Mann verreisen zu müssen.

Nachdem David ihr etwas zu trinken angeboten hatte und immer noch keine Anstalten machte, sie in die Arme zu nehmen oder sich mit ihr in Richtung Schlafzimmer zu bewegen, fühlte sie Verzweiflung in sich aufsteigen. Sie hatte keine Ahnung, was sie sagen sollte, aber sie wusste, dass sie reden musste, bevor es zu spät war – wenn es nicht schon der Fall war!

5

Ich will meinen Mann verlassen«, sagte Louisa, »und hier mit dir zusammen wohnen.«

Erstaunt ließ David den Blick durch seine schmuddelige, ungemütliche Wohnung schweifen, deren lieblos zusammengestellte Möbel aus einem zweitklassigen Möbelgeschäft stammten, das kurz vor der Pleite stand. Manchmal hatte er sich gefragt, warum seine Tochter so ungern die zwei Wochenenden im Monat bei ihm verbrachte, wo sie ihren Daddy doch so heiß und innig liebte. Der Grund dafür war natürlich seine Wohnung: Davids Exfrau war in dem gemeinsamen Haus geblieben, das zwar klein, aber gemütlich war – und vor allen Dingen mit dem treffsichereren Geschmack einer Frau eingerichtet!

»Aber Louisa, wie kommst du denn auf die Idee?«, fragte David. »Das ist völlig unmöglich.«

»Warum denn? Wenn man sich liebt, ist nichts unmöglich.«

»Wenn wir uns zusammen blicken lassen, wird dein Mann mich auf der Stelle feuern.«

»Es gibt ja nicht nur den Hampton Country Golfclub. Du wirst schon etwas anderes finden.«

»Vielleicht, aber das kann Monate dauern, und in der Zwischenzeit sitze ich auf dem Trockenen. Du hast dich in mich verliebt, weil ich Golfprofi bin und der Trainer des Clubs. Aber wenn wir tun, was du im Sinn hast, bist du mit einem Arbeitslosen zusammen. Und das ist nicht besonders lustig, glaub mir. Ich kenne das.«

»Es ist mir schnurzegal, ob du Golftrainer bist oder nicht, erst recht in diesem Club voller alter Langweiler. Was spielt es schon für eine Rolle, was man beruflich macht? Was zählt, ist die Persönlichkeit. Wer man ist und vor allem, mit wem man zusammen ist! Nicht wahr?«

Er hatte nicht übel Lust, ihr zu sagen, dass nur eine Frau, die sich von ihrem Mann aushalten ließ, so denken konnte und dass ein regelmäßiger Job für Normalsterbliche eine Notwendigkeit war. Glaubte Louisa vielleicht, er habe ein Vermögen auf der hohen Kante, wo er in diesem miesen Loch hauste?

»In sechs Monaten, spätestens in einem Jahr wirst du mir vorwerfen, auf dich gehört zu haben. Dann ist es aus mit dem schönen Leben!«

»Das schöne Leben ist mir piepegal! Ich kenne es und weiß, wie es ist. Ich muss zu teuer dafür bezahlen, wenn ich dafür mit einem Monster wie meinem Mann zusammenleben muss.«

»Aber du hast ihn doch geheiratet!«

»Weil ich naiv war.«

»Du würdest deine Ehe zerstören.«

»Die ist schon lange kaputt. Mein Mann hat mich nie geliebt. Ich war ihm eine Zeit lang eine angenehme Abwechslung … ein paar Monate, ganz zu Anfang unserer Ehe. Aber jetzt weiß ich, was er von mir hält, auch wenn er es mir nie gesagt hat. Für ihn bin ich eine dumme Pute! Ach, David, wenn du wüsstest, wie es ist, mit jemandem zusammenzuleben, der einen verachtet!«

»Glaubst du wirklich, dass du länger als sechs Monate auf schöne Autos, Hausangestellte, Reisen und Schmuck verzichten kannst?«

»Du merkst wirklich nicht, dass mir das alles nichts bedeutet, stimmt's? Dass es mir völlig egal ist – Hauptsache, ich kann jeden Tag mit dir zusammen sein. Auf Reisen und Schmuck kann ich verzichten, auf dich aber nicht.«

David war überrascht und gerührt.

Inzwischen hatte Louisa Tränen in den Augen und wartete ab, ob er ihr die schlichten Worte sagen würde, die sie hören wollte: Dass er – wie sie selbst – bereit war, alles aufzugeben, weil er sie liebte und weil ein Leben ohne sie unvorstellbar für ihn war.

»Was das Geld angeht, brauchst du dir keine Sorgen zu machen«, fuhr Louisa fort, »es gibt da etwas, das ich dir noch nicht gesagt habe …«

In ihrer Stimme war ein kurzes Zögern, als wäre sie nicht sicher, ob sie ihm sagen sollte, was ihr auf der Zunge lag.

»Du wirst den Rest deines Lebens nicht mehr arbeiten müssen«, fuhr sie schließlich fort. »Als ich Joseph Eaton geheiratet habe, wurde ein Ehevertrag geschlossen. Wenn wir sieben Jahre verheiratet bleiben, muss er mir fünf Millionen ausbezahlen, wobei der Trennungsgrund keine Rolle spielt und auch nicht, ob *er* geht oder *ich*, selbst wenn wir nur sieben Jahre und einen Tag verheiratet bleiben. Und nächsten Sonntag, in sechs Tagen – nur noch sechs Tage, ich kann es kaum glauben! –, bin ich sieben Jahre lang mit King Kong verheiratet.«

»In sechs Tagen?«

»Ja, in sechs Tagen. Wenn ich mich dann von meinem Mann trenne, muss er mir fünf Millionen auszahlen, ob er will oder nicht. Der Vertrag ist notariell beglaubigt. Verstehst du nun, dass es mir völlig ist, ob du entlassen wirst oder nicht?«

Er wollte erwidern, dass sie diejenige war, die die sagenhaften fünf Millionen bekam, nicht er, und dass der Gedanke ihn abstieß, sich von einer steinreichen Frau aushalten zu lassen, mochte es anderen Männern nichts ausmachen. Ihm jedoch widerstrebte diese Vorstellung; sie lief seinem ganzen Naturell zuwider, denn David war ein Mensch, der die Freiheit und Unabhängigkeit brauchte.

»Ich weiß es nicht, Louisa, ich weiß es wirklich nicht. Das Ganze ist mir zu voreilig. Wir kennen uns ja nicht mal richtig.«

»Wir schlafen seit einem Jahr miteinander. Reicht dir das nicht, um eine Frau zu kennen? Was willst du denn noch?«

Sie machte eine Pause und fuhr im Brustton der Überzeugung fort:

»Du weißt, dass wir wie geschaffen füreinander sind. Sag mir nicht, dass es nicht stimmt. Wir kommen nicht aus derselben Welt wie die Clubmitglieder, und wir werden nie dazugehören. Es wird dir seltsam vorkommen, dass ich so etwas sage, weil mein Mann der Vorsitzende des Clubs ist, aber ich habe nichts mit ihm gemeinsam, außer dem Dach, unter dem wir wohnen, und wo er sich im Übrigen in letzter Zeit immer seltener aufhält. Ich habe von Anfang an gewusst, dass es nicht meine Welt war und niemals sein wird.«

»Aber du hast ihn geheiratet.«

»Ich wollte mich rächen.«

»Dich rächen? Soviel ich weiß, hat er dir nichts getan.«

»Das stimmt. Ich wollte mich an den anderen Kerlen rächen. Ich wollte mich rächen, weil alle Männer, mit denen ich je zusammen war, mich angelogen haben. Keiner von ihnen hat mich wirklich geliebt. Da habe ich mir gesagt, dass es ein Mal der *Mann* sein soll, der seine Partnerin liebt und von ihr ausgenutzt wird. Aber selbst da habe ich mich getäuscht. Jemanden zu lieben, hieße für meinen Mann, sich zu erniedrigen, besonders, wenn er jemand so Dummes wie mich lieben würde. Ihn interessieren nur seine verdammten Geschäfte. Meinen Körper, für den er sich zu Anfang interessiert hat, schaut er nicht einmal mehr an.«

Nach einer Pause fragte sie David, plötzlich wieder voller Elan:

»Na, was sagst du?«

Da er schwieg, fügte Louisa in vorwurfsvollem Ton hinzu:

»Du liebst mich nicht, ist das der Grund?«

»Nein, Louisa. Aber du verlangst von mir, dass ich alles aufgebe – auch meine Stelle, auf die ich jahrelang hingearbeitet habe.«

»Du gibst diesem Haufen alter Trottel *wirklich* gern Golfunterricht? Weißt du denn nicht, dass sie dich verachten – so wie sie alle verachten, die nicht so reich sind wie sie?«

»Was soll ich denn sonst machen? Ich bin nicht Tiger Woods, der Supergolfer. Und in meinem Alter werde ich's auch nie mehr werden.«

»Du klammerst dich an diesen Golfclub, obwohl er der letzte Dreck ist, obwohl wir endlich zusammen ein Leben führen könnten, das unserer Liebe würdig ist …«

Weil David nichts erwiderte, attackierte sie ihn weiter:

»Du hast eine andere, nicht wahr? Bestimmt ist es diese so genannte Bedienung.«

»Nein, ich habe niemanden kennen gelernt, und die Bedienung ist mir egal.«

Mit einem Mal sagte Lousia in völlig verändertem Tonfall:

»Wenn du nicht mit mir zusammen weggehst, erzähl ich meinem Mann alles.«

Außer sich vor Wut rief David: »Wenn du das tust, bringe ich dich um!«

Sein Gesicht war rot angelaufen, und er hatte das Glas, das er in der Hand hielt, über Louisas Kopf erhoben und schien kurz davor, sie damit zu schlagen, obwohl ihm so etwas überhaupt nicht ähnlich sah. Trotz allem, was seine Exfrau ihm angetan hatte, hatte er nie die Hand gegen sie erhoben.

Louisa ließ sich nicht einschüchtern.

»Du bist zu feige! Jawohl, zu feige – das ist der Grund, weshalb du immer Angst davor gehabt hast, alles aufs Spiel zu setzen und dein Glück zu versuchen. Denn als Golfer warst du begabt genug, das weiß ich. Aber du hattest nie den Mut, Großes zu wagen.«

Das waren grausame Worte, zumal sie voll ins Schwarze traf. David hätte vermutlich Talent genug gehabt, es als Golfer sehr weit zu bringen. In jungen Jahren hatte er die Juniorenmeisterschaft seines heimatlichen Bundesstaats gewonnen. Mit einundzwanzig Jahren hatte er sogar die Qualifikation für die PGA-Tour geschafft, an der nur die besten Golfer der Welt teilnehmen durften, doch als die Zeit für den großen Karrieresprung gekommen war, hatte er gekniffen und lieber eine Stelle als Trainer in einem Golfclub angenommen. Zu seiner Verteidigung muss allerdings gesagt werden, dass seine Frau ihm damals gerade erst anvertraut hatte, dass sie schwanger war. Seiner Geliebten hatte er eines Tages gestanden, dass er sich wie ein Versager vorkam – ein Geständnis, das er nicht vielen Leuten gemacht hätte, denn wer redet schon gern von seinen Misserfolgen?

Unterdessen setzte Louisa ihre Hasstirade fort:

»Du *willst* nicht mit mir weggehen! Du klammerst dich an deine Vergangenheit, deine so genannte Sicherheit und deine männlichen Vorurteile, weil ich diejenige sein werde, die das Geld hat, nicht du.«

Volltreffer.

Nicht so sehr mit ihrer Behauptung, es würde ihm etwas ausmachen, dass sie das Geld besaß und nicht er – obwohl auch das eine Rolle spielte, das musste er zugeben. Aber schlimmer war, dass er in jungen Jahren nicht den Mut gehabt hatte, für seine Träume zu kämpfen.

Er drückte das Glas, das er über Louisas Kopf hielt, so fest, dass es zerbrach, und schrie vor Überraschung und Schmerz laut auf. Als er das Blut sah, das aus der Wunde spritzte, schoss ihm ein ganz prosaischer Gedanke durch den Kopf: Es ist ja nur die rechte Hand verletzt, und beim Golf ist die Linke wichtiger, zumindest für Rechtshänder.

Er schüttelte die Hand und fluchte, während Louisa in Panik geriet und sich völlig aufgelöst fragte, was jetzt wohl geschehen würde. Doch es schien, als wäre die Gewalttätigkeit, die David einen Augenblick lang erfasst hatte, schlagartig verflogen. Er war jetzt nur noch verwirrt, als wäre die ganze Situation unwirklich, wie in einem Albtraum. In fünf Minuten, spätestens einer Stunde, würde er aufwachen und sich mit dem Gedanken trösten, dass alles bloß Einbildung gewesen war …

Louisa Eaton riss sich ihre hübsche Perlenkette vom Hals und schleuderte sie auf den Boden.

»Da«, sagte sie, »steck dir deine verflixte Kette sonst wohin! Sie bedeutet mir nichts mehr!«

Das stimmte nicht. Die Kette war Louisa sehr wichtig: Sie war das erste Geschenk, das David ihr gemacht hatte. In ihren Augen hatte diese Kette ihre Beziehung besiegelt. Es war ein sehr schönes Schmuckstück, das er bei *Tiffany* auf der Fifth Avenue gekauft hatte. Es hatte ihn ein Vermögen gekostet.

»Leb wohl!«, sagte Louisa. »Es ist aus und vorbei. Ich will nie wieder von dir hören.«

Sie machte auf dem Absatz kehrt, ging aus der Wohnung und knallte die Tür hinter sich zu.

6

David bückte sich und hob die Kette mit der verletzten rechten Hand auf, die noch immer blutete. Es wäre besser gewesen, die Kette mit der Linken aufzuheben, dann hätte er die Perlen nicht mit seinem Blut besudelt – doch als Rechtshänder machte er fast alles mit rechts. Seine Hand blutete ziemlich stark, obwohl er kaum Schmerz spürte. Dennoch ließ er die Kette in die linke Hand gleiten, führte den rechten Zeigefinger zum Mund, leckte darüber und betrachtete ihn: Der Schnitt war ziemlich tief, doch zu seiner Beruhigung versiegte der Blutstrom allmählich. Wenigstens musste die Wunde nicht genäht werden.

Er sah sich die Kette an und dachte an die Zeit zurück, als er sie gekauft hatte, zu Anfang ihrer Beziehung, als alles noch aufregend war. Louisa und er waren erst seit zwei, drei Wochen zusammen gewesen, und er hatte ihr imponieren wollen, hatte ihr zeigen wollen, dass auch er teure Geschenke machen konnte, obwohl er bloß Trainer des Golfclubs war und kein Multimillionär wie ihr berühmter Ehemann. Er hatte lange gezögert, die tausendfünfhundert Dollar hinzublättern, die die hübsche Perlenkette gekostet hatte, aber es sollte unbedingt etwas von Tiffany sein, also blieb ihm nichts anderes übrig.

Er fand es merkwürdig, dass ihre Beziehung sozusagen mit der Perlenkette angefangen hatte und nun damit endete.

Er erinnerte sich an ihre ersten Umarmungen.

Wie schön er Louisa fand, mit ihren hellen Augen, ihrer geraden Nase, den hohen Wangenknochen und ihren blonden Haaren, die ihr sehr gut standen, obwohl es nicht ihre Naturfarbe war. Bei der kleinsten Berührung – oder wenn ihm ihr Parfum in die Nase stieg – bekam er auf der Stelle

Lust auf sie, selbst wenn ihm ein paar Minuten zuvor der Sinn überhaupt nicht nach Sex gestanden hatte. Es war eine Art Instinkt, ein Urtrieb, der sie zusammenführte, als wären sie nur dafür geschaffen, miteinander zu schlafen.

Louisas blonder Schopf auf dem Kopfkissen, ihre erregten kleinen Brüste, ihre bebende Scham …

Er dachte gerade an die unzähligen intimen Momente, die sie miteinander geteilt hatten, als Louisa plötzlich wieder in die Wohnung gestürmt kam.

Sie sah, dass er die Kette in der Hand hielt, und entriss sie ihm mit den Worten:

»Die gehört mir! Dir wäre zuzutrauen, dass du sie wieder bei Tiffany verscherbelst, um dich an mir zu bereichern!«

Er war ihr bestimmt oft geizig vorgekommen, doch er konnte es sich nicht leisten, so verschwenderisch zu sein wie ihr Mann. Louisa wusste natürlich, dass David bei weitem nicht so viel Geld hatte wie ihr Gemahl, doch von der immensen Höhe seiner Schulden ahnte sie nichts. Bestimmt ging sie davon aus, dass der Trainer eines exklusiven Golfclubs so viel verdiente, dass er sich öfter großzügig zeigen könnte.

Ihre Bemerkung schmerzte, doch David ging nicht darauf ein, verteidigte sich nicht einmal. Er hätte auch kaum Zeit dazu gehabt, denn Louisa war so schnell wieder verschwunden, wie sie gekommen war.

David verzog das Gesicht: Es war schade, dass es mit einem Streit enden musste. Aber konnte man sich nach so vielen Monaten voller Gefühle, voller gemeinsamer Erinnerungen und Intimität überhaupt auf zivilisierte Art und Weise trennen – mit einem Händedruck und den besten Wünschen?

Als Louisa verschwunden war, blieb David einen Augenblick still im Wohnzimmer stehen und starrte auf die offene Wohnungstür. Im Grunde hatte er nun, was er wollte: die Trennung von Louisa. Doch es hatte ihn arg mitgenommen. Er hätte sich gewünscht, dass es anders lief, weniger brutal, verständnisvoller, liebevoller. Doch es war nun einmal so gegangen, wie es gegangen war.

David verspürte eine Art Leere, gepaart mit einem Schwindelgefühl. Er zog die Wohnungstür wieder zu und schloss zugleich mit seinem alten Leben ab, das so abrupt geendet hatte – mit dieser gefährlichen, beinahe selbstmörderischen Beziehung mit der Frau seines Chefs. Es war besser so, sonst hätte man sie eines Tages entweder in flagranti erwischt, oder Louisa hätte sich einer vermeintlichen Freundin anvertraut und wäre von dieser verraten worden.

David blickte auf seine rechte Hand, seinen Zeigefinger, der wieder zu bluten angefangen hatte. Er ging ins Bad und drehte den Wasserhahn auf, als er glaubte, das Telefon klingeln zu hören. Er drehte den Hahn wieder zu und lauschte, aber da war nichts. Er musste es sich nur eingebildet haben. Er hatte jetzt schon das Gefühl, dass er die Trennung von seiner Geliebten mehr bedauern würde, als er erwartet hatte.

Jetzt war er allein.

Er drehte den Wasserhahn wieder auf – und diesmal war er ganz sicher, dass das Telefon geklingelt hatte. Er drehte den Hahn ab, stürzte zum Apparat und nahm ab.

Es war Lydia, seine Tochter.

»Papa, bist du's?«

»Ja, Liebling.«

»Ich dachte schon, du wärst nicht da. Ich hab gerade schon mal angerufen, aber du bist nicht ans Telefon gegangen.«

»Ich habe gerade … äh, geduscht.«

»Wann gehen wir in den Zirkus, Papa?«

»Äh … nächsten Freitag, wenn du das Wochenende bei mir verbringst.«

»Wann ist nächsten Freitag?«

»Noch ungefähr … äh, zehnmal schlafen.«

»Zehnmal? Ist das viel?«

»Nein«, versicherte er ihr, »es ist nur zwei mal fünf. So viel, wie du Finger hast. Das ist nicht viel.«

Nicht viel? Ihm selbst kamen zehn Tage wie eine Ewigkeit vor.

»Um wie viel Uhr holst du mich ab?«

»Wann ist die Schule denn aus?«

»Du weißt doch, dass die Schule aus ist, wenn du mich abholst, Papa.«

»Stimmt, wie dumm von mir. Ich komme so früh ich kann.«

»Und wann ist das, so früh du kannst?«

»Sagen wir, um vier Uhr?«

»Ist das früh genug, um in den Zirkus zu gehen?«

»Aber ja.«

»Wirst du diesmal wieder deinen Geldbeutel vergessen?«, erkundigte seine Tochter sich vorsichtshalber.

»Natürlich nicht.«

»Versprochen?«

»Versprochen.«

»Sonst lassen sie uns ja nicht rein. Aber selbst dann gäb's noch eine Möglichkeit, das hat Brandino mir in der Schule erzählt. Man braucht nur zur Bank zu gehen und sich neues Geld zu holen.«

»Genau«, pflichtete David ihr mit mühsam verhaltenem Lachen bei.

Egal, was Lydia tat oder sagte, er fand sie rührend.

Lydia, mit ihrem zarten und zugleich selbstbewussten Stimmchen, ihren blauen Augen, den schwarzen Haaren und dem Teint einer Porzellanpuppe.

Es war sehr schwer für ihn, sie nur vier Tage im Monat zu sehen – und das auch nur, wenn sie nicht krank war und ihre Mutter sie gehen ließ.

Ja, es fiel ihm wirklich schwer, ohne seine kleine Tochter zu leben.

Aber er hatte sich nach und nach daran gewöhnt, so gut es eben möglich war.

Zu Anfang, in den ersten Monaten nach der Trennung, hatte er immerzu an seine Tochter gedacht. Jetzt dachte er nur noch alle fünf Minuten an sie.

Es gab also allen Grund zum Optimismus: In dem Tempo würde er in zehn Jahren nur noch stündlich an sie denken. Was für ein Glück!

Er hörte eine Stimme im Hintergrund. Es war ihre Mutter, die sie rief.

»Komm, Lydia, du musst jetzt baden.«

Ihre Mutter.

Warum hatte er sie geheiratet?

Wenn er geahnt hätte, was auf ihn zukam …

Aber es tat ihm nicht Leid, weil es ohne diesen schlimmen Fehler nicht dieses Wunder gegeben hätte, diesen Sonnenschein, die Freude seines Lebens: seine kleine Lydia.

»Ich muss jetzt auflegen, Papa, ich gehe in die Badewanne. Bis Freitag.«

»Bis Freitag, mein Zuckerpüppchen.«

David legte auf. Tränen stiegen ihm in die Augen. Jedes Mal, wenn seine Tochter ihn anrief, hätte er die ganze Welt umarmen können, wurde zugleich aber daran erinnert, dass er an mehr als dreihundert Tagen im Jahr zum Telefon greifen musste, wenn er sie sprechen wollte – sie, Blut von seinem Blute und das Einzige an Familie, das ihm noch geblieben war, denn er hatte seine Eltern verloren, als er noch ein Kind gewesen war.

Besonders an diesem Abend hätte David sich gern länger mit ihr unterhalten, auch wenn es ihm schwer fiel, die richtigen Worte für ein längeres Gespräch zu finden. Doch ihre Mutter hatte beschlossen, dass es für Lydia Zeit war zu baden – als ob sie nicht wüsste, dass ihre Tochter gerade mit ihrem Vater telefonierte!

Dann klingelte das Telefon erneut, als hätte seine Tochter die stille Bitte des Vaters vernommen. Selbstverständlich glaubte David, dass es Lydia sei.

Doch wider Erwarten war es Louisa, die ihn von unterwegs anrief.

»Ich … Ich wollte mich entschuldigen«, sagte sie stockend. »Ich weiß nicht, welche Laus mir über die Leber gelaufen ist, aber so kann es nicht weitergehen, David, und ich …«

»Ich weiß. Wir haben uns auf etwas eingelassen, das wir nicht …«

Er unterbrach sich, wusste nicht einmal, was er hatte sagen wollen. Eigentlich wollte er Louisa bitten, sofort wiederzukommen, denn plötzlich hatte er unbändige Lust auf sie, auf ihren Körper. Er wollte ihre Arme spüren, die ihn umschlangen und ihre Beine, die sich um seine Taille legten. Doch wenn er ihr das sagte, würde unweigerlich alles wieder von vorn anfangen. Sie beide verband eine zu große, ja unwiderstehliche Anziehungskraft, die seit Anfang ihrer Beziehung unverändert geblieben war, obwohl sie aus verschiedenen Gründen weniger häufig miteinander schliefen als zu Beginn – unter anderem, weil David ahnte, dass ihr Verhältnis immer gefährlicher wurde.

Doch er sprach nicht aus, was er dachte, sondern schwieg. Dafür fuhr seine Geliebte fort:

»Das Geld ist mir egal. Wenn du willst, schenke ich dir die Hälfte von den fünf Millionen, dann haben wir beide gleich viel. Würde dir das reichen?«

David war dermaßen verblüfft, dass er für den Moment kein Wort hervorbrachte. Deshalb fügte Louisa hinzu:

»Ist dir eigentlich klar, was für ein Leben wir führen könnten?«

Er sagte nichts, doch ihm gingen Gedanken durch den Kopf, denen er noch nie nachgehangen hatte. Alle Hindernisse, die es bisher gegeben hatte und die ihm wie ein unüberwindlicher Berg vorgekommen waren, schienen plötzlich verschwunden zu sein. Es stimmte, dass er mit Louisa ein leichtes Leben hätte – das Leben, von dem er immer geträumt hatte. Denn im Grunde war ihm seine Stelle als Golftrainer unwichtig, und sei es in einem namhaften Golfclub. Wenn er Geld hätte, würde er nicht mehr ertragen müssen, was Louisa so genau erkannt hatte: die stumme, jedoch in jeder Geste, jedem Wort, jedem Blick der Clubmitglieder spürbare Verachtung für ihn. Für diese Leute war David nur ein kleiner Angestellter.

Vor allen Dingen war er gerührt. Wie großherzig diese Frau doch war, die er anfangs für oberflächlich gehalten hatte! Wie aufrichtig, wie durch und durch ehrlich, vor allem im Vergleich mit seiner Exfrau, die ihn wegen eines anderen hatte sitzen lassen, unter dem Vorwand, dass er nie zu Hause sei – womit sie zugegebenermaßen nicht völlig Unrecht hatte. Doch Davids Ex hatte obendrein auch noch versucht, so viel Geld wie möglich aus ihm herauszuquetschen. Geld, das er nicht besaß.

Louisa hingegen war großzügig, selbst wenn sie für das viele Geld, das sie mit ihm teilen wollte, keinen Finger rühren musste – aber das war ja nicht strafbar. Louisa hatte sozusagen ihre Zeit mit ihrem schrecklichen Ehemann abgesessen, also hatte sie jeden einzelnen Dollar dieser unglaublichen fünf Millionen verdient.

Und wenngleich David mit vielen Frauen zusammen gewesen war – keine von ihnen war so verliebt in ihn gewesen wie Louisa.

»Ich brauche Zeit, um es mir zu überlegen.«

»Also gut«, entgegnete sie. »Ich gebe dir vierundzwanzig Stunden, keine Minute länger. Wenn ich morgen Abend um acht Uhr nichts von dir gehört habe, ist es aus mit uns.«

»Verstehe.«

»Ich bin mir nicht sicher, ob du wirklich verstehst. Das ist unsere letzte Chance, David, unsere allerletzte Chance.«

7

Am nächsten Tag erschien Louisa nicht auf dem Golfplatz. Das kam David ziemlich seltsam vor: Wenn ihr Mann nicht da war, hielt sie sich im Allgemeinen ständig im Club auf und bat David stets um eine Golfstunde. Ihr Fehlen erschien ihm merkwürdig, doch er machte sich nicht allzu viele Gedanken darüber.

Abends, als er nach Hause kam, war keine Nachricht von ihr auf seinem Anrufbeantworter.

David rief sie nicht zurück. Er hatte es immer schon gehasst, wenn jemand versuchte, ihm die Pistole auf die Brust zu setzen. Weshalb sollte er sich jetzt unter Druck setzen lassen, besonders, wo ihr Anliegen so sonderbar war? Außerdem trug er das viel größere Risiko: Sich öffentlich zu ihrer Beziehung zu bekennen, hatte für David zur Folge, dass er seine Einkommensquelle verlor und seinen Ruf aufs Spiel setzte, sodass er im ganzen Bundesstaat New York nie mehr eine Stelle als Golftrainer bekäme und umziehen müsste – was bedeuten konnte, sich räumlich noch weiter von seiner geliebten kleinen Tochter Lydia zu entfernen.

Aber Louisa machte vermutlich nur eine kleine Krise durch. Sie war zu sehr daran gewöhnt, ihren Willen durchzusetzen. Alle Frauen verhielten sich manchmal so, um die Gefühle ihres Liebhabers auf die Probe zu stellen.

Doch allmählich wurde es zu viel des Guten.

Außerdem mochte David die Geschichte mit den fünf Millionen Dollar nicht recht glauben. Man müsste ein auf Familienrecht für wohlhabende Paare spezialisierter Rechtsanwalt sein, um wirklich Bescheid zu wissen, aber dass Louisas Mann sich darauf eingelassen haben sollte, ihr nur dafür fünf Millionen Dollar zu zahlen, dass sie sieben Jahre lang mit ihm verheiratet blieb, erschien David sehr unwahrscheinlich. Und was ihm, trotz der enormen Großzügigkeit seiner Geliebten, noch unglaublicher vorkam, war ihr Angebot, ihm die Hälfte von dem Geld zu geben. Wer verschenkte einfach so zweieinhalb Millionen Dollar? Der Gedanke sprengte seine Vorstellungskraft.

Am Abend, bevor David einschlief, fühlte er sich unruhig und ängstlich, als ahnte er, dass es zwischen seiner Geliebten und ihm aus und vorbei war.

Am nächsten Tag erschien Louisa Eaton wieder nicht im Golfclub.

David wunderte sich über seine Reaktion: Anstatt sich zu freuen, wurde er unruhig, ja, er bekam es sogar mit der Angst zu tun. Vielleicht liebte er Louisa doch mehr, als er es sich in seinem männlichen Stolz eingestehen wollte.

Nach und nach begriff er, dass das Ultimatum seiner Geliebten kein Bluff gewesen war. Sie hatte es ernst gemeint.

Am Donnerstagabend war er so mit den Nerven herunter, dass er drei- oder viermal versuchte, sie auf ihrem Handy zu erreichen, als er allein zu Hause war.

Seltsamerweise hatte sie ihre Mailbox abgestellt, sodass er ihr nicht einmal eine Nachricht hinterlassen konnte. Er hörte nur eine unerträgliche weibliche Stimme – unerträglich, weil es nicht Louisas Stimme war –, die ihm in monotonem, gleich bleibend freundlichem Tonfall mitteilte: »Der gewünschte Teilnehmer ist zurzeit nicht erreichbar, versuchen Sie es bitte später noch einmal.«

Zurzeit nicht erreichbar …

Aber er wollte sie sofort sprechen!

Wenn er sie jetzt nicht erreichte, konnte das nur bedeuten, dass er sie für immer verloren hatte.

Er hatte erwartet, sich darüber zu freuen; schließlich hatte er diese gefährliche Liebschaft, diese unmögliche, für seine Karriere vielleicht sogar tödliche Beziehung schon öfters beenden wollen.

Doch mit einem Mal schmerzte ihn das Gefühl, diese Frau verloren zu haben, die zwar schwierig war, aber verrückt nach ihm und bereit, ihm seine geheimsten Wünsche zu erfüllen.

Jetzt aber war er allein, ganz allein.

Tränen stiegen ihm in die Augen, doch er riss sich zusammen. Er versuchte sich davon zu überzeugen, dass Louisa nur ein Spielchen mit ihm trieb. Am Ende würde sie klein beigeben. Es war bloß eine Frage der Zeit. Er brauchte nur zu warten.

Doch zu seinem eigenen Erstaunen und seiner großen Verärgerung schaffte er das nicht.

Am Freitag sah er sie wieder nicht auf dem Golfplatz. Offenbar konnten ihr das Golfen und die Freundinnen gestohlen bleiben. Am Abend konnte David der Versuchung nicht widerstehen, sie noch einmal anzurufen. Zweimal schon hatte er ihre Handynummer gewählt und im letzten Moment die Verbindung unterbrochen. Er sagte sich, dass es ein Fehler sei, dass es besser wäre, es dabei bewenden zu lassen und dass er im Grunde nun hatte, was er sich schon lange wünschte: die Trennung.

Doch beim dritten Versuch wartete er, bis das Telefon klingelte.

»Hallo?«, meldete sich Louisa.

Ihre Stimme klang weder bedrückt noch unglücklich, im Gegenteil: Sie hörte sich hart und kalt an.

»Ich bin es.«

»Warum rufst du an?«

»Ich … Ich wollte dich sprechen.«

»Du solltest mich am Dienstag anrufen. Du bist drei Tage zu spät dran. Außerdem hast du auf meine Nachricht von gestern nicht mal zurückgerufen.«

»Welche Nachricht?«

»Spiel nicht den Unschuldsengel. Du bist ein Egoist. Ich habe dir gesagt, dass ich Angst um mein Leben habe … dass ich glaube, von jemandem verfolgt zu werden … und dass du zwei Millionen bekommst, wenn ich sterben sollte. Und du warst nicht mal in der Lage, mich am selben Abend zurückzurufen, um dich zu erkundigen, was los ist!«

»Ich habe die Nachrichten gestern nicht abgehört, Louisa. Ich … normalerweise …«

»Ein Beweis mehr, wie viel dir daran liegt, etwas von mir zu hören!«

Stille.

Doch weil sie fürchtete, dass David nach allem, was sie ihm an den Kopf geworfen hatte, einfach auflegte, fragte sie:

»Was wolltest du mir denn sagen?«

»Ich möchte dich sehen.«

»Wozu?«

»Ich … Ich möchte, dass wir uns wieder sehen, so wie vorher.«

»Aha, so wie vorher. Wie reizend! Und wie aufregend! Du willst wohl deine Sklavin wiederhaben, eine Frau, die dir zu Willen ist, wann immer dir der Sinn danach steht, und die keinerlei Ansprüche an dich stellen kann. Du willst also, dass alles wieder so wird wie zuvor? Nein und nochmals nein! Ich habe dir gesagt, was ich will, und weil du es mir nicht geben willst, musst du dir eine andere Dumme suchen. Ich kann nicht mehr, ich habe schon genug gegeben.«

»Aber Louisa, du hast nicht genug darüber nachgedacht, was du von mir verlangst. Es ist nicht vernünftig!«

»Das ganze Leben ist nicht vernünftig. Vernünftig ist das, was du willst und das, was ich will. Und weil es keine Brücke zwischen beidem gibt, brauchen wir unsere Zeit nicht länger zu vergeuden. Ich habe dir nur noch eines zu sagen: Ich bedaure, dass ich dich je kennen gelernt habe. Du warst der größte Fehler meines Lebens. Du liebst mich nicht und hast mich nie geliebt. In Wirklichkeit bist du genau wie mein Mann. Es war dumm von mir, dass ich mich in dich verliebt habe. Du hast dich auf eine Affäre mit mir eingelassen, weil es praktisch für dich war. Du hast mit mir geschlafen, wann immer du Lust dazu hattest, und dann hast du dich aus dem Staub gemacht, ohne Rechenschaft ablegen zu müssen. Im Grunde geht es dir nur darum, *niemandem* Rechenschaft ablegen zu müssen. Es war dumm von mir, alles aufs Spiel zu setzen für einen Mann, der mir nie gesagt hat, dass er mich liebt.«

»Aber Louisa …«

»Hast du es mir denn je gesagt?«

»Ich … äh …«

»Wärst du jetzt in der Lage, es mir zu sagen?«

»Was hat es denn zu bedeuten, jemandem zu sagen, dass man ihn liebt? Es sind bloß Worte.«

»Siehst du? Du bist nicht fähig, mir zu sagen, dass du mich liebst, obwohl du seit einem Jahr mit mir schläfst. Du bist krank, David, und ich habe die Nase voll von dir. Du klammerst dich an deine Vergangenheit. Und nur weil deine Frau sich dir gegenüber unfair verhalten hat, denkst du, dass alle Frauen dich hereinlegen wollen.«

Sie holte kurz Luft und fuhr fort:

»Ich weiß auch gar nicht, warum wir uns darüber unterhalten. Ich beknie dich schon seit Monaten, mir zu sagen, dass du mich liebst. Seit Monaten fühle ich mich wie eine Bettlerin, die nach den Brotkrumen deiner Liebe lechzt, aber nichts bekommt. Und ich weiß auch warum: Du hast kein Herz. Wo andere Menschen das Herz haben, ist bei dir ein Loch, ein Golfloch – das ist das Einzige, das dich interessiert, dieses verdammte Golfspiel. Such dir eine andere Dumme! Du brauchst bloß auf gut Glück zwischen all den unbefriedigten Schlampen im Club zu wählen. Auf Nimmerwiedersehen, und hoffentlich wirst du glücklich.«

»Louisa! Warte! Ich bin noch nicht fertig …«

Doch sie hatte schon aufgelegt.

Er war verzweifelter, hilfloser und zorniger denn je. Dennoch konnte er es nicht glauben. Es war unmöglich. Louisa konnte es nicht ernst meinen. Sie konnte unmöglich an seiner Stelle eine so schwerwiegende Entscheidung getroffen haben.

Nach kurzem Zögern rief er sie zurück.

»Louisa, ich möchte, dass wir in Ruhe miteinander reden. Du hast mir gar nicht die Chance gegeben, meine Meinung zu sagen.«

»Ach? Du möchtest also, dass ich in Ruhe mit dir rede«, sagte sie mit kühler Stimme. »Nun, dann werde ich es tun. Hör gut zu. Wenn du mich noch einmal anrufst, nur ein einziges Mal, werde ich meinem Mann sagen, dass du mich belästigst, sobald er aus Las Vegas wiederkommt, und dann bist du innerhalb von vierundzwanzig Stunden deinen Trainerjob los. Habe ich mich klar genug ausgedrückt?«

Sie legte auf, ohne seine Antwort abzuwarten.

8

David war von der Unnachgiebigkeit und Härte seiner Geliebten wie erschlagen. War es denn möglich, dass sie nichts mehr für ihn empfand? Sie hatte Recht, er hatte sich ihr gegenüber nicht immer ganz fair verhalten, hatte ihr, wie sie es so schön ausgedrückt hatte, nur die »Brotkrumen seiner Liebe« gegeben.

Aber sie hatten sich in einer heiklen und gefährlichen Lage befunden …

Außerdem war es vermutlich besser so. Ihre Beziehung war dem Untergang geweiht. Hätten sie ihr Verhältnis publik gemacht, wie Louisa es gewollt hatte, wäre zu viel zerstört worden.

Am meisten überraschte David allerdings nicht der Sinneswandel Louisas, sondern seine Reaktion darauf.

Er war völlig niedergeschlagen. Plötzlich konnte er das gesamte Ausmaß seiner Einsamkeit ermessen.

Vorher hatte es wenigstens noch jemanden gegeben, dem er sich anvertrauen konnte, mit dem er reden konnte, schlafen konnte.

Jetzt gab es niemanden mehr.

Nichts und niemanden.

Seine Exfrau hasste ihn.

Seine Tochter Lydia, die er liebte, durfte er nur an vier kümmerlichen Tagen im Monat sehen – und wenn sie wieder zu ihrer Mutter zurückkehrte, war er drei Tage lang depressiv, so schwer fiel ihm die Trennung von ihr.

David warf einen Blick auf die Uhr. Es war noch früh, nicht einmal sieben Uhr.

Er musste etwas trinken, sonst hielt er es nicht aus. Er kippte drei Wodkas rasch nacheinander. Schon bald verspürte er ihre angenehm betäubende Wirkung.

Es war kaum eine halbe Stunde vergangen, seit er mit seiner Geliebten gesprochen hatte, als das Telefon klingelte. Er konnte ein kleines, triumphierendes Lächeln nicht unterdrücken, denn er ging davon aus, dass Louisa es sich anders überlegt hatte. Offenbar tat es ihr Leid, dass sie ihm eine so derbe Abfuhr erteilt hatte, und nun wollte sie ihm sagen, dass sie auf dem Weg zu ihm sei, um noch eine letzte Nacht mit ihm zu verbringen, ehe ihr Mann am nächsten Tag zurückkam.

Um ihr zu demonstrieren, wie unabhängig er war, ließ David es dreimal klingeln, bevor er den Hörer abnahm.

Die Stimme einer Frau meldete sich. Es war eine sehr schöne Stimme, aber nicht die Louisas.

»Hallo. Ich … äh, ich weiß nicht, ob ich die richtige Nummer gewählt habe. Spreche ich mit David Berger?«

»Am Apparat.«

»Mein Onkel hat mir Ihre Telefonnummer gegeben, und da habe ich mir erlaubt, Sie anzurufen …«

»Ihr Onkel?«

»Ja, Paul Loria. Er arbeitet im selben Golfclub wie Sie, und ich …«

»Ach ja, jetzt weiß ich. Sie müssen seine Nichte sein.«

»Genau. Das sagte ich ja gerade.«

Da hatte sie Recht. Wie dumm von ihm! Wenn Paul ihr Onkel war, musste sie logischerweise seine Nichte sein. Aber er war noch völlig außer sich vom Gespräch mit Louisa; außerdem entfaltete der Wodka, den er in den letzten zehn Minuten getrunken hatte, seine benebelnde Wirkung.

»Mein Name ist Louisa Loria. Mein Onkel hat mir gesagt, dass Sie mich vielleicht anrufen würden. Ich weiß nicht, ob Sie's schon versucht haben, aber weil in den großen Hotels so viel Betrieb ist, wird einem nicht immer alles ausgerichtet. Also habe ich mir gesagt, dass ich es selbst versuche, auch wenn es wahrscheinlich nicht ganz richtig ist. Schließlich kennen wir uns ja gar nicht.«

»Nein, nein, es ist … Paul ist ein sehr guter Freund von mir. Ich weiß, dass er meine Telefonnummer nicht einfach irgendjemandem geben würde.«

»Hoffentlich störe ich Sie nicht …?«, erkundigte sie sich höflich.

»Nein, nein. Ich habe gerade gelesen.«

»Lesen Sie gern?«

»Ja«, antwortete er, obwohl er kaum etwas anderes las als Golfzeitschriften.

»Sehr schön. Heutzutage wird viel zu wenig gelesen. Wissen Sie, ich wollte Ihnen nicht Ihre Zeit stehlen. Aber ich kenne kaum jemanden in New York. Ich bin erst Montag angekommen, und weil ich ein bisschen ängstlich bin … nun ja, jetzt haben wir Freitagabend, und Sie haben wahrscheinlich etwas anderes vor, aber wenn nicht, würden Sie mir einen großen Gefallen tun, wenn Sie mich in gutes Lokal mitnehmen würden … Ich will Sie nicht über Gebühr beanspruchen, aber vielleicht könnten Sie mir sogar ein Stadtviertel zeigen, wo ich mir eine Wohnung suchen könnte. Das Plaza-Hotel ist großartig, aber auf Dauer ganz schön teuer.«

David hatte am Abend der Trennung von Louisa zwar nicht vorgehabt, auszugehen, doch die junge Frau machte einen netten, unbefangenen Eindruck, und er fühlte sich in diesem Moment so einsam, dass er sich antworten hörte:

»Aber natürlich, das würde mir großen Spaß machen.«

»Sind Sie sicher? Macht es Ihnen wirklich nichts aus?«

»Nein, ganz und gar nicht. Im Gegenteil. Schließlich sind Sie Pauls Nichte, und er hat mir viel von Ihnen erzählt.«

»Sollen wir uns in meinem Hotel treffen?«

»Ja, ich …«

»Um acht Uhr am Eingang des *Palms*, würde Ihnen das passen?«

»Wie spät ist es jetzt?«

»Fünf nach sieben.«

»Dann treffen wir uns um acht Uhr im Plaza-Hotel.«

»Ich habe blondes Haar und grüne Augen …«

Beinahe wäre ihm herausgerutscht, dass sie sich nicht zu beschreiben brauchte, weil er ein Foto von ihr gesehen hatte, aber er ließ sie ausreden.

»... und trage einen schwarzen Rock und einen roten Pulli.«

Kaum hatte sie aufgelegt, nahm ihr Gesicht einen ernsten Ausdruck an. Rasch machte sie einen zweiten Anruf.

9

Es stimmte, dass sie einen schwarzen Rock und einen roten Pulli trug, wie sie gesagt hatte. Doch sie hatte ihm verschwiegen, dass ihr beides sagenhaft gut stand. Der Lederrock war nicht zu kurz, brachte Louisa Lorias lange Beine jedoch wunderbar zur Geltung. Und ihr Baumwollpulli, der ziemlich kurz war, wie in letzter Zeit in Mode, schmiegte sich eng an ihren Busen, der ein wenig größer war als der von Louisa – was keine große Kunst war, denn Davids Geliebte hatte praktisch keinen Busen.

Louisa Loria trug keine Strumpfhose – seit drei Tagen war es in New York drückend heiß –, und ihre Füße steckten in Ballerinas, einem schwarz-weißen Modell, das auf der Seite das berühmte doppelte C von Coco Chanel trug. Die Luxusversion der Bohème, sozusagen!

Nicht schlecht für eine Zahnärztin, ging es David durch den Kopf. In Wirklichkeit sah sie eher wie eine Schauspielerin aus.

Doch was David vor allem in Erstaunen versetzte, war ihre verblüffende Ähnlichkeit mit seiner ehemaligen Geliebten! In natura war es noch auffälliger als auf dem Foto.

Natürlich wirkte sie jünger als Louisa Eaton, aber nicht sehr; außerdem sah sie aus, als wäre sie von Natur aus blond, ihrem milchigen Teint und dem beinahe völligen Fehlen von Augenbrauen nach zu urteilen. Aber sie war ebenso groß wie Louisa und hatte denselben Stil, eine Art vornehmer Eleganz, in Verbindung mit schlichter Einfachheit. Ihre Augen konnte David nicht sofort mit denen seiner Geliebten vergleichen, denn die ehemalige Zahnärztin trug eine sehr dunkle Sonnenbrille.

Als David sie sah, hätte er beinahe auf dem Absatz kehrtgemacht. Vermutlich wegen der großen Ähnlichkeit der beiden Frauen, musste er unwillkürlich an seine ehemalige Geliebte denken. Merkwürdigerweise hatte er das Gefühl, Louisa zu betrügen, obwohl das streng genommen gar nicht ging, weil sie sich ja von ihm getrennt hatte.

Woher kamen dann seine Bedenken?

Es war ja noch gar nichts passiert. Die junge Frau hatte ihn nur durch ihre Schönheit und ihre erstaunliche Ähnlichkeit mit Louisa Eaton verwirrt. Vielleicht würde ja gar nichts weiter passieren.

Doch warum hatte er ihre Einladung überhaupt angenommen, wenn er keine Hintergedanken hatte? Wollte er sich über die Trennung hinweghelfen oder sich rächen, weil seine einstige Geliebte ihn so unerwartet hatte sitzen lassen?

Was Louisa wohl in diesem Augenblick tat? Vergoss sie gerade bittere Tränen über ihre Trennung, oder war das Ganze nur Show gewesen? Eine List, um von ihm zu bekommen, was sie wollte? Frauen waren gerissen. Doch wenn er durchhielt, würde Louisa schließlich nachgeben und sich fügen.

Aber war es das wirklich, was er wollte?

Hatte Paul Loria ihm nicht deutlich genug zu verstehen gegeben, wie gefährlich seine heimliche Liebschaft für seine berufliche Laufbahn im Golfclub werden konnte?

Nach kurzem Zögern – er war noch angeheitert und

wusste nicht, ob er das Richtige tat – trat David unsicher lächelnd auf die junge Frau zu und sagte, obwohl er genau wusste, dass sie es war:

»Mrs Loria, nehme ich an?«

Sie schenkte ihm ein strahlendes Lächeln, das ihre großen weißen Zähne aufblitzen ließ, deren Unregelmäßigkeit sie nur noch attraktiver machte. Dann kam sie ein paar Schritte auf ihn zu, nahm mit der linken Hand die Sonnenbrille ab und streckte ihm selbstbewusst die Rechte entgegen.

»Ja, das bin ich. Aber Sie können mich Louisa nennen, wenn Sie wollen.«

Mit diesen Worten setzte sie die Sonnenbrille wieder auf, sodass er nicht dazu kam, in ihre Augen zu sehen.

Er hielt ziemlich lange ihre Hand fest, denn angetrunken wie er war, hatte er kein Zeitgefühl mehr, sodass es ihm nicht gelang, die Dauer dieser alltäglichen Geste richtig einzuschätzen.

»Es ist wirklich sehr nett von Ihnen, dass Sie meine Einladung angenommen haben. Darf ich Ihnen zum Dank einen Drink anbieten?«

»Gern.«

Sie gingen ins charmante kleine Café *The Palms* direkt hinter der Eingangshalle des Plaza-Hotels und fragten nach einem Tisch, was kein Problem war, denn in dem Café, das vor allem morgens frequentiert wurde, gab es mehrere freie Tische. Sie setzten sich und bestellten Heineken-Bier bei dem Kellner, der sie den Rest des Abends bedienen sollte.

Der junge Mann ließ nicht lange auf sich warten. Als er Louisa Loria das Bier einschenken wollte, kam sie ihm zuvor.

»Nein, danke, für mich bitte kein Glas.«

Sie riss ihm die Flasche geradezu aus der Hand, setzte sie

an den Mund und trank sie in einem Zug leer. Dann wischte sie mit einem zufriedenen Lächeln den Schaum ab, der ihren schönen Mund zierte.

»Bringen Sie mir bitte gleich noch eine Flasche.«

»Aber gern«, entgegnete der Kellner verwundert.

Er war von der Burschikosität der jungen Frau ebenso überrascht wie David.

Inzwischen hatte er dessen Glas genommen, um ihm ebenfalls einzuschenken, erkundigte sich zuvor jedoch vorsichtshalber:

»Soll ich …?«

»Nein, nein«, sagte David, »nicht nötig.«

Wenn seine Begleiterin aus der Flasche trank, würde er sich auch kein Glas bestellen, obwohl er Bier eigentlich nicht gern aus der Flasche trank.

»Sehr wohl«, sagte der Kellner und ging mit den Gläsern davon.

Kurz darauf kam er mit einer zweiten Flasche Heineken wieder, und erneut leerte die junge Frau sie in einem Zug.

Die elegante und sichtlich wohlhabende Klientel des Cafés bestand zum Großteil aus Ausländern: Asiaten, Deutsche, Italiener, die sich in gedämpftem Tonfall unterhielten. Natürlich gab es auch Amerikaner – New Yorker ebenso wie Leute, die von weiter weg kamen, um ein paar Tage im Big Apple zu verbringen.

»Ich hatte Durst.«

»Offensichtlich«, sagte David mit einem amüsierten Lächeln.

Er fand sie auf Anhieb sympathisch. Für eine Zahnärztin – oder vielmehr eine ehemalige Zahnärztin – machte sie sich erstaunlich wenig aus guten Manieren und daraus, dass sie sich in einem vornehmen Hotel befand.

Als sie ihre leere Flasche abstellte, sagte sie:

»Sie halten mich jetzt bestimmt für eine Alkoholikerin. Und damit haben Sie Recht. Aber wissen Sie, um acht Stunden täglich an einem beengten und übel riechenden Ort arbeiten zu können – damit meine ich den menschlichen Mund –, muss man sich berufen fühlen. Ich hatte diese Berufung offensichtlich nicht, also habe ich mit dem Trinken und dem Golfspielen angefangen, anstatt mich umzubringen, wie es vier Prozent aller Zahnärzte tun. Aber damit ist jetzt Schluss, ich habe mit dem Trinken aufgehört. Wahrscheinlich halten Sie das alles nur für Gerede, weil ich so etwas mit der Flasche in der Hand verkünde. Keine Bange – ich weiß, was ich tue und will nicht denselben Fehler machen wie die meisten anderen Alkoholiker, die mit einem Schlag aufhören und dann nach sechs Monaten zusammenbrechen und wieder anfangen zu trinken, und dann umso mehr. Ich gehe auf subtilere Art und Weise an meine kleinen menschlichen Schwächen heran, das ist meine Stärke. Ich mache es lieber auf die sanfte Tour.«

Das alles hatte sie mit affenartiger Geschwindigkeit heruntergerattert, als würde sie mit sich selber reden, doch es tat ihrem Charme keinen Abbruch. David jedenfalls fand sie unwiderstehlich komisch. Doch er riss sich zusammen und verkniff sich ein Lachen, um sie nicht zu brüskieren. Was für eine erstaunliche Zahnärztin!

»Ja, Sie machen es ganz bestimmt auf die sanfte Tour, das kann man wohl sagen.«

»Man lebt nur einmal, also sage ich mir: *Carpe diem.*«

»Carpe diem?«

»Sie kennen den Film nicht?«

»Einen Film, der *Carpe diem* heißt?«

»Nein. *Der Club der toten Dichter,* mit Robin Williams.«

»Ach ja, jetzt fällt es mir wieder ein. *Carpe diem:* Pflücke den Tag!«

»So ist es. Und genau das versuche ich«, sagte sie und gab dem Kellner ein Zeichen, ihr noch ein Bier zu bringen.

Der junge Mann brachte rasch zwei weitere Flaschen, sodass David gezwungen war, sein erstes Bier sehr schnell zu leeren, um nicht hinterherzuhinken. Weil er schon etwas getrunken hatte, bevor er zum Hotel gekommen war, war er inzwischen reichlich angeheitert und wollte eine Pause einlegen, ehe er sich an die zweite Flasche wagte.

»Trinken Sie«, befahl Louisa Loria. »Wenn Sie nicht mitmachen, wird man mich für eine Alkoholikerin halten, und dabei versuche ich doch nur, vom Fusel wegzukommen.«

Und sie leerte ihre dritte Flasche, stellte sie ziemlich laut auf dem Tisch ab und verkündete:

»So, das reicht für heute! Im Leben muss man Disziplin haben, sonst bringt man es zu nichts.«

Die beiden älteren Damen am Nebentisch schienen schockiert zu sein von der Geschwindigkeit, mit der Louisa Loria ihren Getränken den Garaus gemacht hatte. Der jungen Frau fiel die Entrüstung der Damen auf. Sie drehte sich um und musterte die beiden Ladys unverhohlen, setzte ihre Brille ab, riss die Augen weit auf und fragte:

»Soll ich Ihnen vielleicht ein Autogramm geben?«

Die beiden Siebzigjährigen blickten peinlich berührt zur Seite, und eine von ihnen kippte aus Versehen ihre Tasse heißen Tee um, was ihr schrille Schreie entlockte.

»Selbst schuld«, kommentierte Davids Begleiterin grausam.

Diese Unverfrorenheit brachte das Fass zum Überlaufen. David konnte nicht mehr an sich halten und prustete laut los. Das war ihm schon lange nicht mehr passiert. Er konnte sich gar nicht erinnern, wann er das letzte Mal so von Herzen gelacht hatte.

»Entschuldigung«, brachte er schließlich heraus und fügte leise hinzu: »Es ist nicht sehr höflich, alte Damen auszulachen, aber verraten Sie mir doch …«

Er kam nicht dazu, seinen Satz zu beenden, denn er musste wieder lachen, als der Kellner zum Nebentisch stürzte und versuchte, den Schaden zu beheben. Der Mann wechselte das Tischtuch und wischte den Tisch ab.

Es dauerte einen Moment, bis David sein Lachen unter Kontrolle bekam. Der unerwartete Lachanfall tat ihm erstaunlich gut, zumal er auf das wenig erfreuliche Gespräch mit seiner Geliebten folgte.

Seine Geliebte …

Warum hörte er nicht endlich auf, Louisa seine Geliebte zu nennen? Allerdings war die Trennung noch taufrisch …

Zum ersten Mal fielen ihm Louisa Lorias Augen auf. Sie hatten nicht dieselbe Farbe wie die seiner Geliebten, sondern waren eher grün und besaßen eine gewisse Tiefe. Es lag eine Traurigkeit darin, als hätte sie in ihrem Leben bereits großen Schmerz erlitten.

Inzwischen hatte David sich wieder beruhigt. Er hatte sein zweites Bier getrunken und fühlte sich angenehm benebelt. Es war genau die richtige Menge Alkohol, um sich wohl zu fühlen und eine Prise Sinnlichkeit aufkommen zu lassen.

Er freute sich, dass er diese unerwartete Einladung angenommen hatte, die ihm anfangs ungelegen gekommen war, denn er verfiel zusehends Louisa Lorias Bann. Und das lag nicht nur an ihrer Kleidung, die ihr ganz ausgezeichnet stand, sondern auch an ihrer eigenwilligen Persönlichkeit, ihrem Wesen, ihrer Ausgelassenheit. Mit ihren Widersprüchen und ihren haarsträubenden Theorien war sie überaus witzig. Sie sollte lieber Schauspielerin werden und nicht Schriftstellerin!

Obwohl sie offensichtlich Alkoholikerin war und David es sich zum Prinzip gemacht hatte, nicht mit Frauen zu schlafen, die mehr Probleme hatten als er selbst, fühlte er sich von der exaltierten jungen Frau mehr und mehr angezogen.

Ab und zu ließ er den Blick über ihren roten Pulli schweifen, der ihren zarten Busen so gut zur Geltung brachte, über ihren weißen Hals, auf den ihre blonden Haare fielen, die – ein weiterer außerordentlicher Zufall –, genau dieselbe Länge und denselben Schnitt hatten wie das Haar Louisa Eatons. Man konnte fast meinen, die beiden Frauen hätten denselben Geschmack und denselben Friseur.

Louisa …

Er musste aufhören, an sie zu denken! Das war die Lösung. Und die beste Methode wäre vielleicht, in den Armen einer anderen Trost zu suchen. Dann würde er schneller von Louisa loskommen. Wenn sie ihn dann wieder anrief – was sie bestimmt tat –, konnte er ihren Avancen leichter widerstehen, denn er würde auf direktem Weg aus dem Bett einer anderen kommen. So vorzugehen war zwar nicht sehr romantisch, aber es war nun mal sein Stil, sein durch die Trennung verletztes Ego zu kurieren und sich an das Leben zu klammern, zumal ihm die Trennung von seiner Frau auch schon arg zugesetzt hatte.

Das alles unter der Voraussetzung, versteht sich, dass Louisa Loria überhaupt etwas von ihm wollte.

Denn so unkompliziert und natürlich sie sich ihm gegenüber gab, ließ nichts darauf schließen, dass sie es darauf abgesehen hatte, ihn zu erobern.

Sie verhielt sich ihm gegenüber, als wäre auch er eine

Frau, oder als wäre sie ein Mann – freundschaftlich und kumpelhaft.

Aber das war es ja, was David so gut an ihr gefiel: ihre Ungezwungenheit.

Andererseits trug sie weder einen Rollkragenpullover noch ein knöchellanges Kleid, und unter ihrem roten Pulli, der sich so perfekt von ihrer makellosen Haut abhob, trug sie offensichtlich keinen Büstenhalter. Wenn doch, musste er hauchzart sein, denn er hinderte ihre Brustwarzen nicht daran, sich deutlich durch den Stoff abzuzeichnen.

David verspürte eine Art Schwindel, eine unheilvolle Verzauberung. Und dabei hatte er sich vorgenommen, sich nicht verführen zu lassen …

»Mein Onkel hat mir erzählt, dass Sie Trainer im Golfclub sind, in dem er arbeitet. Ein Golfprofi. Macht Ihnen die Arbeit dort Spaß?«

»Nein«, antwortete er kurz und knapp, und sie lachte.

»Das war nur ein Scherz. Ich liebe meine Arbeit.«

Sie hatte zwar angekündigt, dass sie nicht mehr trinken würde, doch das war vielleicht nichts weiter als das Versprechen einer Alkoholikerin. Denn als der Kellner ihr ein viertes Bier brachte, ließ sie es nicht zurückgehen; stattdessen kippte sie es mit ebensolchem Elan hinunter wie die vorherigen. Sie stellte die Flasche ab und sagte:

»Profitrainer in einem Golfclub. Hm, ich bin sicher nicht die Erste, die Ihnen das sagt, aber wenn Sie in den Spiegel schauen, erblicken Sie dort nicht gerade Quasimodo … Bestimmt sammeln Sie Frauen wie andere Leute Briefmarken.«

»Nein, ich …«

»Sie sind doch nicht etwa …«

»Nein, nein«, antwortete er lächelnd.

»Zum Glück, ich habe nämlich etwas gegen Verschwendung.«

»Nach meiner Scheidung vor zwei Jahren wollte ich mir Zeit lassen. Ich warte noch auf die Richtige.«

»Das habe ich auch ein paar Monate lang versucht. Es wirkt sich äußerst nachteilig auf das Sexualleben aus.«

Wieder konnte David sich ein Lachen nicht verkneifen.

»Heißt das«, fuhr die junge Frau in naivem Tonfall fort, »dass Sie seit zwei Jahren keinen Sex mehr hatten?«

»Seit sieben Jahren.«

»Seit sieben Jahren?«

»Ja. Sie vergessen die fünf Jahre, die ich verheiratet war!«

Nun lachte auch sie, was vielleicht ebenso dem Alkohol zu verdanken war wie dem Scherz selbst.

»Warum haben Sie sich denn scheiden lassen?«, fragte sie, als sie sich wieder beruhigt hatte.

»Ich habe zu viel Golfunterricht gegeben, und meine Frau hat zu viele Klavierstunden genommen.«

»Ist sie mit dem Klavierlehrer durchgebrannt?«

»Ja, und das Haus und meine damals dreijährige Tochter hat sie sich auch unter den Nagel gerissen.«

»Oh.«

»Und Sie? Haben Sie jemanden?«

»Ich hatte jemanden ... dachte ich zumindest, bis ich merkte, dass mein Gatte eine andere hatte. Seine Sekretärin. Er hat mir ihr geschlafen, und ich Dummkopf habe nichts gemerkt. Das ist nicht besonders gut fürs Ego!«

Mit diesen Worten sprang sie auf und sagte mit einer Selbstverständlichkeit, die bei allen anderen Frauen eigenartig gewesen wäre:

»Sie müssen mich entschuldigen, ich muss mal eben auf den Pott. Das viele Bier.«

David lächelte über ihre Direktheit.

War sie ein bisschen zu schnell aufgestanden, oder war sie betrunkener, als sie dachte? Jedenfalls wurde ihr so schwindlig, dass sie das Gleichgewicht verlor. Als sie sich festhalten wollte, erwischte sie das frisch ausgetauschte Tischtuch ihrer zwei alten Nachbarinnen und zog es zusammen mit den Teetassen, der Kanne, den Törtchen und allem anderen mit sich mit. Es war ein Unfall, und sie hätte sich leicht verletzen oder gar den Schädel aufschlagen können, doch die überschwängliche Louisa schien das Ganze auf die leichte Schulter zu nehmen. Mehr schlecht als recht stand sie wieder auf. Ihr hübscher roter Pulli war voller Sahne, und weil es Schwarzwälder Kirschtorte gewesen war, sah es nicht sehr appetitlich aus. Letzteres schien ihr weit mehr Kopfzerbrechen zu machen als das Los der zutiefst erschütterten alten Damen, die beide mit einem Satz aufgesprungen waren, um selbst nichts abzubekommen.

David war ebenfalls aufgestanden und fragte besorgt:

»Alles in Ordnung? Haben Sie sich verletzt?«

»Es ist alles okay, nur mein Pulli ist im Eimer. Ein Pulli von Chanel, der mich ein Vermögen gekostet hat!«

Darüber schien sie wirklich verärgert zu sein.

»Ich werde wohl auf mein Zimmer gehen müssen …«

»Soll ich Sie begleiten?«

10

Diese Frage, die sich anhörte, als habe er sie aus reiner Höflichkeit gestellt, die aber mit vielen Konsequenzen verbunden sein könnte, war ihm einfach herausgerutscht: »Soll ich Sie begleiten?«

Warum hatte er das gefragt?

»Nein, danke, das ist nicht nötig.«

Doch kaum hatte sie drei Schritte getan, verlor sie fast wieder das Gleichgewicht. David schaffte es gerade noch, sie festzuhalten.

»Vielleicht ist es doch eine ganz gute Idee«, gab sie lächelnd zu.

David warf genügend Scheine auf den Tisch, um die Rechnung zu begleichen, hakte Louisa unter und führte sie zum Fahrstuhl, begleitet von den beunruhigten Blicken der Gäste, die der Szene beigewohnt hatten. Unterdessen eilte der Kellner herbei, um den Schaden zu beheben.

In ihrer Nähe konnte David zum ersten Mal ihr unaufdringliches, dennoch kräftiges Parfum riechen, und er spürte die sanfte Berührung ihres Haars an seiner Wange. Es verwirrte ihn weit mehr, als er sich vorgestellt hatte. Er hatte die junge Frau anfangs zwar sympathisch gefunden, doch jetzt war er, trotz ihres lächerlichen Sturzes, sozusagen ihrem Charme gänzlich ausgeliefert. Allerdings nicht genug, um einen Annäherungsversuch zu wagen.

Was würde Paul Loria sagen, wenn er sich seiner Nichte gegenüber – die Paul gewissermaßen seiner Obhut anvertraut hatte – nicht wie ein Gentleman verhielt?

Er hatte zwar zugegeben, dass er sie miteinander verkuppeln wollte, aber wenn es so schnell ging, würde er David für einen Lüstling halten.

Zu Davids großer Freude waren sie im Fahrstuhl allein. Als hätte sich das gesamte Universum verschworen, damit er sein Glück bei der jungen Frau versuchte ... Ja, er war mit einer bezaubernden jungen Frau allein im altertümlichen Fahrstuhl eines Luxushotels. Und er hielt ihren Arm.

»Welche Etage?«, fragte er betont sachlich, um seine Erregung zu verbergen.

»Siebte«, sagte sie und fügte hinzu: »Zimmer 747. Wie die Boeing.«

Er lächelte und drückte auf den Knopf. Als der Fahrstuhl sich geräuschvoll in Gang setzte, schien es Louisa schwindlig zu werden. Schnell fragte sie ihn:

»Darf ich ...?«

Ohne seine Antwort abzuwarten, als würde sie von vornherein wissen, was er sagte, ließ sie ihren schönen blonden, vom Alkohol benebelten Kopf an seine Schulter sinken. David war gerührt. Doch welcher Mann hätte solch einer Frau widerstehen können? Ihre Verführungskünste waren umso wirkungsvoller, als sie sich vollkommen natürlich gab und sich nichts dabei zu denken schien. Er beugte sich zu ihr. Freundlicherweise hatte sie die Augen geschlossen, um gegen den Schwindel anzukämpfen, sodass David sich bestätigen lassen konnte, dass sie keinen Büstenhalter trug, wie er bereits vermutet hatte. Er schluckte.

Der Pulli der jungen Frau stand ein Stückchen auf, weil sie sich vorgebeugt hatte, und er konnte ihre Brüste sehen. Sie waren sehr hübsch, schön rund und in der Tat ein wenig größer als die seiner ehemaligen Geliebten. Als Louisa die Augen wieder öffnete, war er seit einigen Sekunden in diesen wundervollen Anblick vertieft, den er als umso angenehmer empfand, als er ihn dem Zufall zu verdanken hatte. Sie sah zu ihm auf und lächelte verschämt, als wäre es ihr unangenehm, dass ihr schlecht geworden war. Er hatte gerade noch Zeit, den Blick abzuwenden und das Lächeln unschuldig zu erwidern.

Als der Fahrstuhl im siebten Stock abbremste, stieg wieder Übelkeit in ihr auf. Sie seufzte. Dann gab sie entmutigt zu:

»Ich fühle mich wirklich nicht wohl. Ich glaube, mir wird gleich schlecht.«

Die Fahrstuhltür öffnete sich.

»Wir haben es geschafft«, sagte David und half der jungen Frau beim Aussteigen.

»Haben Sie den Schlüssel?«

»Gute Frage. Einen Moment, er muss in meiner Tasche sein.«

Es war eine kleine, schwarze, mit falschen Edelsteinen besetzte Handtasche. Einen Moment suchte sie nach dem Schlüssel, konnte ihn aber nicht finden und bat David, ihr behilflich zu sein. Diese kleine Geste, die ihm zeigte, wie viel Vertrauen sie in ihn hatte, verwirrte ihn wiederum. Es war, als ob sie sich ihm öffnete, indem sie ihn ihre Tasche öffnen ließ, dieses Sinnbild weiblicher Intimität.

Ohne weitere Schwierigkeiten fand er den Schlüssel. Offenbar war sie ganz schön angeschlagen, dass sie in dieser kleinen Tasche nicht einmal den Schlüssel gefunden hatte.

Sie kamen zu ihrem Zimmer, das in Wirklichkeit eine ziemlich luxuriöse Suite war, die aus einem kleinen Salon und einem Schlafzimmer bestand. Nicht übel, ging es David durch den Kopf. Für eine angehende Schriftstellerin lässt sie es sich gut gehen! Gleichzeitig erinnerte er sich daran, dass sie ehemalige Zahnärztin war – und die verdienten bekanntlich nicht schlecht, ganz im Gegenteil.

Als David die Tür hinter sich zuzog und mit Louisa Loria

allein im Zimmer war, wich er innerlich ein Stück zurück. Seine innere Stimme sagte ihm, dass er dabei war, einen Fehler zu begehen, und dass er sich lieber nicht zu lange in diesem Raum aufhalten sollte. Er hatte das Gefühl, mit dem Feuer zu spielen. Es wäre wohl am besten, seiner Gefährtin brav eine gute Nacht zu wünschen und zu gehen.

Louisa warf einen Blick auf einen der Sessel in der Suite und sagte:

»Ich glaube, ich setz mich einen Moment. Wären Sie so nett, mir ein Glas Wasser und einen nassen Waschlappen aus dem Badezimmer zu holen? Mein Kopf fühlt sich an, als würde er gleich platzen.«

»Gern. Soll ich Ihnen helfen, sich zu setzen?«

»Nein, nein, das schaffe ich schon.«

Unter Davids misstrauischem Blick ging sie unsicheren Schrittes auf den Sessel zu. Im letzten Moment verlor sie das Gleichgewicht, plumpste jedoch in den Sessel und schenkte David ein triumphierendes Lächeln, als würde sie diese unverhoffte Landung ihrem Geschick und nicht dem Zufall verdanken!

David lächelte erleichtert zurück und ging auf das Badezimmer zu, dessen Tür seltsamerweise verriegelt war. Zunächst fand er das komisch, dann begriff er seinen Fehler: Die Tür, die er zu öffnen versucht hatte, führte nicht zum Bad, sondern war die Verbindungstür zum Nebenzimmer. So konnten sich befreundete Paare besuchen, oder große Familien konnten von einem Zimmer zum anderen wechseln, ohne über den Hotelflur zu müssen.

David schenkte der jungen Frau, die seinem Treiben verständnislos zusah, ein dümmliches Lächeln. Dann ging er zur richtigen Tür und betrat das große, luxuriöse Bad, das er sehr beeindruckend fand. Zum Teufel, es war ja fast so groß wie sein Schlafzimmer! Es gab zwei goldene Waschbecken, die in einen Waschtisch aus makellosem, schwarzem Granit eingelassen waren, eine Badewanne, eine Dusche, eine Toilette und ein Bidet – kurz und gut, alles, was das Herz begehrte.

David nahm einen weißen Waschlappen, auf den in feiner goldener Schrift die Worte »Plaza-Hotel« aufgestickt waren, und ließ das Wasser laufen, damit es richtig kalt wurde. Dabei warf er einen Blick in den Spiegel. Lag es an der Beleuchtung oder am Alkohol? Jedenfalls fand er, dass er nicht gut aussah. Er war blass und hatte Ringe unter den Augen. Sein Blick war glasig.

Was hatte er hier eigentlich zu suchen, in diesem Hotelzimmer mit einer jungen Frau, die so betrunken war, dass sie kaum noch wusste, was sie tat?

Doch sein Entschluss war gefasst, und er würde nicht mehr davon abweichen: Sobald er Louisa gebracht hatte, worum sie ihn gebeten hatte, würde er sich aus dem Staub machen.

Er füllte ein Glas mit Wasser, doch anstatt es Louisa zu bringen, trank er es selbst in einem Zug aus und betrachtete sich dabei wieder im Spiegel, wie ein Mörder, der kurz davor steht, ein Verbrechen zu begehen, im letzten Moment jedoch zögert … Er spülte das Glas aus, füllte es wieder und war nun bereit, ins Zimmer zurückzukehren, um seinem Schicksal ins Auge zu sehen.

Dort wartete eine Überraschung auf ihn.

Die junge Frau befand sich nicht mehr in der Suite. Sie saß nicht mehr im Sessel! Dafür lag ihre Kleidung auf dem Boden verstreut: ihr aufreizender schwarzer Lederrock, ihr roter Pulli, die Ballerinas, ein kleiner rosa Slip …

David ging ins Schlafzimmer und fand Louisa dort im

Bett vor, wo sie splitternackt eingeschlafen zu sein schien! Ihr Handtäschchen hatte sie brav auf den Nachttisch gelegt.

Unwillkürlich richtete Davids Blick sich auf ihre helle Scham: Im Gegensatz zu seiner Geliebten war diese junge Frau tatsächlich von Natur aus blond!

Er schluckte, richtete sich auf, wölbte die Brust vor und legte sich nochmals zurecht, wie er sich verhalten sollte. Auf keinen Fall würde er von seinem Vorhaben abweichen! Er würde die junge Frau nicht wecken, sondern einfach das Wasserglas mitsamt Waschlappen auf den Nachttisch abstellen und sich dann so schnell wie möglich aus dem Zimmer stehlen.

Auf leisen Sohlen schlich er zum Bett, doch je näher er kam, desto mehr verwirrte ihn der schöne Körper der jungen Frau. Ihr betörendes Parfum stieg ihm in die Nase.

Er biss die Zähne zusammen. Welch eine Tortur für einen Mann wie ihn, zumal er seit zwei Wochen nicht mehr mit seiner Geliebten geschlafen hatte.

Als er den Waschlappen auf den Nachttisch legte, griff die junge Frau nach seinem Handgelenk und hielt es fest.

11

David wandte sich ihr zu. Als ihre Blicke sich trafen, wusste er, dass er nicht vor dem nächsten Morgen aus diesem Zimmer herauskommen würde. In der Tat zog sie ihn nach kurzem Zögern zu sich. Er leistete keinen Widerstand. Doch in dem Moment, als er in sie eindringen wollte, bremste sie ihn:

»Halt! Nicht ohne Überzieher!«

Sie griff nach ihrer Handtasche und zog geschickt ein Plastiktütchen heraus, das sie im Handumdrehen aufriss. Doch sie reichte ihm das Kondom nicht, wie er es erwartete, sondern streifte es ihm auf eine so sinnliche und gekonnte Art über, dass er bei dem Gedanken, was für ein Ritt ihm bevorstand, zu zittern begann. Seine Erwartungen wurden nicht enttäuscht: Sie war eine Raubkatze, unermüdlich, unersättlich.

Nach der Liebe hüpfte sie frisch wie ein kleines Mädchen aus dem Bett. David sah ihr lächelnd hinterher, als sie aus dem Zimmer ging. Dann versank er erschöpft von der Liebe in tiefen Schlaf.

Am Morgen streckte er, noch mit geschlossenen Augen, den Arm nach ihr aus, um ihr für den Genuss der vergangenen Nacht zu danken und ihr möglicherweise noch einen morgendlichen Dienst abzuringen … Als hätte sie sich nachts nicht schon genug verausgabt! Doch einen Versuch war es wert. Vielleicht gehörte sie ja zu den Frauen, die sich nie verweigern und die es sogar gern haben, wenn man sie in aller Frühe nimmt, halb schlafend noch, vor dem ersten Kaffee …

Doch der Platz neben ihm war leer, und er grummelte unzufrieden. Um sich zu trösten, sagte er sich, dass es so besser sei, weil man nicht zu lange im Bett bleiben sollte und jedes Übermaß schlecht war. Es war schließlich ein Wochentag – im Sommer war jeder Tag für ihn ein Wochentag! –, und er musste vor acht Uhr im Pro-Shop des Golfclubs sein.

Wie spät war es überhaupt?

Er warf einen Blick auf die Uhr und stellte erschrocken fest, dass es bereits halb acht war. Er musste sehr tief geschlafen haben. Normalerweise stand er jeden Morgen ohne

Wecker um halb sechs auf. Allerdings war er heute bestimmt nicht vor zwei Uhr in der Frühe eingeschlafen!

In der Annahme, dass Louisa im Badezimmer mit ihrer Morgentoilette beschäftigt war, horchte er. Doch es war kaum ein Laut zu vernehmen, nur die leisen Geräusche, die man unweigerlich morgens in Hotels hört, selbst in den besten Häusern der Welt.

Er gähnte, rieb sich die Augen und rief schließlich:

»Louisa.«

Keine Antwort.

Er rieb sich nochmals die Augen, sprang dann aus dem Bett, ging in den Salon und erblickte die junge Frau, die dort vollkommen nackt im Sessel eingeschlafen zu sein schien.

Ein Detail jedoch fand er merkwürdig: Ihre Schamhaare waren schwarz, nicht blond. Dabei war er sich am Vorabend sicher gewesen, dass sie eine echte Blondine war.

Er trat näher und riss vor Schreck die Augen auf.

Unerklärlicherweise war es seine ehemalige Geliebte, die dort im Sessel saß, und nicht die junge Frau, mit der er die sagenhafte Nacht verbracht hatte.

Doch die Kleidungsstücke, die auf dem Boden neben dem Sessel lagen, waren nicht die von Louisa Eaton, sondern die Sachen, welche die angehende Schriftstellerin am gestrigen Abend getragen hatte: der kurze schwarze Lederrock, der rote Pulli und der rosa Slip. Der einzige Unterschied war, dass ein Büstenhalter aus schwarzer Spitze hinzugekommen war, obwohl Louisa Loria gar keinen BH trug … David sah im Geiste den Augenblick vor sich, als die junge Frau im Fahrstuhl den Kopf an seine Schulter hatte sinken lassen und er in den Genuss des verzückenden Anblicks ihrer nackten Brüste gekommen war.

Doch was hatte seine ehemalige Geliebte hier zu suchen?

Sie war …

Eine schreckliche Vorahnung erfasste ihn.

Er trat näher und stieß einen lauten Schrei aus.

Louisa Eaton starrte mit weit aufgerissenen, leeren Augen auf ein Kissen, das neben ihr auf dem Boden lag.

Sie war tot!

12

Wie kam seine ehemalige Geliebte in dieses Zimmer, wenn er doch die Nacht mit einer anderen Frau verbracht hatte?

Wer hatte ihre Leiche in die Suite des Plaza-Hotels gebracht, während er schlief?

Ihre Leiche … was für ein grässliches Wort! David konnte nicht fassen, dass Louisa tot sein sollte, für immer tot, obwohl er sie vor wenigen Tagen noch in den Armen gehalten hatte.

Was war passiert?

Jemand hatte ihn hereinlegen wollen, das stand fest. Und *wie* man ihn reinlegen wollte!

Aber wer tat so etwas?

Und warum?

Er griff sich an die Stirn.

Ihm war klar geworden, was für ein perfekter Schlag gegen ihn geführt worden war.

Und wie geschickt man ihn in die Falle gelockt hatte.

Es war Paul Loria!

Vor seinem geistigen Auge sah er die Szene vor sich, als

sein vermeintlicher Freund ihm in der Bar des Golfclubs das Foto der jungen Frau gezeigt und ihm erzählt hatte, dass sie im Plaza-Hotel abgestiegen sei.

Es war kein Zufall, dass er ihm vorgeschlagen hatte, sich mit einer Frau zu treffen, die Louisa Eaton glich wie ein Ei dem anderen.

Und es war kein Zufall, dass diese Zahnärztin, die eine berühmte Schriftstellerin werden wollte, im *Palms* so viel Wirbel gemacht hatte wie nur möglich. Sie hatte sich bemerkbar machen wollen, um dafür zu sorgen, dass er mit ihr zusammen dort gesehen wurde …

Aber wozu das Ganze?

Warum war Louisa Eaton umgebracht worden?

Der Erste, der David einfiel, war natürlich ihr Mann.

Ja, ihr Ehemann.

Joseph Eaton wusste schon seit langem, dass seine Frau ihn betrog, das stand fest, und er hatte zwei Fliegen mit einer Klappe schlagen wollen: seine Ehre wiederherstellen und seine Frau loswerden!

Während David diese Gedanken mit rasender Geschwindigkeit durch den Kopf schossen, trat er näher an die Leiche heran. Denn er wollte wissen – eine verständliche Neugier –, wie seine Geliebte gestorben war.

In ihrer unmittelbaren Nähe nahm er nicht nur den Duft ihres Parfums wahr, sondern auch den Geruch von Alkohol, als hätte seine ehemalige Geliebte getrunken. Das wäre nicht weiter erstaunlich, denn es genügte ihr nicht, sich einen Liebhaber zu nehmen, um ihre Ehe zu ertragen. Zusätzlich brauchte sie noch ihre tägliche Ration Martinis!

Dann fiel ihm auf, dass das Kopfkissen, das neben dem Sessel lag, rote Flecken aufwies. Er schaute es sich genauer an. Die rote Farbe war Lippenstift. Er brauchte also nicht länger nach einer Erklärung zu suchen: Louisa war mit dem Kopfkissen erstickt worden. Das war auch der Grund dafür, dass keine Spuren von Schlägen oder andere Verletzungen zu sehen waren.

Was tun?

In seinem ganzen Leben hatte David noch nie solche Angst gehabt.

Wie sollte er sich verhalten, um mit heiler Haut davonzukommen?

Sollte er sofort bei der Rezeption anrufen, um zu melden, dass eine Leiche in einem der Zimmer lag?

Das wäre die nahe liegendste Reaktion, doch es würde gleichzeitig bedeuten, dass er zugeben musste, Louisa Eatons Liebhaber gewesen zu sein.

Und das wiederum hätte zur Folge, dass er seinen Job verlor und sich obendrein mit der Polizei herumschlagen musste. Und natürlich wäre er der Hauptverdächtige und hätte nur geringe Chancen, den Kopf aus der Schlinge zu ziehen.

Denn wer würde ihm glauben, dass er zwar am Tatort gewesen war, aber nicht der Mörder?

Nein, da war es besser, zu verschwinden.

Wer konnte ihn beschuldigen, wenn er sich aus dem Staub machte?

Das Hotelzimmer war nicht auf seinen Namen eingetragen, und er hatte niemandem von seinem Besuch im Plaza erzählt.

Wer könnte ihn im *Palms* bemerkt haben?

Der Kellner vielleicht. Aber Gott sei Dank hatte er bar bezahlt und nicht mit Kreditkarte.

Die alten Damen, die von Louisa Lorias Verhalten so schockiert gewesen waren und deren Tischtuch Louisa versehentlich weggerissen hatte, würden sich bestimmt nicht an ihn erinnern, sondern an seine überschwängliche Geliebte einer Nacht.

Geliebte einer Nacht ...

Wo war sie überhaupt abgeblieben? Sie hatte sich buchstäblich in Luft aufgelöst, ohne Spuren zu hinterlassen, als hätte sie dieses Zimmer nie betreten.

Ohne Spuren zu hinterlassen!

Auch David musste jede Spur seiner Anwesenheit in diesem Zimmer beseitigen, sonst konnte es gefährlich werden.

13

Das Wasserglas, das er Louisa gestern Abend gebracht hatte (und auf dem sich natürlich seine Fingerabdrücke befanden), stand nicht mehr auf dem Nachttisch, noch war es beim Waschbecken, wo es normalerweise hingehörte. Es war verschwunden. Seltsam! Er war doch nicht verrückt. Er hatte doch nicht geträumt!

Allerdings gab es bei diesem Abenteuer etliche Eigentümlichkeiten. Die hier war nur eine von vielen.

David warf einen Blick in den Spiegel. Er sah merkwürdig aus. Seine Haare waren dermaßen zerzaust, als hätte er die Nacht in der Gosse verbracht.

Er sah, dass seine rechte Schulter aufgekratzt war, offensichtlich von den Nägeln einer Frau – einer Frau, die von Leidenschaft entfesselt war. Er drehte sich um und sah, dass der gesamte obere Teil seines Rückens eine derartige Behandlung erfahren hatte. Überall waren Schürfwunden.

»Scheiße!«, fluchte er.

Diese Kratzer, die ihn noch mehr kompromittierten, konnte er nun wirklich nicht gebrauchen!

Er durfte nicht länger in diesem Hotelzimmer herumtrödeln. Jede Sekunde war kostbar. Er musste so schnell wie möglich verschwinden.

In Windeseile zog er sich an und ließ den Blick durchs Zimmer schweifen, um sich zu vergewissern, dass er nichts vergessen hatte, denn jede noch so winzige Kleinigkeit konnte ihn verraten.

In diesem Augenblick wurde an die Tür geklopft. Stocksteif blieb er stehen, und sein Herz machte einen Satz.

»Zimmerservice.«

Zimmerservice? Aber er hatte doch nichts bestellt! Das musste ein Irrtum sein. Das heißt … vielleicht hatte Louisa Loria ja Frühstück bestellt?

Allerdings blieb David keine Zeit, sich eingehend mit dieser Frage zu befassen. Er musste eine Entscheidung fällen. Und es gab nur eine Möglichkeit. Die Flucht.

Die Frage war nur: wie?

Es gab noch diese andere Tür, die er gestern Abend mit der des Badezimmers verwechselt hatte. Vielleicht ließ diese Tür sich ja aufstemmen. Doch wie sich herausstellte, war das gar nicht nötig, denn die Tür war offen. David stieß sie auf und trat ins Nebenzimmer, das glücklicherweise leer war – was er merkwürdig fand, denn er glaubte sich zu erinnern, dass die Tür gestern Abend verriegelt gewesen war. Doch es gab so vieles, das er nicht verstand, seit er aufgestanden war, dass er sich davon nicht aufhalten ließ.

Er zog genau in dem Moment die Tür hinter sich zu, als jemand das Zimmer betrat, in dem sich Louisa Eaton befand. Ein unterdrückter Schrei war zu vernehmen. Es war der Hotelboy, der die Leiche offensichtlich auf Anhieb entdeckt hatte.

Im Nebenzimmer entdeckte David die Hausschuhe einer Dame neben dem Bett. Der Gedanke, dass vielleicht eine Frau in diesem Zimmer wohnte, schoss ihm durch den Kopf – eine Frau, die ihre Morgentoilette machte, ehe sie in ihre Hausschuhe schlüpfte. Das war gut möglich, denn das Bett war ungemacht.

David öffnete die Zimmertür einen Spalt weit und warf einen Blick in den Hotelflur. Kein Mensch zu sehen.

Schnell schlüpfte er hinaus und eilte zum Fahrstuhl, rannte jedoch nicht, um keine Aufmerksamkeit zu erregen. Bis der Lift kam, musste er ein paar Sekunden warten, die ihm wie eine Ewigkeit erschienen. Endlich öffnete sich die Tür des Fahrstuhls, in dem sich bereits ein älteres Ehepaar befand. David wandte den Blick ab. Genau in dem Moment, als die Fahrstuhltür sich wieder schloss, erklang hinter ihm die Stimme eines Mannes:

»Entschuldigen Sie bitte …«

Wer konnte etwas von ihm wollen? Langsam drehte David sich um, die Andeutung eines Lächelns auf den Lippen.

Es war der Hotelboy, ein magerer Rotschopf offenbar irischer Abstammung, der soeben die Leiche entdeckt hatte und nun mit panischer Miene dastand und zur Rezeption wollte, um der Geschäftsleitung seinen Fund zu melden.

Widerwillig hielt David den Fahrstuhl an. Der Junge stieg ein und bedankte sich. In seinen leuchtend blauen Augen spiegelte sich Angst – zu Recht. Seit er in diesem berühmten Hotel arbeitete, hatte er schon viele Dinge erlebt, aber die nackte Leiche einer Frau hatte er noch nie zuvor gesehen!

Doch weil er die Gäste nicht beunruhigen wollte, wie es sich in erstklassigen Hotels gehörte, versuchte er Fassung zu bewahren, bis er seinem Vorgesetzten sein schreckliches Geheimnis anvertraut hatte.

David hielt den Blick gesenkt. Er fand, dass die Zeit, bis der Fahrstuhl im Erdgeschoss ankam, unendlich langsam verstrich. Endlich öffneten sich die Türen. Der Hotelboy huschte als Erster hinaus und stürmte zur Rezeption, während David auf den Ausgang zusteuerte.

Der Portier wünschte ihm einen schönen Tag und erkundigte sich, ob er ihm ein Taxi rufen oder seinen Wagen holen solle. David tat so, als habe er es eilig, vermied jeden Blickkontakt und murmelte im Weitergehen Unverständliches vor sich hin.

Er ging die paar Hundert Meter bis zur Fifth Avenue, wo er eine kurze Verschnaufpause einlegte. Er musste sich beruhigen, musste wieder zu sich kommen. In zu kurzer Zeit waren zu viele Dinge geschehen – und obendrein waren ihm all diese Dinge völlig unverständlich.

Zunächst galt es, in Erfahrung zu bringen, wie spät es war. Zehn vor acht.

Zehn vor acht …

Spätestens halb neun musste er im Pro-Shop des Golfclubs sein. Heute Morgen würde er allerdings Verspätung haben; das war nicht zu vermeiden. Zum einen fuhr er normalerweise von Brooklyn aus los, was viel näher an den Hamptons lag, zum anderen ging er üblicherweise sehr früh aus dem Haus. Von Manhattan aus, und bei diesem Berufsverkehr, hatte er schlechte Karten.

Doch ihm blieb nichts anderes übrig. Er musste in den Club, sonst wäre es verdächtig. Ja, trotz des furchtbaren Dramas, das sich zugetragen hatte, musste er zur Arbeit und so tun, als wenn nichts wäre. Ein ganz normaler Tag.

Wo hatte er seinen Wagen abgestellt? Am Abend zuvor

war er bei der Ankunft im Hotel zu betrunken gewesen, um sich den Parkplatz zu merken, und jetzt war er zu nervös, um sich daran zu erinnern.

Dann aber fiel es ihm ein.

Rasch ging er zur 59. Straße. Sein Auto stand zwar noch da, doch hinter dem Scheibenwischer steckte ein Strafzettel. Fluchend riss er ihn ab und schleuderte ihn auf den Boden, ohne nachzusehen, wie hoch die Strafe war.

Er stieg ein und warf einen Blick in den Rückspiegel. Bei Tageslicht sah er noch schlechter aus als im Badezimmer des Hotels. Sein Haar war zerzaust, und er hatte Augenringe wie einer, der die ganze Nacht … Außerdem hatte er einen Bart. Es war zwar nur ein Eintagesbart, doch David hatte einen kräftigen Bartwuchs und sah jetzt schon ungepflegt aus. Das würde ihn verraten. Man würde sich gleich denken, dass er die Nacht nicht in der eigenen Wohnung verbracht hatte.

Wäre es nicht besser, wenn er erst einmal nach Hause fuhr, um zu duschen und sich zu rasieren? Nein, dann würde er viel zu spät in den Club kommen, und da er normalerweise überpünktlich war, würde man sich Fragen stellen. Und wenn er an diesem ganz und gar außergewöhnlichen Morgen eines vermeiden wollte, dann waren es Fragen.

In seinem Handschuhfach befanden sich Wegwerfrasierer. Er nahm einen heraus und rasierte sich. Dabei schnitt er sich, denn er war es gewöhnt, seine Stoppeln mit dem Elektrorasierer zu entfernen.

Er hatte Glück, die Ampeln standen auf Grün. Bald gelangte er auf den Franklin-Roosevelt-Drive. Hoffentlich war im Tunnel wenig Verkehr.

Endlich konnte er ein wenig freier atmen.

War es möglich, dass er sich ganz umsonst Sorgen gemacht hatte?

Im Plaza kannte ihn niemand. Er hatte das Zimmer nicht reserviert, und er hatte keinem erzählt, dass er sich mit Louisa Loria treffen würde.

Louisa Loria …

Im Grunde konnte nur sie ihn verraten.

Außerdem war sie wahrscheinlich die Einzige, die wusste, was wirklich geschehen war.

Doch wie sollte er sie wieder finden?

Er konnte sich nicht vorstellen, im Plaza-Hotel anzurufen, um sich nach ihr zu erkundigen. Außerdem war anzunehmen, dass sie nicht so bald dorthin zurückkehrte, wenn sie mit dem Mord zu tun hatte!

Paul Loria hatte bestimmt ihre Telefonnummer, aber auch das war riskant. Würde er, David, sich nicht unweigerlich verraten, wenn er mit Paul über dessen Nichte sprach?

Das waren zu viele Fragen auf einmal, und von den nächtlichen Anstrengungen und der morgendlichen Aufregung war David jetzt schon völlig erschöpft.

Er würde einfach in den Golfclub gehen, dort rasch unter die Dusche springen und dann weitersehen.

14

Knapp dreißig Minuten später wimmelte Zimmer 747 des Plaza-Hotels von Polizisten der Stadt New York, die dem Befehl von Michael More unterstanden. Obwohl More erst fünfunddreißig Jahre zählte, war sein Schädel fast gänzlich kahl. Dafür war der Rest seines Körpers – ein zweifelhafter Ausgleich von Mutter Natur – stark behaart. Mores meist aufgekrempelte Ärmel ließen behaarte Unterarme sehen, und buschige Brauen prangten über seinen großen braunen Augen. Er war sehr muskulös, ohne ein Gramm Fett, und strahlte natürliche Autorität und scharfe Intelligenz aus.

Sein Assistent, Samuel Seagram, war Anfang zwanzig und machte einen weniger brutalen Eindruck als sein Boss. Seagram war mager und hatte kurz geschnittene blonde Haare und schüchterne, blassblaue Augen, die hinter kleinen runden Brillengläsern versteckt waren. Seine Begeisterung galt der Informatik und allen neuen Technologien.

Beide Männer trugen Plastikhandschuhe. Gleiches galt für die beiden Techniker, die den Auftrag hatten, die unterschiedlichsten Proben am Ort des Verbrechens zu nehmen, sowie für den Polizeifotografen.

»Passt auf«, warnte More seine Männer, »sie ist die Frau eines Millionärs. Da dürfen wir keinen Fehler machen.«

Alle sahen ein, dass dieser Hinweis berechtigt war. Es handelte sich nicht um einen gewöhnlichen Mord. Eaton, der überall seine Finger im Spiel hatte, würde kein Verständnis für eine verpatzte Ermittlung aufbringen. Sollten die Ergebnisse zu lange auf sich warten lassen und die Ermittlung nicht so schnell zum Abschluss kommen, wie Eaton es wünschte, würde er nicht zögern, seine Beziehungen spielen zu lassen. Und Eaton hatte den unangenehmen Ruf, alles immer sofort haben zu wollen und sich nur mit dem Besten zufrieden zu geben.

Nachdem diese Warnung geäußert und bei seinen Untergebenen angekommen war, trat More auf die Leiche zu. Obwohl er schon Hunderte von Leichen gesehen hatte, seit er seinen Beruf ausübte, hatte er sich nie an deren Anblick gewöhnen können. Der Tod flößte ihm Respekt und Furcht ein, was ihn und seine Männer aber nicht daran hinderte, einen deplatzierten Witz nach dem anderen zu reißen – vielleicht gerade, weil sie sich über das dumpfe Unbehagen hinwegsetzen wollten, das sie angesichts des Todes befiel, der auch sie eines Tages unweigerlich ereilen würde.

»Eine schöne Frau«, konnte sich Seagram nicht verkneifen zu sagen.

»Aber so kalt«, frotzelte More, beugte sich über die Leiche und stellte eine erste Beobachtung an: »Das war bestimmt kein professioneller Killer.«

»Wie kommen Sie darauf?«

»Weil er seine Unterschrift hinterlassen hat.«

Der Assistent beugte sich nun ebenfalls über Louisa und bemerkte, wie schon sein Chef, die Spuren von getrocknetem Sperma zwischen den Oberschenkeln des Opfers. Er sah auch das mit Lippenstift beschmierte Kopfkissen auf dem Boden.

»Und hier haben wir wahrscheinlich das Mordinstrument«, sagte More. »Macht schön langsam, Männer.«

Sobald der Polizeifotograf es geknipst hatte, hob Seagram das rot befleckte Kopfkissen mit seinen behandschuhten Händen auf und steckte es in einen Plastikbeutel mit Reißverschluss, den er sogleich zuzog.

More war an das ungemachte Bett getreten, während sein Assistent die Untersuchung im Badezimmer fortsetzte, wo die Polizei häufig fündig wurde.

Auf dem Bett war die Ernte ertragreich. Das gestrige Liebesspiel hatte zahlreiche Spuren hinterlassen: Haare und Schamhaare, die gleichsam die Unterschrift des Mörders waren. Der Haarfarbe nach zu urteilen, musste er blond sein.

Sobald die Aufnahmen gemacht waren, wurden die Laken ins Labor geschickt, denn es befanden sich vielleicht weitere Spuren von Sperma, Speichel oder Lippenstift darauf.

Der junge Assistent kam triumphierend aus dem Bad, einen Plastikbeutel in der Hand.

»Sehen Sie mal, was ich neben der Badewanne gefunden habe! Es ist voller hübscher Fingerabdrücke!«

Er hielt das Glas hoch, das David am Vorabend Louisa Loria gebracht hatte.

15

Als David sich eine Stunde, nachdem er das Plaza-Hotel verlassen hatte, im großen Spiegel der Lobby des Golfclubs erblickte, erschrak er heftig: Jetzt erst wurde ihm bewusst, dass er dieselbe Kleidung trug wie am Vortag.

Außerdem fand er, dass er den Eindruck eines Verbrechers machte, der verfolgt wird. Zumindest sah er aus wie jemand, der etwas zu verbergen hat. Er musste sich zusammennehmen, also setzte er sein strahlendstes Lächeln auf – das Lächeln, das er allen Clubmitgliedern schenkte, auch denen, die er nicht mochte.

Was seine Kleidung betraf, würde es mit ein bisschen Glück niemandem auffallen, zumal er sich umziehen konnte, nachdem er geduscht hatte.

Er sollte Recht behalten. Seine Verspätung fiel niemandem auf, und keiner ließ eine Bemerkung über seine unordentliche, zerknitterte Kleidung fallen.

Was aber auch kein Wunder war, denn im Club waren alle erschüttert vom Tod der Frau des Vorsitzenden, in jedem Fall aber abgelenkt von den außergewöhnlichen Umständen, unter denen sie gestorben war.

David ging rasch zur Dusche, um jede Spur seiner nächtlichen Ausschweifungen zu tilgen. Auf dem riesigen Bildschirm in der Garderobe, der den Mitgliedern üblicherweise dazu diente, die Börsenkurse sowie die Golfturniere zu verfolgen, an denen Tiger Woods sich teilzunehmen herabließ, war ausnahmsweise der Sender CNN zu sehen. Soeben wurde über den letzten Ermittlungsstand in diesem rätselhaften Todesfall berichtet.

David blieb länger als sonst unter der Dusche. Er brauchte diese Massage, das warme Wasser auf Gesicht und Körper.

Als er fertig war, kämmte er sich vor dem Spiegel in der Garderobe und fand, dass er besser aussah. Jedenfalls war ihm nicht mehr anzusehen, dass er die Nacht nicht im eigenen Bett verbracht hatte. Er versuchte sich davon zu überzeugen, dass er vergangene Nacht nur einen bösen Traum gehabt hatte, und dass niemand eine Verbindung zwischen ihm und Louisa Eatons Tod herstellen könnte.

Dennoch nahm David sich vor, äußerst vorsichtig zu sein. Trotzdem unterlief ihm noch am selben Tag ein Fehler. Als er im Pro-Shop Kunden bediente, erkundigte sich einer von ihnen:

»Was denken Sie über Mrs Eatons Tod?«

Und David war so dumm gewesen, zu antworten:

»Ich war überrascht und traurig, wie alle anderen. Zumal ich dachte, dass sie mit ihrem Mann unterwegs war.«

Einer der Golfspieler runzelte die Stirn. Woher wusste der Trainer über den Verbleib des Opfers Bescheid?

Den ganzen Tag machte David sich Sorgen wegen dieses Patzers, der weit reichende Konsequenzen haben könnte. Würde der Golfer es dem Vorstand melden oder gar der Polizei?

Doch an diesem Tag wurde so viel geredet, dass David

schließlich überzeugt war, dass seine unbedachte Bemerkung keine Folgen hatte.

Viele Leute reagierten mit Mitleid, Abscheu (vor der zunehmenden Gewalt heutzutage) und Trauer. Es wurden aber auch spitze Bemerkungen gemacht und höchst unfreundliche Kommentare fallen gelassen.

Die bösen Zungen von Louisas Rivalinnen ließen sich lautstark vernehmen. Kein Wunder, sagten sie, dass Louisa und ihr steinreicher Mann sich nicht verstanden hatten; schließlich hatte er Louisa sozusagen von der Straße aufgelesen. Und er hatte sie mit Schmuck überhäuft, wie eine Prinzessin eingekleidet und in die High Society eingeführt – und als Belohnung, dass er sie aus der Gosse gezogen hatte, hatte sie ihn in den Dreck gezerrt und ihn mit Gott weiß wem betrogen. Der arme Mann! Na ja, »arm« war natürlich relativ, er besaß mehr als eine Milliarde …

Doch statt ihm vor Dankbarkeit die Hände zu küssen, hatte Louisa sich bei den Freundinnen stets über ihren Gatten beklagt und trieb es in einem New Yorker Hotel mit einem anderen. Ein klassischer Fall! Die skrupellose Neureiche, die alles will: den reichen älteren Herrn, der sie mit Schecks eindeckt, zugleich aber auch den kräftigen jungen Liebhaber, der ihr Stunden voller Lust verschafft! Sobald ihr Mann sich auf Geschäftsreise begab, gab sie sich die Kante!

Das hatte sie nun davon! Aber ein Gutes hatte das Unglück wenigstens, da waren die Damen im Golfclub sich einig: Louisa konnte *ihren* Männern nun nicht mehr den Kopf verdrehen, wie sie es zu Lebzeiten getan hatte. Diese Hure!

So oder ähnlich lauteten die bösartigen Kommentare einiger vermeintlicher Freundinnen Louisas. Es gingen auch Gerüchte um, dass sie entführt worden sei: Man habe sie mit

Gewalt ins Plaza-Hotel verschleppt, und von dort hätten die Entführer telefonisch ein Lösegeld von ihrem Mann verlangt, aber der habe sie zum Teufel gejagt. Dies wiederum habe die Ermordung seiner Frau zur Folge gehabt.

Die Gerüchteküche arbeitete auf vollen Touren, was David durchaus nicht missfiel. Je komplizierter die ganze Geschichte wurde, desto größer waren seine Chancen, sich ungeschoren aus der Affäre zu ziehen.

Nach und nach beruhigte er sich.

Doch eines wollte er noch klären – eine Sache, die ihm den ganzen Tag keine Ruhe gelassen hatte.

Also ging er gegen sechs Uhr abends wie gewohnt zur Bar, bevor er sich auf den Nachhauseweg machte.

»Ich glaube, wir haben noch ein Hühnchen miteinander zu rupfen, Paul.«

16

Als David diese Worte sagte, hatte er dem Barkeeper des Golfclubs mit ernster Miene in die Augen gesehen, um dessen Reaktion zu beobachten. Doch Paul wirkte nicht sonderlich beeindruckt, denn gelassen spülte er weiter die Gläser ab und antwortete ruhig:

»Ich wollte dir auch gerade etwas sagen. Meine Nichte hat mich heute Morgen angerufen.«

»Deine Nichte hat dich angerufen?«, fragte David erstaunt.

»Genau. Sie hat gestern eine geschlagene Stunde im Plaza-Hotel auf dich gewartet.«

»Sie hat auf mich gewartet?«

David konnte es nicht fassen.

Einer von beiden musste lügen.

Entweder der Barkeeper oder seine Nichte.

Denn dass er die Nacht mit Louisa Loria verbracht hatte, hatte er sich schließlich nicht aus den Fingern gesogen!

Aber wenn er sich getäuscht hatte, was Paul anging …

Wenn der Barkeeper gar nichts mit der Falle zu tun hatte, die ihm gestellt worden war …

Es konnte durchaus sein, dass es Pauls Nichte war, die ihn ohne sein Wissen hintergangen hatte, die etwas ausgeheckt hatte, um David zu treffen und jenen Teil des Auftrags zu erfüllen, der ihr anvertraut worden war.

»Ja«, fuhr der Barkeeper fort, und seine Stimme klang ehrlich, »sie hat mir erzählt, dass sie dich angerufen hat. Du hättest einen niedergeschlagenen Eindruck auf sie gemacht. Sie habe dich auf einen Drink in ihrem Hotel eingeladen, um dich kennen zu lernen.«

»Das hat sie gesagt?«

David hütete sich, irgendetwas zu verraten. Die Wahrheit zu sagen, war viel zu gefährlich. Er verriet sich ja schon, wenn er zugab, was gestern Nacht mit der jungen Frau vorgefallen war.

Doch warum sollte sie so tun, als wäre er niemals zu ihrer Verabredung erschienen?

Das alles konnte nur ein Albtraum sein! Der schlimmste Albtraum seines Lebens – ausgenommen vielleicht die Scheidung von seiner Frau, die David schrecklich zu schaffen gemacht hatte. Doch jetzt hatte er das Gefühl, den Verstand zu verlieren. Es fehlte irgendein Puzzlesteinchen bei dieser Geschichte, ein grundlegend wichtiges Steinchen, und deshalb ergab das alles keinen Sinn.

Noch ehe Paul dazu kam, auf Davids nichts sagende Antwort zu reagieren, erschien zum Glück eine Bedienung mit ihrem Tablett und einer Bestellung.

»Ich kann es kaum glauben, was Mrs Eaton zugestoßen ist«, sagte sie.

»Ich auch nicht.«

Wie treffend er das formuliert hatte!

»Ihr armer Mann liebte sie so sehr! Er wird sich von dem Schock bestimmt nicht mehr erholen.«

»Ja, es muss furchtbar für ihn sein«, pflichtete der Golftrainer der Bedienung bei.

»Man munkelt, dass sie einen Liebhaber hatte, aber das glaube ich nicht. Nicht Mrs Eaton. Ihr Mann hat ihr alles gegeben, was sie wollte.«

»Ja, man kann es sich wirklich schwer vorstellen«, pflichtete David peinlich berührt bei.

Schließlich kam der Barmann mit den Getränken zurück: Wodka mit Eis und deutsches Bier. Er stellte beides auf das Tablett der Bedienung. Bevor sie sich entfernte, ließ sie noch eine letzte Bemerkung fallen:

»Manchmal sage ich mir, dass ich es mit meinem ganz normalen Leben besser habe als sie.«

»Geht mir auch so.«

Als die Bedienung wieder verschwunden war, fuhr der Barkeeper, als habe er die Wahrheit erraten, mit einem schmalen Lächeln fort:

»Es sei denn, du bist tatsächlich im Plaza-Hotel gewesen und hast mit der falschen Frau geschlafen.«

»Lass solche Scherze, Paul!«, fuhr David ihn an.

Doch der Barkeeper ließ sich von Davids Ablenkungsmanöver nicht täuschen.

»Weißt du«, schloss er mit ernster Miene und sah ihm fest in die Augen, »ich habe keine Ahnung, was sich gestern

Abend im Plaza abgespielt hat. Ich weiß nicht, was zwischen dir und Mrs Eaton war, und ehrlich gesagt, will ich es auch lieber nicht wissen. Aber eines verspreche ich dir: Diese Geschichte mit meiner Nichte und der Verabredung im Plaza-Hotel werde ich niemandem erzählen. Niemandem, hörst du? Das bleibt unter uns.«

»Das … weiß ich zu schätzen, Paul. Ehrlich.«

17

David verbrachte den ganzen Abend damit, wehmütig an seine verstorbene Geliebte zu denken. Jetzt bedauerte er zutiefst, nicht auf ihr Angebot eingegangen zu sein.

Nicht wegen der Millionen, die sie ihm auf einem silbernen Tablett angeboten hatte, sondern der Liebe wegen, der großen, leidenschaftlichen Liebe, die hinter dieser verrückten »Einladung auf eine Reise« steckte. Wie oft passiert es uns denn im Laufe unseres Lebens, fragte er sich, dass jemand uns wirklich liebt und dieser Liebe wegen bereit ist, alles zu opfern? Der Gedanke ließ ihm keine Ruhe, denn er spürte, dass er vielleicht die Chance seines Lebens verspielt hatte, als er Louisa zurückwies.

Ja, so war es. Denn im Grunde war Louisa, wie er zu spät erkannte, seine Traumfrau. Sie hatte Witz, war leidenschaftlich, fantasievoll, hübsch und auch körperlich ganz sein Typ.

Warum bloß merkte er das zu spät?

Anfangs hatte er geglaubt, dass er deshalb nicht auf Louisas Angebot eingehen wollte, weil er so sehr an seinem Job im Hampton Country Golfclub hing. Doch seit ihrem Tod hatte sich das merkwürdigerweise geändert. Vielleicht hatte er nur aus reinem Widerspruchsgeist nicht mit ihr gehen und alles für sie im Stich lassen wollen. Oder war es sein Los, nie eine Frau halten zu können, die ihm gefiel?

Abgesehen vom Verlust ihrer Liebe ließ ihm ein weiterer Gedanke keine Ruhe. Hätte die ganze Tragödie sich vermeiden lassen, wenn er zugesagt hätte, anstatt seine Geliebte mit Ausflüchten und Entschuldigungen abzufertigen? Würde Louisa dann noch leben? War er für ihren Tod verantwortlich? Hatte er sie letztendlich umgebracht?

Als wollte er seinen Kummer und seine Gewissensbisse nur noch schlimmer machen, sah er sich den ganzen Abend im Fernsehen die Reportagen über den Mord an. Die Polizei, hieß es, habe den Tatort genauestens untersucht, und es gäbe Hinweise auf den Täter.

David riss die Augen auf. Sofort fiel ihm das Wasserglas ein, das er Louisa Loria gestern Abend gebracht hatte und heute Morgen nicht hatte wieder finden können. Wenn die Polizei es gefunden hatte, besaß sie jetzt seine Fingerabdrücke. Aber man musste die Spur erst noch zu ihm zurückverfolgen, und das war nicht so einfach.

Alles war in Ordnung, es sei denn, er hatte wirklich großes Pech oder der Barkeeper, der ihm versprochen hatte zu schweigen, hielt sein Wort nicht. Ihm blieb nichts anderes übrig, als die Zeit verstreichen und für sich arbeiten zu lassen. Dann würde sich alles von selbst regeln, hoffte er. Mangels Schuldiger würde man die Ermittlungen einstellen, und der Fall wurde ad acta gelegt. Blieben laut Statistik nicht ein Drittel aller Morde ungesühnt?

Am nächsten Tag – und das bekräftigte David in seiner Meinung – war das Leben im Golfclub fast wieder so wie eh und je. Natürlich war der Mord immer noch in aller Munde, und fast jeder machte sich seine Gedanken darüber. Doch der Golfdämon hatte wieder zugeschlagen, und David staunte nicht schlecht, wie viele Mitglieder Golfstunden nehmen wollten. Wie kurzlebig Skandale heutzutage sind!

Doch als David einem Achtzigjährigen, der sich ohne Erfolg bemühte, seinen Abschlag zu verbessern, unkonzentriert Ratschläge erteilte, kamen zwei Polizisten über den Parkplatz des Golfclubs. Es waren More und sein Assistent, der junge Seagram, der sich nicht verkneifen konnte, die große Zahl der Luxuskarossen auf dem Parkplatz lautstark zu kommentieren. Es gab dort schmucke Mercedes, sportliche BMWs, schnittige Ferraris, rasante Porsches, edle Rolls Royces, noble Jaguars, ein paar glänzende Bentleys, seltene Austin Martins und, eine Rarität in den USA, sogar ein Maserati-Cabrio, das – weil türkisfarben! –, vermutlich der Frau eines Clubmitglieds gehörte.

»Zum Teufel!«, entfuhr es Seagram. »Woher nehmen diese Leute bloß das Geld für solche Autos?«

»Sie haben eine Firma oder einen sehr gut dotierten Job«, erklärte More gelassen. »Aber es gibt hier jemanden, der bald keinen Job mehr haben wird …«

Natürlich sprach er von David, zu dem die Polizisten von einem Angestellten des Pro-Shops geführt wurden. David war gerade auf dem Übungsgelände. Das Erscheinen der Polizei verursachte einen Aufruhr, denn alle ahnten, um was es ging.

Polizeiinspektor More baute sich vor David auf und durchbohrte ihn mit eisigen Blicken.

»Mr Berger«, sprach er ihn an.

»Ja«, antwortete David und entschuldigte sich bei seinem altehrwürdigen Schüler, der das Geschehen verständnislos verfolgte.

»Folgen Sie uns bitte.«

»Worum geht es denn?«

»Um den Mord an Mrs Eaton. Wir würden Ihnen gern ein paar Fragen dazu stellen.«

David war erstaunt, wie ruhig er nach außen hin wirkte, als wäre er sich seiner Sache sicher und würde sich nicht die geringsten Sorgen machen, geschnappt zu werden, obwohl die Polizei es offensichtlich bereits geschafft hatte, die Fäden bis zu ihm zurückzuverfolgen.

Er versuchte, ein gelassenes Lächeln aufzusetzen, und folgte den beiden Polizisten unter teils erstaunten, teils empörten Blicken der Clubmitglieder. Trotz seiner aufgesetzten Ruhe schoss David eine Frage durch den Kopf, als er einen letzten Blick auf das kurz geschnittene Grün des achtzehnten Lochs warf: Würde er seinen Job im Golfclub noch lange behalten?

18

»Mr Berger, wo waren Sie am Abend des 14. Juni?«

»Am Abend des 14. Juni?«

»Ja, vorgestern Abend.«

»In meiner Wohnung.«

»Wann sind Sie nach Hause gekommen?«

»Das weiß ich nicht mehr.«

»Ungefähr.«

»Hm, normalerweise verlasse ich den Club gegen sechs oder halb sieben, also muss es ungefähr halb acht gewesen sein.«

»Sie waren also um halb acht zu Hause. Und Sie haben unterwegs nirgendwo angehalten?«

»Nein.«

Michael More stellte diese Fragen in einem der Räume des New Yorker Polizeipräsidiums, während David zusehends nervöser wurde.

Samuel Seagram war ebenfalls zugegen. Er protokollierte das Verhör, wobei er die Sprachgewandtheit seines Vorgesetzten bewunderte. Er hoffte, eines Tages an More heranzureichen, was dessen Fähigkeiten betraf. Seagram mochte den intellektuellen Sadismus seines Chefs, dem nichts mehr Spaß machte, als Katz und Maus mit einem Verdächtigen zu spielen. More genoss es, jemanden beim Verhör in die Enge zu treiben, ihn in Fallen zu locken, ihn dazu zu bringen, sich in Widersprüche zu verwickeln und sich schließlich zu verraten. Einmal hatte More ihm gestanden, dass Verhöre ihm fast so viel Spaß machten wie Sex – mit dem Unterschied, dass der Partner in diesem Fall am Ende definitiv erledigt war!

Auf dem Tisch vor ihnen lagen ein Hefter und ein schwarzer Plastikbeutel. David warf hin und wieder beunruhigte Blicke darauf und fragte sich, was wohl darin sein mochte.

»Mr Berger, was für ein Auto fahren Sie?«, wollte More mit einem erwartungsvollen Lächeln wissen.

Wieso stellte der Inspektor ihm diese Frage? Es war eine Falle, das stand fest. Doch der Golftrainer kam nicht dahinter, wie diese Falle aussah, und das ärgerte ihn maßlos. Dennoch musste er Mores schlichte Frage so normal wie möglich beantworten, um nicht den Anschein zu erwecken, er hätte etwas zu verbergen. Mit einer Miene, die ausdrückte, dass man ihm seine Zeit stahl, antwortete David mit verärgertem Stirnrunzeln: »Einen Jeep.«

»Haben Sie am Abend des 14. Juni jemandem Ihr Auto geliehen?«

»Nein.«

Als er dieses Wort aussprach, wurde David plötzlich klar, worauf der Polizeiinspektor hinauswollte. Schlagartig war ihm das unbedeutende Detail wieder eingefallen, das ihn verraten konnte – und tatsächlich verraten hatte. Deshalb war er nicht allzu erstaunt, als Seagram, auf ein Zeichen von More, eine Kopie des Strafzettels aus dem Hefter zog und sie auf den Tisch warf.

»Am 14. Juni, um zwanzig Uhr dreißig, bekam ein schwarzer Jeep mit dem Kennzeichen WPT 897, der auf Ihren Namen zugelassen ist, in der 59. Straße, Ecke Fifth Avenue, einen Strafzettel, weil er vor einer abgelaufenen Parkuhr stand.«

David machte sich nicht einmal die Mühe, einen Blick auf den Strafzettel zu werfen.

»59. Straße, Ecke Fifth Avenue – das ist sozusagen direkt neben dem Plaza-Hotel, wo Mrs Eatons Leiche gefunden wurde«, fuhr der Inspektor fort, der sichtlich in Topform war.

»Ach ja, jetzt fällt es mir wieder ein. Wie konnte ich das bloß vergessen? Ich war an diesem Abend tatsächlich in der Nähe der Fifth Avenue einkaufen.«

»So, so. In der Nähe der Fifth Avenue«, machte More sich über David lustig. »Sie lassen sich ja nicht lumpen. Ein Geschenk für jemanden, der schöne Dinge zu schätzen weiß?«

»Spielzeug für meine Tochter.«

»Haben Sie etwas gekauft?«

»Nein, ich habe nicht das Richtige gefunden.«

»Findet man je das Richtige?«, machte More sich wieder über ihn lustig.

»Jedenfalls bin ich an diesem Abend nicht fündig geworden.«

»Sie haben also keinen Kassenzettel, der belegen könnte,

dass Sie einkaufen gegangen sind, anstatt zu Mrs Eaton ins Hotel zu gehen?«

»Nein.«

Seagram notierte die Antwort. Er musste sich Mühe geben, ein Lächeln zurückzuhalten. Sein Chef errichtete seine Fallen wirklich mit meisterlichem Geschick!

»Mr Berger, welcher Art war Ihre Beziehung zu Mrs Eaton?«

»Beruflich.«

»Beruflich? Was genau wollen Sie damit sagen?«

»Ich habe ihr Golfunterricht gegeben.«

»Einzelunterricht?«

»Im Hampton Country Golfclub wird kein Gruppenunterricht erteilt. Die Mitglieder können sich Privatstunden leisten.«

»Wie schön für die Mitglieder«, entgegnete More. »Ich kann es mir nicht mal leisten, Golf zu spielen.«

»Eines Tages vielleicht, wenn Sie einen besser bezahlten Job finden.«

More fand die Bemerkung gar nicht witzig. Und was er noch weniger witzig fand, war das rasch unterdrückte Lächeln seines Assistenten, dem Davids Antwort gefallen hatte. Dennoch rang der Inspektor sich ein Lächeln ab, um nicht zu zeigen, dass David einen wunden Punkt getroffen hatte. Aber er hasste es, wenn Verdächtige ihm die Stirn boten oder ihn gar verspotteten. Zu allem Überfluss war David ihm von Anfang an unsympathisch gewesen, weil er zu gut aussah: Er gehörte zu den Männern, denen alles zuflog, weil die Natur sie so großzügig bedacht hatte. Solchen Burschen hatte More schon immer misstraut.

»Wie würden Sie Mrs Eaton beschreiben?«

»Sie war eine Klasse C.«

»So, so, eine C-Klasse, wie ein Mercedes«, scherzte Seagram, immer noch unter dem Eindruck des Anblicks der vielen teuren Wagen auf dem Parkplatz des vornehmen Hampton Country Golfclubs.

Weder More noch David reagierten darauf, als hätte der Assistent gar nichts gesagt, und Seagram lächelte albern.

»Welcher Art waren Ihrer Meinung nach die Gefühle, die Mrs Eaton Ihnen entgegenbrachte?«, fuhr More fort.

»Ihre Gefühle? Ich habe keine Ahnung.«

»Mr Berger, haben Sie sich am Abend des 14. Juni mit Mrs Eaton im Plaza-Hotel getroffen?«

»Nein. Außerdem …«

Beinahe hätte er gesagt: »… außerdem hatten wir uns ein paar Tage vorher getrennt«, aber das wäre nicht sehr klug gewesen.

»Was wollten Sie sagen?«, hakte More nach.

»Nichts. Ich bin nicht ins Plaza-Hotel gegangen, um mich mit Mrs Eaton zu treffen, weil ich dachte, sie sei mit ihrem Mann auf Geschäftsreise.«

»Sie scheinen über Mrs Eatons Verbleib gut unterrichtet zu sein.«

»Sie hat es mir erzählt, als sie ihre Golfstunden absagte«, erklärte David so gelassen, wie er konnte.

»Mr Berger, wer hatte Ihrer Meinung nach Interesse an Mrs Eatons Tod?«

»Hören Sie, ich habe keine Ahnung. Ich bin Golftrainer, kein Kriminalbeamter.«

»Allerdings haben Sie dadurch einen großen Vorteil uns gegenüber, denn Sie sind Trainer in dem Club, in dem Mrs Eaton Golf gespielt hat, und Sie haben ihr Privatstunden gegeben. Und es kommt doch häufig vor, dass Schüler sich ihren Lehrern anvertrauen, oder?«

»Nicht im Hampton Country Golfclub. Die Clubmitglieder wahren stets Distanz zum Personal. Wir gehören leider nicht denselben Kreisen an.«

»Den Autos der Clubmitglieder nach zu urteilen, stimmt das«, kommentierte Seagram, und sein Chef bedachte ihn mit einem vorwurfsvollen Blick.

»Ich verstehe, möchte aber aus reiner Neugier Ihre Meinung hören, Mr Berger. Wer hatte Ihrer Ansicht nach Interesse an Mrs Eatons Tod?«

»Vermutlich eine Person, die ihr nahe stand.«

»Zum Beispiel?«

»Ihr Mann.«

»Und warum?«

»Weil er mit ihr verheiratet war.«

Seagram konnte es sich nicht verkneifen, über den Scherz zu lachen. More ließ sich ebenfalls zu einem Lacher verleiten. Dieser Golftrainer hatte wirklich Nerven wie Drahtseile. Und schlagfertig war er obendrein.

»Nein, ganz im Ernst«, fuhr More fort, als er sich wieder beruhigt hatte.

»Wissen Sie, ich bin nicht über alle Einzelheiten ihres Privatlebens unterrichtet, aber ich arbeite seit geraumer Zeit im Golfclub, und mir kommen gewisse Gerüchte zu Ohren, ob ich will oder nicht, zumal Mr Eaton der Vorsitzende des Clubs ist. Im Club wird schon lange gemunkelt, dass er und seine Frau kurz vor der Scheidung standen.«

»Das ist ja interessant. Hochinteressant. Aber ich sehe nicht ganz den Zusammenhang zwischen Mrs Eatons ehelichen Problemen und ihrer Ermordung. Könnten Sie mich da bitte aufklären?«

David sagte sich, dass er ebenso gut aufs Ganze gehen konnte. Er sah More scharf in die Augen und sagte:

»Es wäre ja nicht das erste Mal, dass eine junge Frau, die mit einem älteren Mann verheiratet ist, sich einen Liebhaber nimmt. Ihr Ehemann könnte die beiden erwischt und seine Frau vor Wut umgebracht haben. Solche Geschichten stehen täglich in der *New York Post.*«

»Das stimmt«, pflichtete More ihm bei, gab David aber mit einem kleinen Lächeln zu verstehen, dass er ihm kein Wort glaubte und nur sein Spielchen mit ihm trieb.

Nach kurzer Pause fuhr er fort:

»Mr Berger, sind Sie verheiratet?«

»Nein, geschieden.«

»Haben Sie eine Freundin?«

»Nein.«

»Keine Freundin? Niemanden?«

»Niemanden.«

»Wie lange sind Sie schon geschieden?«

»Seit zwei Jahren.«

»Zwei Jahre. Und immer noch keine Freundin. Dabei machen Sie einen so netten Eindruck, und Sie sehen gut aus.«

»Im Sommer arbeite ich fast sieben Tage die Woche im Golfclub, die Mitglieder sind sehr anspruchsvoll. Jedes zweites Wochenende ist meine Tochter bei mir, und ich möchte mich die kurze Zeit, die ich mit ihr verbringe, intensiv mit ihr beschäftigen. Da bleibt nicht viel Zeit übrig. Außerdem war meine Scheidung … wie soll ich sagen, zwar nicht so unerfreulich wie meine Ehe, aber auch nicht gerade ein Freudenfest. Meine Frau hat mich bis auf den letzten Cent ausgesaugt. Ich muss finanziell erst wieder auf die Beine kommen und ein bisschen sparen, ehe ich mir die nächste Frau nehme, die mich dann wieder ausnehmen kann.«

Wieder lachten More und Seagram. Doch als der Inspektor sich beruhigt hatte, schien ihm der Sinn gar nicht mehr nach Scherzen zu stehen.

»Hören Sie, Berger, ich will Ihnen einen fairen Deal vorschlagen. Wenn Sie ein volles Geständnis ablegen, sorge ich dafür, dass Sie Strafminderung bekommen. Sie können dann auf Tötung im Affekt oder besser noch auf fahrlässige Tötung plädieren. Sie hatten getrunken, haben sich mit Ihrer Geliebten gestritten und haben ihr dann ein Kissen auf den Mund gedrückt – natürlich nicht, um sie zu töten, sondern einfach nur, um ihr einen Schreck einzujagen, damit sie die Klappe hält, weil sie nämlich zu viel geredet hat. Jeder Mann würde Verständnis dafür aufbringen, nicht wahr, Mr Berger? Und dann – ohne dass es Ihnen auffiel, weil Sie getrunken hatten und sehr müde waren – haben Sie das Kissen leider zu lange auf Mrs Eatons hübschen Mund gedrückt. Als sie es weggenommen haben, war es zu spät. Mrs Eaton atmete nicht mehr. Wenn Sie ein volles Geständnis ablegen, werden sich alle einig sein: Es war ein Versehen, ein schreckliches, tragisches Versehen. Sie wollten Mrs Eaton nicht töten, Sie wollten sie nur zum Schweigen bringen oder sie einschüchtern, damit sie mehr Verständnis für Ihren Standpunkt aufbringt. Finden Sie, dass diese Geschichte sich plausibel anhört? Ich könnte mir vorstellen, dass ein Richter sie Ihnen abnimmt, und der Staatsanwalt ebenfalls. Und anstelle von lebenslänglich oder dem elektrischen Stuhl kämen Sie mit etwas Glück mit sieben Jahren davon, und wegen guter Führung könnten Sie dann sogar nach fünf Jahren wieder auf freiem Fuß sein. Was sagen Sie dazu, Mr Berger?«

»Dass Sie einen guten Schriftsteller abgeben würden.«

More betrachtete David schweigend, dann zog er ein Wasserglas, das in einer durchsichtigen Plastiktüte steckte, aus dem großen, schwarzen Beutel.

»Erkennen Sie dieses Glas?«, fragte More.

»Es ist ein ganz gewöhnliches Glas.«

»Mag sein. Aber wir haben es im Zimmer 747 des Plaza-Hotels gefunden. Und es sind Fingerabdrücke darauf. Sollten sie mit den Ihren übereinstimmen …«

»Dieses Wasserglas ist noch lange kein Beweis.«

»Auch das mag sein, aber es *gibt* einen Beweis.«

Worauf wollte More denn jetzt wieder hinaus?

»Die Gerichtsmedizinerin hat Spermaspuren an der Leiche des Opfers gefunden.«

»Endlich eine gute Neuigkeit! Vergleichen Sie die DNS, und Sie werden sehen, dass ich die Wahrheit sage«, erklärte David erleichtert.

Er atmete auf. Es war mindestens zehn Tage her, dass er mit seiner Geliebten geschlafen hatte, und da sie sein Sperma nicht aufzubewahren pflegte, konnte es sich eindeutig nicht um seines handeln: Das Sperma musste das des Mörders sein.

Doch noch während er diese Worte aussprach, verfinsterte sich seine Miene. Ein Detail seiner Liebesnacht mit Louisa Loria war ihm plötzlich wieder eingefallen. War es eine reine Vorsichtsmaßnahme gewesen, als sie darauf bestanden hatte, ihm einen Überzieher überzustreifen, wie sie sich ausgedrückt hatte? Oder war es eine teuflisch geschickte Falle gewesen, um an eine Probe seines Spermas zu kommen? Jedenfalls hatte er das Kondom am Morgen nicht gefunden, als er danach gesucht hatte. Jetzt fiel ihm auch ein, dass Louisa Loria gleich nach der Liebe aus dem Bett gesprungen war, um – wie David bisher angenommen hatte – auf die Toilette zu gehen. Doch war sie nicht eher deshalb so schnell verschwunden, um dort ihre kostbare Ernte zu lagern? War es möglich, dass sie ihren Anschlag auf ihn bis auf dieses letzte Detail geplant hatte?

»Mr Berger, wenn Sie einverstanden sind, würden wir jetzt gern Ihre Fingerabdrücke und etwas Blut abnehmen und ein paar Routinefotos machen.«

Diese kleinen, alltäglichen Handlungen bestätigten David den Ernst seiner Lage und verliehen seinem Albtraum Substanz: Mehr und mehr schien es, als wäre er der Hauptverdächtige im Mord an einer Frau, die Mitglied des Golfclubs gewesen war, bei dem er als Trainer arbeitete, und die mit dem Vorsitzenden dieses Golfclubs verheiratet war – der ihn auf der Stelle entlassen würde, ob schuldig oder nicht.

Der große Eaton, der so stolz war auf seinen Ruf, auf sein Image als unüberwindlicher Sieger, würde sich von einem kleinen Golftrainer, einem armen Schlucker, einem Taugenichts, mit dem seine Frau ihn ein Jahr lang betrogen hatte, niemals ungestraft demütigen lassen …

Und was Davids Exfrau anging, würde sie sich die Schadenfreude über sein erneutes Pech nicht verderben lassen. Was für ein unerwartetes Glück für sie! Zwar würde sie auf die monatlichen Alimente verzichten müssen, aber im Tausch dafür musste sie dann ihre Tochter Lydia nicht mehr mit ihm teilen.

Davids Exfrau würde der kleinen Lydia erklären, dass ihr Vater im Gefängnis saß – und zwar nicht wegen irgendeiner Kleinigkeit, sondern weil er eine Frau umgebracht hatte!

Armes Kind!

Was für ein Bild würde Lydia von ihrem Vater haben?

Angsterfüllt ließ David sich Blut abnehmen. Er war sich bewusst, dass er die allergrößten Schwierigkeiten haben würde, sich aus der Affäre zu ziehen, wenn das Sperma, das an Louisa Eatons Leiche gefunden worden war, tatsächlich mit dem identisch war, mit dem er das Kondom so bereitwillig gefüllt hatte.

Dann folgten die Fingerabdrücke. Bei der Abnahme stellte der Techniker fest, dass David sich einen Schnitt an der rechten Hand zugezogen hatte. Der Mann runzelte die Stirn. Weil More sich vielleicht dafür interessieren würde, sagte der Techniker dem Inspektor Bescheid.

»Wo haben Sie sich diese Verletzung zugezogen?«, fragte More, der David kurz mit einem amüsierten Lächeln untersucht hatte.

Die Szene des Streits mit seiner Geliebten einige Tage zuvor stand David wieder deutlich vor Augen. Das Glas, das er in einem Wutanfall über Louisas Kopf gehalten hatte … Er konnte noch das Splittern des Glases hören, als es zerbrach. Er sah noch die Augen seiner Geliebten vor sich, die ihn provozierte, denn sie glaubte nicht, dass er so weit gehen würde, so feige sein würde, sich an einer Frau zu vergreifen … Doch das konnte er dem Polizeiinspektor natürlich nicht erzählen, ohne noch mehr Verdacht zu erregen.

Weil David in seine schmerzlichen Erinnerungen versunken war, antwortete er nicht gleich, und More stieß verärgert hervor:

»Ich habe Ihnen eine Frage gestellt.«

»Ich habe mich an einem Glas geschnitten.«

Nur einen Teil der Wahrheit zu sagen, war eine bequeme Art zu lügen, ohne wirklich ein Lügner zu sein.

»Ich muss Sie bitten, sich auszuziehen«, befahl der Inspektor, »damit ich nachsehen kann, ob Sie sich nicht noch woanders geschnitten haben.«

David blieb nichts anderes übrig, als dem Befehl Folge zu leisten.

»Sieh mal einer an«, murmelte More, als er Davids Rücken erblickte. Mit großem Interesse betrachtete der Inspektor die Schürfwunden.

»Das war wohl ein Betriebsunfall?«, fragte er ironisch.

David gelang es nur mit Mühe, seine Bestürzung zu verbergen.

»Wie haben Sie das erraten?«

»Nun mal im Ernst – wie heißt die Raubkatze?«

»Ich weiß es nicht. Ich bezahle sie, damit sie mir den Rücken zerkratzen, das ist mein kleines Steckenpferd. Aber ich vergeude nicht meine Zeit damit, sie nach ihrem Namen zu fragen.«

»So, so«, sagte More, den Davids Gelassenheit allmählich aus dem Konzept brachte.

Als More erkannte, dass er nichts aus David herausbekam, bat er den Fotografen, Aufnahmen vom Rücken des Verdächtigen zu machen. Als David sich wieder anzog, sagte More:

»Sie sind frei. Vorerst. Aber ich möchte Sie bitten, die Stadt nicht zu verlassen. Und ich würde Ihnen empfehlen, sich einen guten Anwalt zu suchen. Wenn die Fingerabdrücke auf dem Glas nämlich von Ihnen sind und der DNS-Test eindeutig ist, werden Sie bestimmt einen guten Anwalt brauchen.«

19

David kannte keinen Strafverteidiger, doch ihm fiel die Telefonnummer seines Anwalts Bernard Campbell ein. Der hatte ihn – ohne großen Erfolg – in seiner Scheidungssache vertreten. David rief ihn sofort an, kaum dass er aus der Polizeiwache kam. Campbell, der damals Mühe gehabt hatte, vom finanziell angeschlagenen David sein

Honorar zu bekommen, empfahl ihm Charles Rubin, einen jungen Anwalt, frisch von der Uni, dessen Honorar sehr zivil war.

Als David ihn anrief, fasste er sich kurz:

»Ich werde des Mordes an Joseph Eatons Frau beschuldigt.«

»Kommen Sie zu mir«, antwortete der junge Anwalt bloß und nannte ihm seine Adresse.

Eine Stunde später betrat David die Kanzlei von Charles Rubin, die auf den ersten Blick nicht sehr einladend aussah. Es saß nicht einmal eine Sekretärin an der Rezeption.

Hinter der offenen Bürotür erblickte David einen jungen Mann Mitte zwanzig mit vollem schwarzem Haar und strahlend grünen Augen.

David fand ihn auf Anhieb sympathisch, nicht nur wegen seiner positiven Ausstrahlung, sondern auch, weil der junge Mann, als David sich nach der Höhe des Honorars erkundigte, nur sagte:

»Keine Sorge, wir werden uns schon einig.«

Rubin mochte zwar großzügig sein, doch was ihn bewegte, war nicht reine Menschenliebe. Er wusste, welchen Bekanntheitsgrad er mit diesem Prozess erlangen würde: Man bekam nicht alle Tage die Gelegenheit, den vermeintlichen Mörder der Frau eines so wohlhabenden und einflussreichen Mannes wie Eaton zu verteidigen. Wenn Rubin den Prozess gewann, wäre seine Karriere von heute auf morgen gesichert. Dann bräuchte er keine Kleinkriminellen ohne jegliches Format mehr zu verteidigen, oder alkoholisierte Autofahrer, denen der Führerschein abgenommen werden sollte! Rubin wusste natürlich, dass der Schuss auch nach hinten losgehen konnte, wenn er den Prozess verlor. Doch der Einsatz lohnte sich, wie ihm schien.

Nachdem er zwei Stunden mit David verbracht hatte – Rubin hatte »totale Offenheit« von ihm gefordert, die Basis einer erfolgreichen Verteidigung –, beglückwünschte er sich zu seiner Entscheidung. Er hatte sogar schon eine Vorstellung, was er zu Davids Verteidigung vorbringen würde und rechnete sich gute Chancen aus.

Erschöpft von den unzähligen Fragen, mit denen er bombardiert worden war und der Hitze in der Kanzlei, in der die Klimaanlage ausgefallen war, flehte David schließlich:

»Ich brauche eine Pause! Ich muss an die frische Luft!«

»In Ordnung«, sagte der Anwalt, obwohl er gern weitergemacht hätte. Im Geiste entwickelte er bereits seine Verteidigungsstrategie, oder besser: Sie entwickelte sich quasi von selbst. Vor lauter Eifer war Rubin beinahe ebenso erhitzt wie die Atmosphäre in seinem Büro an diesem heißen Junitag in New York.

Die beiden Männer stiegen in Rubins alten BMW, einen roten 323i, auf den er sehr stolz war, obwohl der Wagen Baujahr 88 war und schon mehr als 300.000 Kilometer auf dem Tacho hatte.

Anstatt Rubin in eine Bar mitzunehmen, dirigierte David ihn zum nächstbesten Golfplatz. Es war ihm ein Bedürfnis, ein paar Bälle zu schlagen, um auf diese Weise die schier unerträgliche Angst zu überwinden, die ihn bei der Aussicht auf einen baldigen Prozess plötzlich befallen hatte.

Als er das Übungsgelände erblickte, sagte Charles Rubin erstaunt:

»Ich dachte, wir gehen etwas trinken.«

»Sind Sie sehr enttäuscht?«

»Enttäuscht? Aber nein, ich golfe für mein Leben gern! Ich spiele zwar erst seit einem Jahr, aber es macht mir großen Spaß. Meine Golftasche liegt stets im Kofferraum.«

Dort befand sie sich tatsächlich. Rubin nahm ein paar Schläger und Bälle heraus.

»Ich lasse Ihnen den Vortritt«, sagte David.

Der kleine Ausflug artete bald in eine improvisierte Unterrichtsstunde aus, obwohl David hauptsächlich darauf aus war, Dampf abzulassen, indem er ein paar Bälle schlug.

Charles war ein ziemlich guter Spieler und schaffte es sogar ab und zu, die Bälle mehr als zweihundert Meter weit zu schlagen – für einen Anfänger wirklich erstaunlich. Meist aber hatten seine Bälle entweder einen Rechtsdrall oder waren ungewollt unterschnitten, sodass die Schläge zu kurz gerieten, was den perfektionssüchtigen jungen Mann, dem jede Form von Mittelmaß zuwider war, zur Weißglut trieb.

»Nicht schlecht, nicht schlecht«, kommentierte David nach sieben oder acht Schlägen, »daraus lässt sich etwas machen, würde ich sagen.«

»Aber meine Bälle haben fast alle einen Rechtsdrall«, gab der Anwalt bedauernd zurück.

»Sie setzen die rechte Hand zu stark ein«, sagte David.

»Die rechte Hand?«

»Ja, beim Schwung muss der Nachdruck auf der linken Hand liegen, nicht auf der rechten.«

Der Golfprofi beugte sich zu Rubin vor, verbesserte dessen Griff und forderte ihn dann auf:

»Versuchen Sie es noch einmal. Schlagen Sie dabei von innen nach außen, als hätten Sie nur die linke Hand.«

Rubin hatte diesen Golfjargon schon öfter gehört, war aber nicht sicher, ob er die Anweisung richtig verstand. Doch er versuchte es – und wie durch ein Wunder schoss sein Ball wie ein Pfeil los und flog mit Leichtigkeit über die Markierung von zweihundertsechzig Meter hinaus. Rubin jubelte.

Rasch schlug er einen weiteren Ball, der mindestens ebenso weit flog. Der Anwalt konnte es kaum fassen.

»Ich hätte nie gedacht, dass es so leicht geht!«

Weil alte Gewohnheiten sich aber nicht so leicht ablegen lassen (sie waren zwar erst ein Jahr alt, aber trotzdem), wurde der nächste Ball wieder zu einem unfreiwillig angeschnittenen Slice.

»Mist!«

Es wäre ja auch zu schön gewesen, um wahr zu sein!

»Wenn Sie sich ein bisschen Mühe geben, werden Sie es schaffen«, versicherte David. »Sehen Sie, es ist ganz einfach.«

Er bat Rubin um dessen Schläger, wog ihn in der Hand und schwenkte den Schaft hin und her, um dessen Biegsamkeit zu prüfen.

»Er ist ein bisschen zu weich für mich«, erklärte er, denn er spielte, wie die meisten Golftrainer, mit extrem harten Schlägern, »aber mal sehen, was sich machen lässt.«

David nahm die Abschlaghaltung ein und erklärte:

»Die rechte Hand dient nur dazu, den Schläger ruhig zu halten. Man darf ihn nicht viel fester in die Hand nehmen als einen Füller.«

Mit der ihm eigenen Leichtigkeit, als würde er einen simplen Übungsschwung ausführen – und obwohl es nicht sein gewohntes Einser-Holz war –, schlug David den Ball weit hinter die Markierung von zweihundertfünfundsiebzig Metern.

Sein Anwalt pfiff bewundernd.

Wie um zu beweisen, dass es kein Zufallstreffer gewesen war, schlug David eine Reihe weiterer Bälle. Er ging ganz darin auf; es war wie eine Therapie für ihn.

Mit der Präzision eines Schweizer Uhrwerks landeten die

Bälle fast alle an derselben Stelle, in höchstens zehn Meter Abstand voneinander.

»Ich kann es kaum fassen«, gab Rubin zu, als die beiden Männer wieder im Auto saßen, nachdem die Demonstration beendet war. »Mit dem Ball machen Sie ja, was Sie wollen.«

»Auf dem Übungsgelände, ja. Wenn es nicht sosehr darauf ankommt«, gab David betrübt zu. »Aber nicht auf Turnieren. Deshalb bin ich gezwungen, mir mein Brot damit zu verdienen, reichen alten Leuten ohne jede Begabung Golfstunden zu erteilen.«

Rubin sagte nichts. Er war beeindruckt. Nicht alle Menschen erkannten ihre Schwächen so klar und waren vor allem so mutig, einem Fremden den Grund für ihren Misserfolg im Leben einzugestehen.

»Ich hoffe sehr, dass wir den Prozess gewinnen«, sagte Rubin.

»Sie wollen ja nur noch mehr kostenlose Golfstunden bekommen«, scherzte David. »Das kommt gar nicht in Frage!«

20

Eine Woche später tauchten More und sein Assistent am frühen Morgen bei David auf, um ihn wegen Mordverdachts festzunehmen. Die Fingerabdrücke auf dem Glas, das im Zimmer 747 des Plaza-Hotels gefunden worden war, stimmten mit denen Davids überein. Und die DNS des Spermas an der Leiche des Opfers entsprach exakt der des Golftrainers.

David saß in der Tinte.

Er fühlte sich gedemütigt und versuchte, den neugierigen

Blicken seiner Nachbarn aus dem Weg zu gehen und sich vor den Kameras zu schützen, so gut es mit den Handschellen möglich war. Die Medien waren also über seine Verhaftung unterrichtet!

Mit einigen persönlichen Dingen, darunter einem wunderschönen Foto seiner kleinen Tochter Lydia, machte David sich auf den Weg in die Untersuchungshaft. Das Foto stellte er gut sichtbar in seiner Zelle auf.

Ihm war klar, dass er Lydia lange Zeit nicht sehen würde, denn seine Exfrau würde niemals zulassen, dass seine Tochter ihn im Gefängnis besuchte. Im Grunde hatte seine Verflossene ja Recht – ein fünfjähriges Kind gehörte nicht dorthin. Was sollte sie denken, wenn sie ihren Vater hinter Gittern sah?

Sein Anwalt, der sich mit jugendlichem Eifer und Optimismus auf den Prozess vorbereitete, war der Einzige, der ihn besuchte.

Weil die Bänke im Hörsaal der Uni und die im Gerichtsgebäude zwei grundverschiedene Dinge waren – und der Fall außerdem schier aussichtslos –, herrschte die Meinung vor, dass Rubin einer Katastrophe entgegensteuerte. Die Fingerabdrücke, das Sperma am Körper des Opfers … Was brauchte man mehr, um Davids Schuld zweifelsfrei zu beweisen?

Doch Rubin ließ sich nicht entmutigen. Im Gegenteil, es spornte ihn an.

Sein Mandant hatte ihm in die Augen gesehen und ihm geschworen, dass er kein Mörder sei, obwohl er ein Jahr lang mit dem Opfer liiert gewesen war und tatsächlich die fragliche Nacht in Zimmer 747 des Plaza-Hotels verbracht hatte.

Also würde er, Rubin, sein Bestes geben, seinen Mandanten zu verteidigen, denn er war – ob nun zu Recht oder zu

Unrecht –, von dessen Unschuld überzeugt. Und Unschuldige durften nicht zum Tode verurteilt werden oder lebenslänglich hinter Gitter wandern.

Unschuldige mussten leben.

Und frei sein.

21

Der erste Gerichtstermin wurde zum Medienspektakel. Mehr als hundert Journalisten hatten sich eingefunden. Schließlich kam es nicht jeden Tag vor, dass der Trainer eines exklusiven Golfclubs in den Hamptons des Mordes an der Frau eines Multimillionärs angeklagt wurde!

Schon um sieben Uhr morgens standen Hunderte von Neugierigen vor dem Gerichtsgebäude Schlange. Sie wollten sicher sein, einen Platz im Saal zu bekommen, der natürlich voll besetzt war. Jeden Tag mussten Zuschauer abgewiesen werden.

In der ersten Reihe hatte der Ehemann des Opfers Platz genommen. In seinem Gesicht wechselten sich Wut, Scham und Schmerz ab. Neben Eaton saß Staatsanwalt Henry Blake, ein kräftiger Mann um die sechzig. Mit seinen weißen Haaren, seinem rosigen Teint und den blauen Augen, die bedrohliche Intelligenz ausstrahlten, sah er sehr gut aus.

Der Staatsanwalt begann mit der Vernehmung von Jim Larue, dem geheimnisvollen, schwarz gekleideten Fotografen, der kurz vor dem Mord begonnen hatte, dem heimlichen Liebespaar nachzuspionieren und dessen Beziehung auf zahlreichen Fotos zu dokumentieren.

Jim Larue war ein großer Mann um die vierzig. Er hatte

braune Augen und schütteres, grau meliertes Haar, unter dem man die Kopfhaut durchschimmern sah. Er war gut einen Meter neunzig groß, was in seinem Beruf – in dem es besser war, unauffällig zu sein –, gewiss kein Vorteil war, zumal er mindestens hundertzehn Kilo auf die Waage brachte. Seine Stirn war immerzu schweißnass, und ständig wischte er sich das Gesicht mit einem Taschentuch ab, das er stets bei sich trug. Die Anwesenheit in einem Gerichtssaal, an die Larue von Berufs wegen gewöhnt war, schien ihn nicht weiter zu beeindrucken. Nur das Rauchverbot störte ihn, denn er war Kettenraucher.

»Mr Larue, welchen Beruf üben Sie aus?«, fragte Staatsanwalt Blake.

»Ich bin Privatdetektiv.«

»Zu welchem Zeitpunkt hat Mr Eaton Sie in seine Dienste genommen?«

»Er hat mich am 25. Mai in sein Büro kommen lassen und mich gebeten, seine Frau zu beschatten.«

»Hat er Ihnen gesagt, aus welchem Grund?«

»Er hatte den Verdacht, dass sie ein außereheliches Verhältnis hatte.«

»Hat er Ihnen gesagt mit wem?«

»Nein.«

»Haben Sie im Rahmen Ihrer Ermittlungen viele Fotos von Mrs Eaton aufgenommen, Mr Larue?«

»Ja.«

»Wie viele waren es in etwa?«

»Zwei Filme mit je sechsunddreißig Aufnahmen.«

»Zwei Filme mit sechsunddreißig Aufnahmen, das sind also zweiundsiebzig Fotos. Haben Sie diese Aufnahmen alle dem Gericht zur Verfügung gestellt?«

»Ja.«

»Wenn Sie einverstanden sind, würde ich jetzt gern einige dieser Fotos als Dias zeigen.«

»Einverstanden.«

Blake gab seinem Assistenten ein Zeichen. Paulo Costello saß am selben Tisch wie er, direkt neben Eaton. Er schien von dessen imposanter Erscheinung eingeschüchtert zu sein, aber man saß schließlich nicht alle Tage neben einem waschechten Multimillionär! Blakes Assistent war ein magerer, schüchterner, sechsundzwanzigjähriger Anwalt, dessen Augen hinter dicken Brillengläsern versteckt waren. Wäre er nicht so schmächtig gewesen, hätte er mit seiner Igelfrisur wie ein Soldat ausgesehen.

In der unteren rechten Ecke der Dias waren das jeweilige Datum und die Uhrzeit zu sehen, was das Verständnis des Ablaufs der Geschehnisse natürlich sehr erleichterte.

Auf der Leinwand erschienen zunächst Fotos, die im Hampton Country Golfclub geschossen worden waren. Auf den Bildern war eine sichtlich verliebte Louisa Eaton zu sehen, die ihre Gefühle für den Trainer des Golfclubs nicht verbergen konnte. Es gab zwar keine wirklich verräterischen Gesten, doch der Privatdetektiv hatte mit seinem Teleobjektiv geschickt vielsagende Blicke festgehalten, denen man die Art der Beziehung zwischen Mrs Eaton und David deutlich entnehmen konnte.

Es folgten Fotos von Lousia und David, wie sie in einem Restaurant saßen und Wein tranken, wobei die verheiratete Frau den Golf-Professional zärtlich anlächelte.

Dann kamen mehrere Aufnahmen des Paares, wie es streitend an einer Straßenecke stand. Beide schienen sich unwohl zu fühlen, als würde ihnen von irgendeiner Seite Gefahr drohen.

David war von den Dias erschüttert. Nicht weil sie besonders verräterisch waren – zumal sein Anwalt ihn überzeugt hatte, seine Beziehung zu Louisa Eaton zu gestehen, weil sie zweifelsfrei bewiesen werden könne. Doch beim Anblick der Aufnahmen hatte David das Gefühl, seine Affäre mit Louisa von neuem zu durchleben. Er kam sich wie ein Ertrinkender vor, der sein Leben vor seinen Augen noch einmal ablaufen sieht. Es war schrecklich für ihn.

Und es war schrecklich für seinen Anwalt. Rubin entging nicht der verheerende Eindruck, den die Fotos auf die Anwesenden machten. Auch die Geschworenen, deren Reaktionen Rubin genau beobachtete, um sein Kreuzverhör entsprechend zu gestalten, schienen die Fotos zu beeindrucken.

Schließlich wurde eine Aufnahme gezeigt, die wohl am verheerendsten wirkte: Es war ein Bild von Louisa Eaton, die wartend in ihrem Wagen vor dem Haus parkte, in dem David wohnte.

Blakes junger Assistent ging zum nächsten Foto über, doch der Staatsanwalt bat ihn, noch einmal die vorherige Aufnahme zu zeigen, und Costello kam der Bitte sichtlich nervös nach, als habe er einen schweren Fehler begangen, obwohl er doch nur seine Arbeit tat.

»Mr Larue, sagen Sie uns bitte, vor welchem Haus Mrs Louisa Eaton auf diesem Foto geparkt hat.«

»Es handelt sich um die Dublin Street 3433.«

»Könnten Sie sich zu unserem besseren Verständnis ein bisschen genauer ausdrücken?«

»Ja. Es ist das Haus, in dem Mr Berger wohnt.«

»Ich danke Ihnen. Mr Costello, Sie können fortfahren.«

Der junge Assistent machte mit der Diavorführung weiter, während David immer tiefer in Erinnerungen versank. Seine Augen füllten sich mit Tränen.

Fotos der zwei Liebenden vor dem Haus. Fotos, wie sie das Gebäude betreten.

Davids Anwalt fluchte leise, weil Blakes Vorführung sehr gelungen und eindrucksvoll war. Er hatte eine gute Auswahl getroffen, sofern man unter diesen Umständen von »gut« sprechen konnte. Das Adjektiv »katastrophal« würde den Sachverhalt aus Rubins Warte sehr viel besser treffen. Jedenfalls waren die Zuschauer im Saal ebenso betroffen und empört wie die Geschworenen, von denen alles abhing. Blake hatte es mit seiner Auswahl geschafft – ohne ein einziges Wort zu sagen, allein kraft der Bilder –, die gesamte Liebesgeschichte des Paares zu rekonstruieren. Und die aufeinander folgenden Etappen hatten die zwei Liebenden unweigerlich ins Bett geführt: die Golfstunden, die Verabredungen im Restaurant und schließlich, unausbleiblich, die Wohnung, um einander voller Leidenschaft in die Arme zu fallen.

Mit dieser kleinen Fotomontage war es Blake gleichsam gelungen, David von vornherein zu verurteilen, ohne dass die Verhandlung richtig begonnen hatte, was für einen so geschwätzigen Anwalt wie ihn ein ganz besonderes Verdienst war!

Natürlich sah man kein Bild von David, der dabei war, das tödliche Kopfkissen auf das schöne Gesicht seiner Geliebten zu drücken. Doch die Bilder ebneten den Weg und bereiteten die Geschworenen darauf vor, was Blake als »unvermeidliche Folge« der Beziehung bezeichnete.

Dass David der Mörder war.

Dass er trotz seiner Unschuldsmiene und seines umwerfend guten Aussehens, das auch vor Gericht alle Damen betörte, schuldig war.

22

Ja, der Eindruck war unauslöschlich, und selbst mit den allerbesten Argumenten würde Rubin sich sehr schwer tun, diesen Eindruck zu widerlegen.

Blake war bald mit seinem ersten Zeugen fertig und überließ ihn seinem jungen Rivalen, der noch schnell einen Blick auf seine Notizen warf, ehe er aufstand und sich in den Kampf stürzte. Er zog Unterlagen hervor und zwinkerte David zu, als wolle er ihm Mut machen. Man brauchte sich nicht gleich geschlagen zu geben: Der Kampf hatte gerade erst begonnen!

»Viel Glück!«, flüsterte David mit einem unmerklichen Lächeln.

Schließlich blieb Rubin, dessen Anzug ein wenig abgetragen war – er hatte während des Studiums allerlei Hilfsjobs annehmen müssen, um sich finanziell über Wasser zu halten, und hatte immer noch Schulden –, vor dem Zeugen stehen und zog sich seine unmoderne rote Krawatte zurecht. Larue war schon sehr ungeduldig, nicht weil Blakes Vernehmung so lange gedauert hatte, sondern weil er bereits unter Nikotinentzug litt.

»Mr Larue, von all den Fotos, die Sie gemacht haben – zumindest nach denen zu urteilen, die vor Gericht gezeigt wurden –, beweist keines eindeutig, dass mein Mandant Louisa Eatons Liebhaber war. Und in Ihrem Bericht, von dem ich hier eine Kopie habe, sagen Sie auch nichts dergleichen.«

»Äh, ja, das stimmt. Allerdings hatte ich auch erst seit kurzem mit der Beschattung angefangen.«

David war verwirrt. Er beglückwünschte sich im Stillen, seiner Geliebten von Anfang an strenge Verhaltensregeln auferlegt zu haben: Niemals durften sie in der Öffentlichkeit das geringste Anzeichen von Zuneigung zeigen. Keine Küsse, nicht einmal auf die Wange. Doch immer und überall so zu tun, als würden sie beide sich gar nicht kennen, wäre natürlich übertrieben und praktisch unmöglich gewesen. Doch David hatte darauf bestanden, dass Louisa und er sich stets so verhielten, als hätten sie beide nur geschäftlichen Kontakt. Besonders in Restaurants – die David nicht gern besucht hatte, weil er es für zu riskant hielt, sich dort mit Louisa blicken zu lassen. Die wenigen Male, die er mit ihr essen gegangen war, hatte er Restaurants ausgewählt, die andere Mitglieder des Golfclubs kaum besuchen würden. Doch man konnte nie wissen – es gab ja noch die Kinder der Mitglieder sowie das Personal, die Köche, Butler, Gärtner, Fahrer, Hausmädchen und so weiter. Und sie alle könnten das Paar dort überraschen. Ganz abgesehen von einem Privatdetektiv!

Deshalb beglückwünschte David sich nun, so vorsichtig gewesen zu sein – eine Vorsicht, die seine Geliebte übertrieben gefunden hatte. David fragte sich jedoch, worauf sein Anwalt eigentlich hinauswollte. Wie es schien, wollte Rubin beweisen, dass sein Mandant keine Beziehung zu Louisa Eaton gehabt habe – obwohl er ihm, David, doch gesagt hatte, er solle es gar nicht erst leugnen! Hatte Rubin seine Strategie in letzter Minute geändert, ohne seinen Mandanten davon zu unterrichten? Bei diesen Strafverteidigern konnte man nie wissen …

David zuckte die Achseln. Er konnte eh nichts daran ändern, dass er nicht verstand, was das sollte. Außerdem war Charles Rubin der Anwalt, er war nur der Mandant!

»Mr Larue, konnten Sie aus den Fotos zweifelsfrei schließen, dass Louisa Berger …«

Im Saal erklang unterdrücktes Gelächter ob dieses Fehlers, und der gehörnte Ehemann gab ein deutlich hörbares Knurren von sich.

»... Verzeihung, dass Louisa Eaton und David Berger ein intimes Verhältnis hatten?«

»Äh, nein, ich ... Es war offensichtlich, dass sie sich außerhalb des Golfclubs trafen, was als solches ein Indiz dafür ist. Aber ich habe kein Foto von ihnen machen können, wie sie gemeinsam ein Motel betraten, noch habe ich ein Foto von ihnen im Bett. Aber sie haben sich immerhin gemeinsam in Mr Bergers Wohnung aufgehalten ...«

»Ihrer Meinung nach lange genug, um miteinander zu schlafen?«

»Äh, ja ...«

Rubin trat zum Diaprojektor, hantierte daran und zeigte dann das Foto, das er gesucht hatte und auf dem zu sehen war, wie Louisa und David ins Haus gingen.

»Mr Larue, ist Ihr Fotoapparat zuverlässig, was Datum und die Uhrzeit angeht, die man auf den Bildern sieht?«

»Aber natürlich!«

Rubin nahm den Zeigestock, der auf dem Tisch lag, und wies auf das Datum und die Zeitangabe, die unten rechts auf dem Bild zu sehen waren. Und für die, die es trotz der Vergrößerung nicht entziffern konnten, las er laut vor:

»10. Juni, 18 Uhr 34.«

Dann zeigte er ein anderes Dia.

»Das hier, Mr Larue, ist das nächste Foto aus dieser Serie. Und es ist das nächste Bild auf Ihrem Film – was uns absolute Gewissheit darüber verschafft, was die Reihenfolge der Fotos angeht. Es ist am selben Tag aufgenommen, und wie man sieht, trägt Mrs Eaton genau dieselbe Kleidung.«

Er wies mit dem Zeigestock auf das Datum und fügte hinzu:

»Außerdem haben Sie in Ihrem Bericht vermerkt: ›Zeitpunkt, an dem die Wohnung von Louisa Eaton verlassen wird – 18 Uhr 44.‹ Das sind alles in allem zehn Minuten. Ich habe mir ein kleines Experiment erlaubt. Ich bin zur Wohnung des Angeklagten gegangen und habe, Stoppuhr und Schlüssel in der Hand, sein Haus betreten, wie David Berger und Louisa Eaton auf dem vorhergehenden Foto. Ich habe die Eingangstür aufgeschlossen, bin zum Fahrstuhl gegangen und habe, weil der Lift nicht da war, die Stoppuhr angehalten. Ich habe sie erst weiterlaufen lassen, als der Fahrstuhl kam. Auf diese Weise wollte ich sicherstellen, dass ich die Mindestzeit messe, die ich brauche, um zur Wohnung von Mr Berger zu gelangen, die sich im siebten Stock befindet. Ich bin aus dem Fahrstuhl gestiegen, rasch zur Wohnungstür gegangen und habe sie aufgeschlossen. Alles in allem habe ich zwei Minuten und 34 Sekunden gebraucht. Diese Zeit habe ich mit zwei multipliziert – in der Annahme, dass der Fahrstuhl da war und Louisa Eaton keinen Augenblick darauf warten musste, was aber keineswegs selbstverständlich ist. Insgesamt komme ich also auf fünf Minuten und acht Sekunden, um zur Wohnung zu gelangen und wieder auf die Straße zurück. Somit blieben dem Liebespaar weniger als fünf Minuten – exakt vier Minuten und zweiundfünfzig Sekunden –, um sich auszuziehen, Geschlechtsverkehr zu haben, sich wieder anzuziehen und zu gehen. Wenn mein Kollege es wünscht«, fügte er hinzu und meinte damit Blake, »kann ich einen Antrag auf Vertagung stellen, damit wir das Experiment gemeinsam wiederholen.«

»Nein«, entgegnete Blake trocken, »die Schätzung meines Kollegen scheint mir akzeptabel zu sein. Da wir seinetwegen schon genügend Zeit verloren haben, verzichte ich dankend.«

Rubin quittierte Blakes Antwort mit einem Lächeln. Er hatte den Eindruck, dass es gut für ihn lief: Indem Blake seine Ungeduld zeigte, offenbarte er zugleich seine Schwäche.

»Scheint Ihnen dieser Zeitrahmen angemessen, Mr Larue? Ihrer langjährigen Erfahrung als Privatdetektiv nach zu urteilen?«, fuhr Rubin fort.

»Einspruch, Euer Ehren«, rief Blake, den diese Demonstration nervte, weil er immer noch nicht wusste, worauf der Grünschnabel eigentlich hinauswollte. »Mein Zeuge ist kein Sexualforscher. Außerdem weiß jeder, dass man sich nicht unbedingt ausziehen muss, um Sex zu haben!«

»Einspruch stattgegeben.«

»Mr Larue«, fuhr der junge Anwalt fort, »wenn ich mir Ihren Bericht ansehe, schließe ich daraus, dass Sie sich bei der Arbeit jeden Abend gewissenhaft Notizen machen.«

»Ja.«

»Am Ende dieses Tages … Montag, den 10. Juni … konnte ich nirgends entdecken, dass Sie den Schluss ziehen, Louisa Eaton und David Berger hätten Sex miteinander gehabt.«

»Das habe ich in der Tat nicht notiert, weil ich kein Augenzeuge solcher Aktivitäten war.«

»Gut. Dann möchte ich jetzt auf einen ganz anderen Punkt zu sprechen kommen. Es war Ihr Auftrag, Louisa Eaton eine außereheliche Affäre nachzuweisen. Wie erklären Sie sich dann, dass Sie keine Fotos von David Berger und Louisa Eaton im Plaza-Hotel gemacht haben? Das wären bestimmt interessante Schnappschüsse gewesen, nicht wahr? Damit hätten Sie Ihren Auftrag zum Abschluss bringen können. Schließlich brauchen Ihre Kunden ja keine weiteren Beweise mehr, dass ihre Frau sie betrügt, wenn ein Foto belegt, dass sie mit einem anderen Mann zusammen heimlich ein Hotelzimmer betreten.«

»Nun, das ist die Entscheidung der Kunden. Ich bin Privatdetektiv, kein Psychiater.«

»Allerdings«, entgegnete Rubin und fuhr dann unerbittlich fort: »Doch was ist der Grund, dass Sie keine Fotos des Angeklagten und des Opfers am Abend des Mordes im Plaza-Hotel gemacht haben? Ist der Grund nicht der, dass Sie keine Fotos machen *konnten?* Weil Louisa Eaton den Angeklagten niemals im Plaza-Hotel getroffen hat? Weil sie dort niemals etwas mit ihm getrunken hat? Und zwar deshalb nicht, weil sie sich von meinem Mandanten getrennt hatte und sich ganz woanders befand?«

Jim Larue war sichtlich aus der Fassung gebracht. Und er war nicht der Einzige, denn Eaton schien sich ebenfalls nicht wohl in seiner Haut zu fühlen. Der junge Anwalt erwies sich als unerwartet scharfsinnig.

»Mr Larue«, schritt der Richter ein, »können Sie diese Frage beantworten?«

»Wissen Sie, ich habe das nicht mehr so genau im Kopf. Das alles ist schon eine Weile her. Ich notiere mir nicht alles bis ins kleinste Detail.«

»Wenn man sich Ihre Berichte ansieht, machen Sie aber den Eindruck, sehr pingelig zu sein.«

»Äh, ja … Jetzt kann ich mich erinnern. Am Freitagabend …«

»Meinen Sie den Abend des Mordes?«

»Ja, am Abend des Mordes hat Mr Eaton mich angerufen und mir gesagt, ich könne die Beschattung einstellen.«

»Der Rufliste Ihres Handys vom vergangenen Juni zufolge wurden Sie um 19 Uhr 22 aus dem Hotel Bellagio in Las Vegas angerufen.«

»Äh … ja, das entspricht auch meiner Erinnerung.«

Dieser Teil der Vernehmung schien Eaton zu missfallen. Er machte den Eindruck, als befürchte er, der Privatdetektiv könne ihn in eine peinliche Situation bringen.

»Wo befanden Sie sich zu diesem Zeitpunkt, Mr Larue?«

»Im *Juke Box*.«

»*Juke Box*?«

»Ja. Eine Bar auf Long Island.«

Das *Juke Box!* David zuckte zusammen und zog sein Notizbuch aus der Tasche, in dem er sich üblicherweise die Eigenheiten von Golfparcours notierte. Hastig kritzelte er etwas darauf, als habe er eine phänomenale Eingebung gehabt.

»Und waren Sie zu diesem Zeitpunkt gerade mit Mrs Eatons Beschattung beschäftigt?«

Der Fotograf zögerte ungewöhnlich lange und antwortete schließlich:

»Äh … nein.«

»Sie waren nur etwas trinken gegangen?«

»Ja.«

Eaton versteifte sich auf dem Stuhl und griff sich sogar an den Hemdkragen, als wäre ihm dieser plötzlich zu eng geworden.

Hatte der Strafverteidiger zum ersten Mal seit Beginn der Verhandlung einen wunden Punkt getroffen?

»Mr Larue«, hakte Rubin nach, »hat sich Joseph Eaton zwischen dem Zeitpunkt seines Abflugs aus New York und seinem Anruf aus Las Vegas am Freitagabend gegen halb acht mit Ihnen in Verbindung gesetzt?«

»Nein.«

Der junge Anwalt schien sich insgeheim zu freuen, dass die Schlinge um den Hals seines Opfers sich nach und nach zuzog, denn er fuhr mit einem unmerklichen Lächeln fort:

»Und hatten Sie ihm Ihrerseits Fotos oder neue Informationen zukommen lassen, was Ihren Auftrag anging?«

»Nein.«

»Kam es Ihnen unter diesen Umständen nicht seltsam vor, dass Mr Eaton Sie aus heiterem Himmel am Freitagabend aus Las Vegas anruft, wohin er ohne seine Frau gereist war – was ihn, wie mir scheint, hätte beunruhigen müssen –, und Sie bittet, die Beschattung auf der Stelle einzustellen?«

»Einspruch!«, rief Blake. »Das ist eine Aufforderung zur Spekulation.«

»Einspruch stattgegeben.«

»Ich bin mit dem Zeugen fertig«, schloss Rubin.

23

Als Rubin sich setzte, beugte David sich zu ihm hinüber und zeigte ihm ein wenig geheimnistuerisch die Worte, die er kurz zuvor aufgeschrieben hatte.

Während der Staatsanwalt einen letzten Blick auf seine Notizen warf, bevor er aufstand, vertraute der Golftrainer seinem Anwalt leise an:

»Ich glaube, ich habe da etwas gefunden …«

Doch ihm blieb keine Zeit, dem Anwalt zu verraten, um was es sich handelte. Der Staatsanwalt war nun vor den Zeugen getreten, und Rubin durfte keines seiner Worte verpassen. Die Lage war viel zu ernst. Außerdem wäre David vom

Richter zur Ordnung gerufen worden, hätte er während der Vernehmung weitergesprochen.

Die erste Sorge des Staatsanwalts war, den ärgerlichen Eindruck aus der Welt zu schaffen, den sein unerwartet cleverer Widersacher mit seinem kleinen Katz-und-Maus-Spiel erweckt hatte. Rubin schien dieses Spielchen erstaunlicherweise bis zur Perfektion zu beherrschen, obwohl er ein blutiger Anfänger war. Er, Blake, musste sich in Zukunft mehr vor diesem Grünschnabel in Acht nehmen!

»Mr Larue«, begann Blake mit fester Stimme, in der aber auch eine gewisse Ungeduld mitschwang. »Hat Mr Eaton im letzten Mai Ihre Dienste als Privatdetektiv in Anspruch genommen, weil er seine Frau verdächtigte, eine außereheliche Beziehung zu haben?«

»Das ist richtig.«

»Und Sie sind im Rahmen Ihrer Ermittlungen zu der Schlussfolgerung gelangt, dass Mrs Eaton sich tatsächlich mit dem Angeklagten traf und sich am Abend des 10. Juni sogar in seine Wohnung begeben hat, nicht wahr?«

»Das stimmt.«

Ehe er fortfuhr, wandte Blake sich mit einem ungeduldigen Achselzucken an seinen Assistenten. Der junge Mann verzog schuldbewusst das Gesicht und sprang auf, weil ihm die Anweisungen seines Chefs plötzlich wieder eingefallen waren. Er ging zum Diaprojektor, und im Handumdrehen erschien eines der Fotos, die vor Davids Apartment aufgenommen worden waren. Auf dem Bild war David zu sehen, der mit seiner Geliebten sprach. Dann zeigte der Assistent eine Vergrößerung von Louisa Eaton, oder vielmehr von ihrem Hals, um den die Perlenkette hing, die David ihr geschenkt hatte.

»Hier ist die Perlenkette zu sehen, die Mrs Eaton trug,

bevor sie das Haus ihres Liebhabers betrat. Doch auf dem nächsten Bild, auf dem zu sehen ist, wie sie wieder herauskommt …«

Er machte eine Pause, damit sein Assistent Zeit hatte, ein neues Foto zu zeigen.

»… auf diesem Bild ist zu sehen, dass Louisa Eaton keine Perlenkette mehr trägt.«

Ein Raunen ging durch den Saal – zu Blakes großer Freude. Er hatte erreicht, was er wollte: Er machte die Sabotagearbeit seines Rivalen zunichte, der seinen Zeugen so in die Enge getrieben hatte, dass dieser vollkommen unfähig, ja wie ein Lügner erschienen war – kurzum wie ein Mensch, den man nicht ernst nehmen musste.

Als der Staatsanwalt mit der Vernehmung des Zeugen fertig war, warf der Richter einen Blick auf die Uhr. Er befand, es sei Zeit für eine erste Pause und verkündete, die Verhandlung werde in zwanzig Minuten fortgesetzt.

Sofort eröffnete David seinem Anwalt, was ihm seit geraumer Zeit auf der Zunge lag.

»Wenn Larue am Abend des Mordes im *Juke Box* gewesen ist, dann war Louisa ebenfalls dort, da bin ich sicher. Es war ihre Stammkneipe. Mel wird es bestätigen.«

»Mel?«

»Ja, der Besitzer des *Juke Box.*«

24

Der nächste Zeuge, der in den Zeugenstand gebeten wurde, war Polizeiinspektor Michael More.

Nachdem Blake ihn aufgefordert hatte, seinen Namen zu nennen und seine Funktion im Rahmen der Ermittlungen klarzustellen, erklärte er:

»Inspektor More, ich werde Ihnen jetzt Fotos zeigen, die Sie und Ihre Leute aufgenommen haben, außerdem mehrere Gegenstände, die im Plaza-Hotel gefunden wurden. Würden Sie mir bitte bestätigen, dass Sie die Gegenstände tatsächlich am Tatort vorgefunden haben?«

Der Assistent projizierte ein Foto des Hotelzimmers auf die Leinwand. Gleich darauf zeigte er ein eindrucksvolles Bild von Louisa Eaton, die tot in dem Sessel saß, in dem sie am Morgen gefunden worden war. Es folgte eine Großaufnahme ihres Gesichts und ihres mit Lippenstift verschmierten Mundes.

Ein Foto des ebenfalls mit Lippenstift verschmierten Kopfkissens.

Die Kleidungsstücke des Opfers.

Der kurze schwarze Lederrock.

Der rote Pulli.

Der Büstenhalter.

Fotos des ungemachten Bettes.

Großaufnahmen, mit winzigen nummerierten Etiketten versehen, von langen blonden Haaren, kurzen blonden Haaren, dunklen Schamhaaren. Und blonden Schamhaaren auf den zerknüllten Laken.

Haare auf beiden Kopfkissen im Bett.

Aufnahmen des Badezimmers, insbesondere der Kloschüssel, in der ebenfalls Schamhaare zu sehen waren.

Danach folgten Fotos von Davids Wohnung.

Und vor allem das Foto einer verloren gegangenen Perle unter der Kommode im Eingang, die zur Kette seiner Geliebten gehörte.

Eine Aufnahme der Kette selbst, zerrissen und mit Flecken einer rotbraunen Substanz …

Und als hätten diese Fotos nicht gereicht, ergriff Blake den Plastikbeutel mit dem lippenstiftverschmierten Kopfkissen, mit dem das Opfer erstickt worden war, und ging mit dem Kissen langsam an der Geschworenenbank vorbei, ehe er es seinem Assistenten reichte.

Jetzt war der Augenblick gekommen, den Zeugen More zu vernehmen, der allmählich ungeduldig wurde.

»Inspektor More, entsprechen die Fotos, die ich Ihnen gerade gezeigt habe, dem, was Sie am Tatort beziehungsweise in der Wohnung des Angeklagten vorgefunden haben?«

»Ja.«

Blake ging zu seinem Assistenten, der ihm ein Dokument übergab, ohne dass er auch nur ein Wort zu sagen brauchte – eine vorab besprochene Inszenierung, die wie am Schnürchen lief. Dann kehrte Blake zum Zeugen zurück.

»Ihrem Bericht zufolge, Inspektor More, haben Sie im Badezimmer der Hotelsuite ein Glas gefunden, auf dem sich die Fingerabdrücke des Angeklagten befanden.«

»Das stimmt.«

»Im Hotelzimmer haben Sie ebenfalls Haare und Schamhaare entdeckt, die dem DNS-Test zufolge David Berger gehören. Ist das richtig?«

»Ja.«

»Außerdem haben Sie im Badezimmer ein Haar und ein Schamhaar entdeckt, das vom Angeklagten stammt.«

»Auch das ist richtig.«

Als Blake schließlich endete, war Davids Anwalt zwar betroffen, ließ sich aber nicht aus der Ruhe bringen. Es hatte am Tatort sehr merkwürdige Dinge gegeben, die der Inspektor nur mit Mühe würde erklären können. Mit einer Kopie von Mores Berichts trat Charles Rubin vor den Inspektor und begann mit seinem Kreuzverhör.

»Inspektor More, auf dieser Aufnahme«, er wies auf das Foto von Louisa Eaton, die tot im Sessel des Hotelzimmers saß, »kann man erkennen, dass die Schambehaarung des Opfers dunkel ist.«

»Äh … ja, in der Tat.«

»Haben Sie dunkle Schamhaare im Bett oder im Bad des Hotelzimmers gefunden, die von jemand anderem stammen könnten als vom Angeklagten?«

»Nein.«

»Nicht im Bett, nicht auf den Laken und auch nicht im Badezimmer?«

»So ist es.«

»Aber Sie haben im Bett Schamhaare gefunden, die jemand anderem gehörten als dem Angeklagten?«

»Ja.«

»Diese Schamhaare waren nicht von Mrs Eaton, wenn ich Sie recht verstehe?«

»Nein, die Haare waren blond.«

»Sie waren blond. Im Unterschied zu denen auf dem Foto.«

»Ja«, bestätigte der Inspektor bedauernd.

»In Ihrem Bericht steht überdies, dass sich den Laboruntersuchungen zufolge auf einigen der blonden Schamhaare, die im Bett gefunden wurden, Spuren vom Speichel des Angeklagten befanden.«

»Ja«, stimmte More mit unbewegter Miene zu.

Das aber verhinderte nicht, dass sich im Saal Gemurmel erhob, das immer lauter wurde – wie im Theater, wenn die Zuschauer von einem Stück gepackt werden. Eine Art diffuses Stimmengewirr, viel Geschmunzel und vereinzeltes Gelächter. Es waren sogar ein paar halblaute Kommentare zu hören. Natürlich hatten alle begriffen – außer denen, die nicht aufgepasst hatten oder eingenickt waren –, was sich zwischen David und seiner Partnerin abgespielt hatte.

David, der ebenfalls begriffen hatte, was die Anwesenden im Saal erheiterte, lächelte verschämt. Dann zuckte er die Achseln. Nun ja, er gab es zu, so war er nun mal. Bei ihm hatte die Lust der Frauen Vorrang vor der eigenen. Und das war es vielleicht auch, was ihm – außer seinem Schnauzer und seinem sanften Blick –, so dauerhafte Erfolge bei der Damenwelt bescherte.

Sogar der Richter, der bei der Ausübung seines Amtes ernst bleiben musste, konnte sich ein Lächeln nicht verkneifen. Es dauerte einen Moment, ehe er den Saal zur Ordnung rief.

Die beiden einzigen Anwesenden, die das Ganze gar nicht lustig fanden, waren der reizbare Eaton und der Staatsanwalt. Letzterem schien die Richtung, die die Vernehmung nahm, ganz und gar nicht zu gefallen. Dieser Schaumschläger von Anwalt, der sich nicht mal einen ordentlichen Anzug leisten konnte, machte seinen Zeugen lächerlich! Und was noch schlimmer war: Die Geschworenen begannen Zweifel zu hegen …

Berechtigte Zweifel.

Denn David hatte mit einer anderen Frau geschlafen.

Nicht mit dem Opfer.

»Mit anderen Worten, und korrigieren Sie mich bitte,

wenn ich mich täusche: Den Spuren nach zu urteilen, die man offenbar unweigerlich in einem Zimmer hinterlässt, in dem man sich mehrere Stunden aufgehalten hat – noch dazu nackt –, bekommt man den Eindruck, dass das Opfer sich vor dem Schlafengehen weder gewaschen hat noch auf die Toilette gegangen ist und sich überhaupt nicht im Bett aufgehalten hat. In der Tat scheint Mrs Eaton die ganze Nacht sitzend im Sessel zugebracht zu haben, und zu allem Überfluss allein, denn es sind weder Haare noch Schamhaare des Angeklagten auf dem Sessel selbst gefunden worden, oder?«

»Ja, diesen Eindruck könnte man in der Tat bekommen.«

Dem Publikum schien das Spektakel zu gefallen. Der Richter und einige Geschworene machten sich Notizen. Tatsächlich gab es ausreichend Gründe, die Dinge infragen zu stellen. Denn wie war das Fehlen von Haaren und Schamhaaren des Opfers im Bett und im Badezimmer zu erklären? Und vor allem: Wie war das Auffinden von Schamhaaren zu erklären, die von einer anderen Frau stammten?

Blake war wütend, ebenso wie Eaton. Es sah aus, als würde es diesem miesen kleinen Rechtsverdreher tatsächlich gelingen, das Steuer herumzureißen. Mit seinen Fragen machte er Inspektor More zur Schnecke. Und dabei hatte der Mann doch nur seine Arbeit getan!

Als er wieder an der Reihe war, versuchte Blake den Schaden zu begrenzen, den sein Gegner angerichtet hatte.

»Inspektor More, Sie haben am Tatort die Leiche des erstickten Opfers gesehen, nicht wahr?«

»Ja.«

»Und Sie haben am Tatort Haare und Schamhaare vorgefunden, die vom Angeklagten stammen?«

»Ja.«

»Keine weiteren Fragen.«

Der Richter warf einen Blick auf die Uhr und beschloss, eine Mittagspause einzulegen, eine wohlverdiente Unterbrechung für beide Parteien.

25

Eine halbe Stunde später parkte Rubin seinen knallroten alten BMW, dessen auffällig-aggressive Farbe für einen Mann mit einem so konventionellen Beruf ziemlich erstaunlich war, vor dem *Juke Box*.

Er hatte Glück: Mel Sollers war da. Der Barkeeper war erst Mitte vierzig, sah aber zehn Jahre älter aus – der Preis für das langjährige Nachtleben, das er geführt hatte. Drei Jahre zuvor hatte er infolge eines leichten Infarkts beschlossen, sein Leben in geordnetere Bahnen zu lenken, doch er blieb ein gezeichneter Mann. Mit seinen zwar noch blonden, aber von weißen Strähnen durchzogenen Haaren, seinen dunkelbraunen Augen und seiner rauen Raucherstimme hatte er den Charme und die attraktive Hagerkeit des verbrauchten Lebemannes beibehalten.

»Guten Tag. Mein Name ist Charles Rubin. Ich bin ein Freund von David Berger. Sein Freund und Anwalt, um genau zu sein.«

Charles streckte dem Barmann, der gerade ein Glas mit einem Geschirrtuch bearbeitete, die Hand hin. Dieser zog es jedoch vor, weiter abzutrocknen. Das Wort »Anwalt« heiterte ihn nicht gerade auf, obwohl eine Reihe von Juristen zu seiner Kundschaft zählten. Rubin gab klein bei, senkte den Arm und sagte:

»Sie wissen sicher, was David zugestoßen ist.«

»Gibt es überhaupt jemanden in den Hamptons, der nicht Bescheid wüsste?«, entgegnete der Barmann in leicht abfälligem Ton.

Wie alle anderen wollte auch er nichts, aber auch gar nichts mit einem Mord zu tun haben.

»David braucht Ihre Hilfe«, erklärte Rubin.

»Ich kann mir nicht vorstellen, was ich für ihn tun könnte«, entgegnete Sollers, wandte sich ab und widmete sich einer ziemlich bemitleidenswerten Stammkundin.

Mrs Silverstone, eine steinreiche Witwe um die fünfzig, die beim geringsten Anzeichen einer verdächtigen Falte zu ihrem Schönheitschirurgen rannte, war im *Juke Box* altbekannt. Sie eiferte mit Verspätung ihrem Mann nach, der sie während ihrer gesamten dreißigjährigen Ehe von Anfang an betrogen hatte. Ihre zahlreichen Liebhaber wurden immer jünger – und Mrs Silverstone konnte sich der Illusion hingeben, nicht zu altern.

Außer ihr war eine weitere »Säule« des *Juke Box* zugegen, Jim Steinberg, ein Mann Anfang dreißig, der von seinem Vater, einem Industriemagnaten, zweiundzwanzig Millionen geerbt hatte. Täglich bemühte er sich, seinen Weltschmerz mit einer Flasche Glenfiddich zu ertränken.

Außer den beiden gab es noch ein paar weitere Gäste – vermutlich Touristen, überlegte Rubin, denn wer sonst ging mit einem Fotoapparat um den Hals in eine Kneipe?

Bald darauf kam Sollers zu dem jungen Anwalt zurück. Er hatte ihn noch nicht einmal gefragt, was er trinken wollte, und somit eine der grundlegenden Höflichkeitsregeln von Kneipenbesitzern verletzt. Doch Rubin, der froh war, den Mann überhaupt wieder in Reichweite zu haben, feuerte sofort eine Frage auf ihn ab:

»Haben Sie an dem Abend, an dem Louisa Eaton ermordet wurde, hier gearbeitet?«

Diese Frage hätte David niemals gestellt, denn er hätte die Antwort von vornherein gewusst: Für Sollers war seine Kneipe ein Familienersatz, und er war jeden Tag da.

Von Natur aus misstrauisch, kultivierte er die Verschwiegenheit, wie andere Menschen Champignons züchten. Vorsichtshalber gab er eine seiner typischen ausweichenden Antworten:

»An dem Abend, an dem Louisa Eaton umgebracht wurde?«

»Ja. Das ist sehr wichtig, Mr Sollers. Denn wenn sie hier war, kann sie nicht im Plaza-Hotel gewesen sein. Und dann hätte David das Alibi, das ihm fehlt.«

»Und ich? Was hätte ich dann?«

Diese Antwort verwunderte Rubin und enttäuschte ihn zugleich. Was hatte das denn zu bedeuten? Verlangte dieser Mann mit seinen – besonders für einen Barkeeper – ungehobelten Manieren etwa Geld von ihm?

»Mr Sollers, ein Menschenleben steht auf dem Spiel.«

Sollers wollte etwas sagen, doch in diesem Moment bat ihn ein Gast am anderen Ende der Theke um ein Bier. Sollers entschuldigte sich, bediente den Gast und kehrte gleich darauf zu Rubin zurück.

»Ich glaube nicht, dass ich Ihnen helfen kann. Tut mir wirklich Leid.«

»Wissen Sie denn jemand anderen, der am Abend des Mordes ebenfalls hier war und Mrs Eaton gesehen haben könnte?«

»Sind Sie zum ersten Mal in den Hamptons?«, fragte der Barkeeper spöttisch.

»Ja«, gab Rubin leicht beschämt zu, als wäre das ein schweres Vergehen.

»Wenn Sie einer von hier wären, würden Sie Ihre Zeit nicht verplempern. Dann wüssten Sie, dass keiner es wagt, sich Joseph Eaton in den Weg zu stellen. Er ist so was wie der Pate der Hamptons.«

»Aber Sie haben Mrs Eaton an diesem Abend gesehen, nicht wahr?«

»Vielleicht, vielleicht auch nicht. Aber das ändert nichts an meiner Antwort. Ich werde nicht aussagen, und wenn Sie mich zwingen, vor Gericht zu erscheinen, indem Sie mir eine Ihrer dämlichen Vorladungen schicken, werde ich erklären, dass Mrs Eaton nicht da war oder dass ich mich nicht erinnern kann. Es würde Ihnen gar nichts bringen.«

Rubin antwortete nicht, lächelte plötzlich aber. Der Barkeeper fragte sich schon, ob der Mann ein bisschen verrückt war, bemerkte dann aber, dass Rubin der Witwe zulächelte, die ihn erblickt hatte und sich nun an ihn heranmachte. Der Barmann grinste, amüsiert über die Szene, die ihn nicht weiter überraschte. Mrs Silverstone konnte jungem Fleisch einfach nicht widerstehen, und der Barkeeper musste zugeben, dass der junge Bursche, den er nicht sonderlich sympathisch fand, doch recht attraktiv war.

Sollers wandte sich ab und ließ den Blick durch die Kneipe schweifen, wie es sich für einen guten Kneipier gehörte. Da stach ihm Paul Sinclair ins Auge, ein etwa dreißigjähriger Mann, der gerade gekommen war. Statt sich an die Theke zu setzen, wie die Gäste es tagsüber häufig taten, hatte er sich einen Tisch ausgesucht. Sinclair war untersetzt, ziemlich athletisch und hatte volles, schwarzes Haar, das ihm tief in die Stirn reichte, ein kantiges Kinn und schlechte Haut, die noch immer die Spuren einer pubertären Akne trug. Mit seiner getönten Brille sah er nicht sehr Vertrauen erweckend aus.

Sollers versuchte ihn einzuordnen. Er hatte das Gefühl,

diesen Mann, der bestimmt kein Stammkunde war, schon einmal gesehen zu haben. Jetzt fiel es ihm auch wieder ein: Er war derjenige, der Louisa Eaton zusammen mit ihrem Chauffeur am Abend des Mordes abgeholt hatte. Ja, er war sicher. Mrs Eaton hatte protestiert. Sie hatte zwar schon eine Menge intus gehabt, wollte aber noch mehr. Doch zu guter Letzt hatten der Chauffeur und Sinclair sie zur Vernunft gebracht, und sie war ihnen gefolgt – so betrunken, dass sie zweimal fast gestürzt wäre. Schließlich hatte sie dem Chauffeur erlaubt, sie zu stützen, damit sie nicht hinfiel. Ja, Sollers konnte sich sehr gut daran erinnern.

Er wusste sogar noch die Uhrzeit: Es war kurz nach der Happy Hour von fünf bis sieben gewesen, die in seiner Bar (wie in vielen anderen) in Wahrheit erst um acht Uhr endete. Obwohl sie Geld wie Heu hatte, bestellte Louisa Eaton, als Sollers das Ende der Happy Hour ankündigte, rasch noch zwei Martinis. Das bedeutete, dass Sollers ihr insgesamt vier Drinks eingeschenkt hatte! Sie schämte sich nicht, so viel zu trinken, und es war ihr egal, was die Leute redeten. Außerdem war ihr (schlechter) Ruf im *Juke Box* längst gefestigt.

Und Martinis auf der Theke stehen zu lassen, kam für sie einem Sakrileg gleich …

»Ist Ihnen klar«, begann Rubin wieder, »dass David die besten Aussichten hat, auf dem elektrischen Stuhl zu enden, wenn Sie nicht aussagen?«

»Ich bin sicher, dass Sie ein hervorragender Anwalt sind und eine andere Möglichkeit finden, ihm aus der Patsche zu helfen. Aber jetzt habe ich andere Dinge zu tun, wenn Sie nichts dagegen haben. Würden Sie mich bitte entschuldigen …?«

Rubin verzog den Mund. Er hatte verloren. Es war ihm

nicht gelungen, etwas aus dem Mann herauszuholen. Jeder für sich – so lautete das schreckliche Gesetz, das in den Hamptons galt. Und im Rest der Welt vermutlich auch. Doch Rubin gab sich nicht geschlagen, sondern unternahm einen letzten Versuch und reichte Sollers seine Visitenkarte. Diese Geste wiederum schien auf Sinclairs Interesse zu stoßen, der immer noch einsam an seinem Tisch ganz hinten in der Kneipe saß. Vielleicht wurde er auch ungeduldig, weil der Barkeeper so lange brauchte, ihn zu bedienen.

»Wenn Sie Ihre Meinung ändern, können Sie mich unter dieser Nummer erreichen. Es ist eine Handynummer, Sie können mich also jederzeit anrufen.«

Sollers nahm die Karte und warf sie auf die Theke, ohne auch nur einen Blick darauf zu werfen.

Mrs Silverstone verzog enttäuscht das Gesicht, als sie sah, dass Rubin schon gehen wollte. Dann warf sie ihm rasch ihr verführerischstes Lächeln zu, aber nur ganz kurz, um ihre Haut nicht zu lange dem schädlichen Runzeln auszusetzen. Rubin begnügte sich damit, ihr kurz zuzunicken. Als würde er sich in seinem Alter und in seiner momentanen Lage für eine steinreiche Witwe interessieren …

Während der junge Anwalt aus der Bar eilte, trat Sollers auf Sinclairs Tisch zu, um die Bestellung aufzunehmen. Als er Sinclair von nahem sah, war er ganz sicher, dass es sich um den Mann handelte, der Mrs Eatons Chauffeur am Abend des Mordes begleitet hatte.

»Was darf ich Ihnen bringen?«, fragte er.

Ohne zu wissen warum, beschlich Sollers in Gegenwart dieses Mannes ein leichtes Unbehagen. Hatte es mit dem seltsamen Lächeln zu tun, mit dem der Bursche ihn bedachte? Ein Lächeln, das etwas Spöttisches, wenn nicht sogar Grausames hatte?

»Ein Michelob«, sagte der Mann, und sein Lächeln verschwand.

»In Ordnung.«

Als er wieder hinter die Theke zurückgekehrt war, fragte sich Sollers, was der Kerl hier zu suchen hatte. Vielleicht hatte er nur in der Gegend zu tun und wollte in der Mittagspause etwas trinken. Abgesehen davon ging es ihn nichts an.

Sollers zapfte das Bier, brachte es Sinclair und kehrte wieder hinter die Theke zurück. Dann machte er sich daran, die Gläser zu putzen, als Vorbereitung auf den langen Tag, der eigentlich erst um fünf Uhr richtig begann. Widerwillig dachte er daran, was der junge Anwalt ihm gesagt hatte: Er, Sollers, sei David Bergers letzte Chance …

Der Anwalt hatte Recht, denn Sollers hatte Louisa Eaton am Abend des Mordes tatsächlich noch um kurz nach acht Uhr in seiner Kneipe gesehen, und vor allem hatte er sie mit zwei anderen Männern weggehen sehen.

Aber gegen Eaton auszusagen …

Damit würde er riskieren, einen Großteil seiner Gäste zu verlieren, der aus den Bewohnern der Hamptons bestand, weil sich dann alle fürchten würden, in die Kneipe jenes Mannes zu gehen, der es gewagt hatte, sich gegen Joseph Eaton zu stellen und zugunsten von Louisas vermeintlichem Mörder auszusagen. Hinzu kämen womöglich gezielte Repressalien von Seiten Eatons. Wenn jemand einen langen Arm hatte, dann er.

Warum also sollte er David Berger, den er überhaupt nicht kannte, ein Alibi liefern?

Doch plötzlich vollzog sich ein Wandel in Sollers' Innerm.

Er griff nach der Visitenkarte, die der junge Anwalt ihm gegeben hatte, und betrachtete sie.

Dann ließ er den Blick durch die Kneipe schweifen.

Seine Kneipe, sein Ein und Alles.

Er hatte niemals geheiratet und war kinderlos, da er sozusagen von Berufs wegen zu viele untreue Eheleute gesehen hatte, um noch Illusionen hinsichtlich der Institution der Ehe zu hegen.

Er sah sich erst die steinreiche Witwe an, dann den Millionenerben Jim Steinberg, der noch einen Whisky wollte. Und dann gab es da noch diesen tumben Touristen, der das Bier hinunterkippte wie Wasser und der Fotos in der Kneipe schoss …

Das alles erschien Sollers auf einmal zwar nicht lächerlich, aber doch unwichtig – in jedem Fall weniger wichtig als das Leben eines Mannes.

Ein Mann, der weder sein Vater noch sein Bruder war, nicht einmal ein Freund.

Aber der Mann würde wegen eines Justizirrtums sterben, nur weil er zur falschen Zeit am falschen Ort gewesen war.

Mit einem Mal sagte sich Sollers, dass er vielleicht, ein einziges Mal in seinem Leben, etwas nicht wegen des Geldes tun würde, sondern aus Anteilnahme – einfach deshalb, weil es das Richtige war.

Er war seit langem schon lustlos und niedergeschlagen.

Was war das Leben, das er führte, denn schon wert?

War dies nicht die Gelegenheit, einen Schlussstrich zu ziehen?

Doch insgeheim ahnte er, dass seine Tat unheilvolle Folgen für ihn haben könnte, dass er vielleicht sterben musste, wenn er tat, was richtig war, weil Eatons Rache ebenso furchtbar wie vernichtend sein würde …

Was soll's?, sagte er sich.

Ein letztes Zögern und ein Blick auf Sinclair, der sein Bier trank, ohne ihn aus den Augen zu lassen.

Dann nahm Sollers die Visitenkarte Rubins und wählte dessen Telefonnummer.

Als Rubin die Stimme des Barkeepers hörte, war er wohl der am meisten überraschte Mann der Welt. Und er war noch überraschter, als Sollers, nachdem er seinen Namen genannt hatte, einfach nur sagte:

»Ich tu's.«

Nach dem Anruf verspürte Sollers mit einem Mal einen ungeheuren Druck auf der Blase. Er war wohl doch nervöser, als er dachte. Mel Sollers ging zur Toilette.

Wenige Sekunden später spürte er etwas Kaltes rechts am Hals, das sich anfühlte wie die Berührung von etwas Metallenem. Ihm blieb keine Zeit, sich umzudrehen und Sinclair zu sehen, der einen Revolver mit Schalldämpfer auf ihn angelegt hatte.

26

Gute Neuigkeiten!«, flüsterte Charles Rubin seinem Mandanten ins Ohr, als er wieder in den Gerichtssaal kam, weil die Verhandlung fortgesetzt wurde. »Der Barmann will aussagen.«

»Paul Loria?«

»Nein, der Barkeeper des *Juke Box,* Mel Sollers! Louisa Eaton war am Abend des Mordes tatsächlich da.«

»Heißt das, ich bin gerettet?«

Dem Anwalt blieb keine Zeit mehr für eine Antwort.

Marielle Martin, die Pathologin, die Louisa Eatons Leiche untersucht hatte, war in den Zeugenstand getreten und bereitete sich auf ihre Vernehmung vor.

Sie war eine sehr elegante, zurückhaltende Frau Mitte dreißig, die mit ihrer Brille und den zu einem Knoten aufgesteckten schwarzen Haaren streng wirkte. Dennoch strahlte sie eine kühle Schönheit aus.

»Mrs Eaton ist zwischen elf Uhr abends und ein Uhr morgens gestorben. Sie wurde erstickt«, antwortete Marielle Martin auf eine Frage Blakes, der sie zuvor aufgefordert hatte, ihren Namen zu nennen und zu erklären, was für einen Beruf sie ausübe.

»Haben Sie eine Blutuntersuchung vorgenommen?«

»Ja. Sie hatte 2,3 Promille Alkohol im Blut.«

»Können Sie uns verdeutlichen, wie viel das ist?«

»Das ist sehr viel. Um es zu veranschaulichen: Es ist dreimal so viel, wie man trinken kann, um noch Auto fahren zu dürfen.«

Blake nahm den Plastikbeutel mit dem Kopfkissen, mit dem das Opfer höchstwahrscheinlich erstickt worden war, von dem Tisch, auf dem die Beweisstücke lagen, und fragte:

»Dr. Martin, das hier ist das Kopfkissen, das neben Mrs Eatons Leiche gefunden wurde. Es sind Spuren von Lippenstift darauf zu sehen. Handelt es sich um den Lippenstift, den Mrs Eaton am Tag des Verbrechens trug?«

»Ja.«

»Sind Sie sicher?«

»Nun, es ist möglich, dass es nicht derselbe Stift ist, aber in jedem Fall ist es dieselbe Marke. So geht es aus den Laboruntersuchungen hervor.«

Blake legte das lippenstiftverschmierte Kopfkissen wieder auf den Tisch und nahm vier Plastiktütchen. In dem einen waren sieben oder acht blonde Schamhaare, im anderen drei dunkle Schamhaare, im dritten ziemlich kurze blonde Haare – bestimmt die eines Mannes –, und im letzten waren ebenfalls blonde Haare, aber diese waren länger. Jede Tüte war mit einem Etikett versehen. Blake kehrte damit zum Zeugenstand zurück.

»Dr. Martin, erkennen Sie diese vier Tüten?«

Sie sah sich die Tüten genau an, ehe sie antwortete, und verglich sogar die Aufschrift der Etiketten mit denen in ihrem Bericht, der vor ihr lag und den sie in aller Ruhe durchblätterte. Sie war es gewohnt, im Gerichtssaal aufzutreten; ihr Beruf führte sie fast jede Woche als Sachverständige in den Zeugenstand. Schließlich sagte sie:

»Ja, ich habe sie untersucht. Haare und Schamhaare stammen von derselben Person.«

»Und wer ist diese Person?«

»Mr David Berger.«

»Sind Sie sicher?«

»Ganz sicher.«

Diese systematische Demonstration schien Davids Anwalt gar nicht zu gefallen. Es war ein langsames, sorgsam inszeniertes Vernichtungsmanöver, das seinen Mandanten unausweichlich hinter Gitter oder gar auf den elektrischen Stuhl bringen würde.

Blake kehrte zum Tisch zurück, auf dem die Beweisstücke lagen, nahm einen großen, etikettierten Plastikumschlag in die Hand, in dem sich befleckte Laken befanden, und ging wieder zum Zeugenstand.

»Sind das die Laken, die im Plaza-Hotel gefunden wurden?«

Die Pathologin untersuchte die Laken, insbesondere die Beschriftung der Etiketten, und sagte: »Ja.«

Der Anwalt brachte die Laken zurück, nahm drei Umschläge und trat wieder auf die Pathologin zu.

»Stammt das Sperma auf den Bettlaken und das an der Leiche des Opfers von demselben Mann, Dr. Martin?«

»Ja.«

»Fand der Geschlechtsverkehr, den das Opfer am Abend des Mordes gehabt hat, Ihrer Meinung nach mit dem Einvernehmen des Opfers statt?«

»Ja, ich habe an der Leiche weder Blutergüsse entdeckt noch Spuren von Schlägen, die Anlass zu der Vermutung geben, dass sie zum Geschlechtsverkehr gezwungen wurde.«

Blake zeigte ihr das Foto von Louisa Eaton, die nackt im Sessel der Suite des Plaza-Hotels saß, dann eine Vergrößerung desselben Fotos, auf dem zwischen den Beinen des Opfers Spuren von Sperma zu erkennen waren.

»Als Sie die Leiche des Opfers untersucht haben, Dr. Martin, haben Sie da Spermaspuren zwischen ihren Schenkeln entdeckt, wie man sie auf diesem Foto sehen kann?«

»Ja.«

»Und haben Sie ebenfalls Sperma in der Vagina des Opfers gefunden?«

»Ja.«

»Haben Sie das Sperma analysiert?«

»Ja.«

»Und haben Sie das Blut des Angeklagten untersucht, das ihm während seines ersten Verhörs von der Polizei abgenommen wurde?«

»Ja.«

»Ist die DNS im Blut des Angeklagten mit der des Spermas identisch, das am Opfer gefunden wurde?«

»Ja, zu hundert Prozent.«

Im Saal brach Tumult los. Die meisten Anwesenden wussten, was diese Aussage zu bedeuten hatte. Einige betrachteten David schon nicht mehr als Verdächtigen, sondern als Mörder: Für sie war jetzt schon erwiesen, dass er Louisa Eatons Mörder war, obwohl das Gericht sein Urteil noch gar nicht verkündet hatte.

Joseph Eaton konnte sich ein Lächeln nicht verkneifen. David Berger war am Ende! Der Staatsanwalt triumphierte ebenfalls, zeigte es allerdings nicht zu deutlich. Noch nie war es ihm so leicht gefallen, einen Prozess zu gewinnen. Das war ja fast wie eine Landpartie! Doch um ganz sicherzugehen, fuhr er fort:

»Dr. Martin, könnten Sie uns, zu unserem besseren Verständnis, mit einfachen Worten erklären, was es mit der DNS auf sich hat?«

»Nun, jeder von uns hat sozusagen einen eigenen, einzigartigen genetischen Fingerabdruck. Das heißt, dass die DNS jedes Individuums sich von dem der Milliarden anderer Individuen unterscheidet, die diesen Planeten bevölkern.«

»Demnach ist es völlig ausgeschlossen, dass das Sperma, das am Opfer gefunden wurde, und das Blut, das man David Berger abgenommen hat, von zwei unterschiedlichen Personen stammen?«

»Das ist vollkommen ausgeschlossen.«

»Mit absoluter Sicherheit?«

»Die DNS lügt nicht.«

27

Charles Rubin hatte Marielle Martins Bericht mindestens zehnmal gelesen. Er kannte ihn in- und auswendig, denn er hatte ihn genauestens unter die Lupe genommen. Und ihm schien, dass er einen Fehler darin entdeckt hatte.

Bevor er aufstand, um zum Zeugenstand zu gehen, lächelte er David ermutigend zu, der von Dr. Martins Aussage über die Bedeutung der DNS-Untersuchung verständlicherweise völlig niedergeschlagen war.

Rubin nahm zwei Plastiktüten mit Haaren und Schamhaaren von dem Tisch, auf dem die Beweisstücke lagen, und trat auf die Pathologin zu, die ihn gelassen erwartete.

»Dr. Martin, gehe ich recht in der Annahme, dass das Opfer normale Kopf- und Schambehaarung hatte?«

»Ja. Ich sehe keinen Grund, etwas Gegenteiliges anzunehmen.«

»Und Sie haben im Rahmen Ihrer beruflichen Tätigkeit mehrere Fälle von Mord oder Vergewaltigung untersucht, nicht wahr?«

»Ja.«

»Wie viele waren es Ihrer Schätzung nach?«

»Ich habe sie nicht gezählt.«

»In etwa, um dem Gericht einen Eindruck von Ihrer Erfahrung zu geben …«

»Es waren mindestens fünf-, sechshundert Fälle.«

»Eine beeindruckende Anzahl.«

»Ja, leider.«

»Kam es in diesen Fällen häufig vor, dass keine Schamhaare des Opfers an dem Ort gefunden wurden, an dem die Vergewaltigung stattgefunden hat?«

»Einspruch, Euer Ehren. Es geht hier nicht um Vergewaltigung, sondern um Mord, und das Opfer hat allem Anschein nach aus freien Stücken Sexualverkehr gehabt. Folglich wurde keine Gewalt angewendet, sodass es von daher … nun, keinen Schamhaarverlust gegeben hat, wenn ich es so ausdrücken darf.«

Der Richter dachte einen Augenblick nach, dann entschied er:

»Mich würde Dr. Martins Meinung zur Frage des Vorhandenseins oder Fehlens von Schamhaaren aber interessieren. Fahren Sie fort.«

»Nun, der Fall ist … äh, in der Tat ziemlich außergewöhnlich«, sagte Dr. Martin.

»Finden Sie es nicht ebenfalls außergewöhnlich, dass Haare und Schamhaare einer dritten Person im Bett gefunden wurden?«

»Ja, höchst außergewöhnlich.«

»Welche Schlussfolgerung ziehen Sie daraus, dass Haare und Schamhaare eines Dritten gefunden wurden?«

»Ich sehe zwei Möglichkeiten. Entweder das Bett ist zuvor von anderen benutzt und anschließend nicht gemacht worden, oder es war zum Zeitpunkt des Mordes außer dem Angeklagten und dem Opfer noch eine dritte Person anwesend.«

Inzwischen wirkte die Pathologin weniger gelassen. Ihre Augen hatten sich hinter den Gläsern ihrer Brille verengt. Worauf wollte der junge Anwalt hinaus? Sie hatte ihren Bericht so objektiv und ehrlich wie möglich verfasst, wie sie es immer tat, und es gefiel ihr gar nicht, in aller Öffentlichkeit gedemütigt zu werden.

Unbewusst hatte Eaton die Lippen vorgeschoben und kaute darauf. Er ruckte unruhig auf dem Stuhl, als könne er seine Ungeduld nicht bezähmen.

»Dr. Martin, ich möchte Ihnen jetzt ein Foto des Angeklagten zeigen, das aufgenommen wurde, als er zum ersten Mal von der Polizei verhört worden ist.«

Rubin legte ein Dia in den Projektor ein, und auf der Leinwand erschien eine Großaufnahme von Davids Rücken, der allem Anschein nach von einer allzu stürmischen Geliebten zerkratzt worden war.

»Darf ich Sie fragen, wie diese Schürfwunden entstanden sind, Dr. Martin?«

»Einspruch!«, rief der Staatsanwalt.

Doch der Richter gab dem Einspruch nicht statt.

»Es ist nicht das erste Mal, dass Sie Schürfwunden beurteilen, Dr. Martin«, sagte er stattdessen. »Ich möchte ich Sie daher bitten, die Frage zu beantworten.«

Blake verzog verärgert das Gesicht, während die Pathologin antwortete:

»Natürlich kann ich mich täuschen, aber es sieht so aus, als stammten diese Kratzwunden von den Nägeln eines leidenschaftlichen Sexualpartners.«

»Sie haben diese Verletzungen zwei Tage nach dem Mord untersucht, Dr. Martin. Konnten Sie sich ein Bild machen, wie alt sie waren?«

»Ja, in etwa.«

»Und wie alt waren die Verletzungen Ihrer Meinung nach?«

»Nun, wie schnell Wunden heilen, ist natürlich unterschiedlich und hängt zum Teil auch davon ab, wie sie behandelt werden.«

»Ich verstehe. Dennoch hatten Sie sich zum Zeitpunkt der Untersuchung eine Vorstellung gemacht, und sei sie noch so vage, oder?«

»Ja. Dem Grad der Heilung nach waren die Wunden ungefähr achtundvierzig Stunden alt.«

»Achtundvierzig Stunden. Das entspricht der Zeit, die zwischen dem Mord und Ihrer Untersuchung verstrichen war.«

Er ging zum Projektor, nahm das Dia heraus und legte eine Großaufnahme der Hände des Opfers ein. Dann trat er wieder zum Zeugenstand.

»Dr. Martin«, fuhr er fort, »gehe ich recht in der Annahme, dass Sie auch die Hände des Opfers einer eingehenden Untersuchung unterzogen haben?«

»Ja, natürlich.«

»Wie auf dem Dia zu sehen ist, hatte das Opfer so gut wie keine Fingernägel. Damit will ich sagen, dass Louisa Eaton entweder auf den Nägeln gekaut hat oder sie sehr kurz geschnitten hat.«

»Das … das ist richtig.«

Die nachfolgende Frage ergab sich von selbst, und Blake, der sie im Voraus erriet – wie viele andere im Saal –, bebte vor Wut. Dieser Rubin war wirklich besser als er dachte. Mit seiner unbeirrbaren, logischen Argumentation war er dabei, seine ganze Arbeit zunichte zu machen.

»Als Gerichtsmedizinerin haben Sie Hunderte von Leichen untersucht. Halten Sie es demnach für möglich, dass Hände mit derart kurzen Nägeln dem Rücken des Angeklagten solche Schürfwunden zugefügt haben?«

»Das ist eher unwahrscheinlich.«

»Ich habe Ihren Bericht immer wieder gelesen, Dr. Martin, doch nirgendwo stand, dass Sie unter den Nägeln des Opfers oder an den Fingerspitzen Blut oder gar Hautfetzen gefunden haben, die vom Angeklagten stammen. Ist das richtig?«

»Ja.«

»Wenn das Opfer einem anderen mit seinen Nägeln so

tiefe Wunden zufügt wie die auf dem Rücken des Angeklagten, ist es dann im Allgemeinen nicht so, dass man winzige Spuren von Haut oder Blut unter den Fingernägeln findet?«

»Ja.«

»Haben Sie an den Händen des Opfers Spuren von Seife oder einem anderen Reinigungsmittel entdeckt, oder einen Geruch von Seife oder einem anderen Reinigungsmittel wahrgenommen, die Anlass zu der Vermutung geben, dass das Opfer gewaschen wurde, um sämtliche Spuren von Blut oder Haut ihres Angreifers zu beseitigen?«

»Nein, ich … ich habe nichts Derartiges festgestellt.«

»Demzufolge kann man mit an Sicherheit grenzender Wahrscheinlichkeit davon ausgehen, dass die Schürfwunden dem Angeklagten nicht vom Opfer, sondern von einer anderen Person zugefügt wurden?«

»Ja.«

»Ich danke Ihnen, Dr. Martin.«

28

In Anbetracht der Tatsache, dass einige der Geschworenen nach und nach berechtigte Zweifel an Davids Schuld hegten, hätte Charles Rubin sich dafür entscheiden können, David selbst gar nicht aussagen zu lassen. Doch trotz seiner kurzen Erfahrungen im Gerichtssaal war er zu der Überzeugung gelangt, dass man einem Angeklagten die Chance geben musste, laut und deutlich seine Unschuld zu erklären. Von diesem Recht keinen Gebrauch zu machen, war meist ein Fehler: Angeklagte, die nichts sagten, klagten sich letztlich selbst an, obwohl sie natürlich das Recht haben, zu schweigen. Das aber ließ darauf schließen, dass sie etwas zu verschweigen *hatten,* dass sie Angst hatten, sich bei ihrer Aussage durch einen Fehler zu verraten.

»Mr Berger«, begann Rubin, »haben Sie Louisa Eaton am Abend des Mordes gesehen?«

»Nein.«

»Haben Sie Mrs Eaton vorher gesehen?«

»Ja, ich … wir hatten ein Jahr lang eine Beziehung.«

»Hatten Sie zum Zeitpunkt der Ermordung immer noch eine Beziehung mit Mrs Eaton?«

»Nein, wir hatten uns am Montag vor ihrem Tod getrennt.«

»Waren Sie am Abend des Mordes im Plaza-Hotel, Mr Berger?«

»Ja.«

»Würden Sie dem Gericht bitte erklären, aus welchem Grund Sie dort waren?«

David beantwortete die Frage, so einfach es ging. Er erzählte vom Barkeeper des Golfclubs, der ihn gebeten hatte, sich mit seiner Nichte zu treffen, die neu in New York war. Dann fasste er sein Rendezvous mit Louisa Loria und die mit ihr verbrachte Nacht kurz zusammen und berichtete ebenfalls von seinem grausigen Fund am Morgen danach.

»Mr Berger, haben Sie Mrs Eaton umgebracht? Ja oder nein.«

»Nein.«

David hatte die Frage ohne zu zögern beantwortet. Doch würde das reichen, um die Geschworenen, die ihm atemlos zugehört hatten, von seiner Unschuld zu überzeugen?

Immerhin hatten sie ihn wie jemanden beobachtet, der zwar schon so gut wie verurteilt war, dem man aber eine letzte Chance geben will.

29

Nun wäre der Staatsanwalt an der Reihe gewesen, David ins Kreuzverhör zu nehmen, doch er wandte sich zuerst an den Richter:

»Euer Ehren, ehe ich zum Kreuzverhör übergehe, möchte ich um die Erlaubnis bitten, einen sehr wichtigen Zeugen vorzuladen – Paul Loria, den Barkeeper des Golfclubs. Ich weiß, dass dies ein wenig ungewöhnlich ist, aber ich muss so vorgehen, damit die Jury versteht, was am Abend des Mordes geschehen ist.«

Der Richter warf Charles Rubin einen fragenden Blick zu, doch der zuckte nur mit den Achseln und nickte dann zustimmend. Er hätte darauf bestehen können, dass der Angeklagte sofort vernommen wurde, aber vielleicht war es sogar von Vorteil, wenn er ein paar Minuten Verschnaufpause bekam. Deshalb widersetzte er sich dem Wunsch seines Kollegen nicht.

»Fahren Sie fort.«

Blake ließ David zu seinem Anwalt zurückkehren und rief Loria in den Zeugenstand.

»Mr Loria, wie lange sind Sie schon Barkeeper im Hampton Country Golfclub?«

»Einundzwanzig Jahre.«

»Schon einundzwanzig Jahre. Man könnte also sagen, dass Sie ziemlich beständig sind.«

»Ich denke schon, ja.«

»Sind Sie verheiratet?«

»Ja.«

»Wie lange?«

»Seit fünfzehn Jahren.«

»Haben Sie Kinder?«

»Zwei.«

»Mr Loria, wie würden Sie Ihre Beziehung zu Mr Berger beschreiben?«

»Wir hatten ein sehr gutes Verhältnis.«

»Könnten Sie sich etwas genauer ausdrücken?«

»Nun, außerhalb des Golfclubs haben wir uns zwar kaum gesehen, aber bevor David nach Hause ging, kam er immer in der Bar vorbei, und wir haben ein paar Worte miteinander gewechselt.«

»Würden Sie ihn als Freund bezeichnen?«

»Ja.«

»Können Sie sich an die Unterhaltung mit dem Angeklagten erinnern, die er nach eigener Aussage vor dem Mord mit Ihnen geführt hat?«

»Ja. Wir haben uns tatsächlich unterhalten. Ich habe ihm erzählt, was für Gerüchte im Club die Runde machen.«

»Um was für Gerüchte ging es?«

»Nun, einige Clubmitglieder munkelten, dass David eine Beziehung mit der Frau eines Mitglieds habe.«

»Ist dabei der Name Joseph Eaton gefallen?«

»Nein, aber es wurde gesagt, dass es sich um ein einflussreiches Mitglied handle. Und weil es keinen Rauch ohne Feuer gibt und David ein Freund war, habe ich ihm davon erzählt.«

»Ich verstehe. Und wie hat er reagiert?«

»Er hat gesagt, das sei lächerlich. Eine solche Dummheit würde er niemals begehen.«

»Er hat Sie also angelogen.«

Bevor Paul Loria antwortete, warf er David einen bedauernden Blick zu, als würde es ihm Leid tun, von Blake – der rhetorisch geschickt war wie kein Zweiter – so in die Enge getrieben worden zu sein.

»Nun ja, im Nachhinein betrachtet wird es wohl so gewesen sein, aber David hatte gute Gründe dafür.«

»Ich verstehe. Aber nichtsdestotrotz hat er Sie angelogen, obwohl Sie sein Freund waren.«

»Wenn man so will, ja.«

»Mr Loria, stimmt es, dass Sie Ihren Freund David Berger gebeten haben, sich mit Ihrer Nichte zu treffen, die angeblich neu in New York war?«

»Das … äh …«

Die Frage war dem Barkeeper sichtlich unangenehm, und er zögerte. Schließlich sagte er:

»Das wäre mir sehr schwer gefallen.«

»Aus welchem Grund?«

»Weil … weil ich gar keine Nichte habe. Ich habe keine Geschwister, und meine Frau auch nicht.«

Wieder gab es Tumult im Saal, weil Blake deutlich gemacht hatte, dass der Angeklagte zu jeder Lüge bereit war, um seinen Hals aus der Schlinge zu ziehen. David war erschüttert. Er protestierte leise, und sein Anwalt versuchte, ihn mit einer Handbewegung zu beschwichtigen.

Blake stellte Loria keine weiteren Fragen. Nach kurzem Zögern verzichtete Rubin darauf, Loria ins Kreuzverhör zu nehmen. Wenn man Davids Version der Geschichte glaubte, log Paul Loria wie gedruckt. Doch die Einzige, die Lorias Aussage hätte widerlegen können, war unauffindbar: Lorias vermeintliche Nichte. Sie schien sich buchstäblich in Luft aufgelöst zu haben. Als hätte es sie, trotz Davids Beteuerungen, niemals gegeben!

Paul warf David einen traurigen Blick zu und kehrte an seinen Platz im Saal zurück. Er schien sich bewusst zu sein, was er David antat, und es schien ihm aufrichtig Leid zu tun, seinem Freund so widersprechen zu müssen.

30

Jetzt war David an der Reihe, von Blake ins Kreuzverhör genommen zu werden. Seinen Gewohnheiten und seinem Hang zum Perfektionismus getreu, wollte Blake kein Risiko eingehen und ging sehr methodisch vor. Dennoch war seine erste Frage nicht gerade spitzfindig; er fiel gewissermaßen mit der Tür ins Haus:

»Mr Berger, hatten Sie eine Affäre mit Mrs Louisa Eaton?«

»Ja. Das habe ich bereits zu Protokoll gegeben.«

»Dem Bericht von Polizeiinspektor More zufolge haben Sie dies bei Ihrem ersten Verhör geleugnet.«

»Das stimmt, ich … Ich war völlig außer mir. Es wäre besser gewesen, wenn ich bis zur Ankunft meines Anwalts nichts gesagt hätte.«

»Ich verstehe. Wenn Sie außer sich sind, neigen Sie zur Lüge. Das ist ein ganz normaler Reflex. Sind Sie auch jetzt, in diesem Moment, außer sich, Mr Berger?«

Gelächter im Saal.

»Einspruch, Euer Ehren!«

»Stattgegeben.«

Nachdem er einen Augenblick die Wirkung seiner Frage beim Publikum ausgekostet hatte, fuhr Blake fort:

»Mr Berger, wussten Sie, dass Mrs Eaton verheiratet war, als Sie sich auf eine Beziehung mit ihr einließen?«

»Ja, das wusste ich«, gab David zu.

»Sie wussten es und haben sich dennoch auf diese Beziehung eingelassen?«

»Einspruch!«

»Stattgegeben.«

»Wer hatte denn die Initiative ergriffen, Mr Berger?«

Es war eine sehr einfache Frage, zumindest auf den ersten Blick. Doch bei genauerem Hinsehen … Wie sollte man mit Sicherheit sagen, von wem die Initiative zu einer Beziehung ausging?

David stiegen Tränen in die Augen, denn ihm war plötzlich ihr erstes Mal eingefallen, in einem kleinen drittklassigen Motel – oder vielmehr im Fahrstuhl eines kleinen drittklassigen Motels, wenn auch nach langem Zögern, denn das Ganze war verrückt und gefährlich. David war sich bewusst gewesen, dass er alles verlieren würde, wenn die Wahrheit ans Licht kam.

Beim ersten Mal hielten sie den Fahrstuhl zwischen zwei Stockwerken an, ohne einen Gedanken an die anderen Gäste zu verschwenden, die auf den Lift warteten. Leidenschaftliche Küsse, Kleidungsstücke, die nicht einmal ganz ausgezogen wurden, so eilig hatten sie es, so wild war ihr Verlangen.

David sah das Lächeln seiner Geliebten vor dem geistigen Auge, ihre Arme, wie sie sich ihm öffneten, ihre kleinen, entzückenden Brüste …

Und jetzt war sie tot.

»Mr Berger, haben Sie meine Frage gehört?«

Brutal holte Blake ihn wieder in die Wirklichkeit zurück. Er stand vor Gericht, war des Mordes an dieser wunderbaren, ganz und gar außergewöhnlichen Frau angeklagt.

»Ja«, sagte David, beantwortete die Frage jedoch nicht, als wäre er in Gedanken noch immer in seinen Erinnerungen versunken.

»Mr Berger, wer hat die Initiative zu dieser Beziehung ergriffen?«

»Ich … weiß es nicht«, sagte er.

Doch er wusste, dass Louisa es letztendlich gewesen

war, weil sie ihn ständig um Golfstunden gebeten und ihm ständig Komplimente und kleine Geschenke gemacht hatte.

Aber hatte nicht er selbst, als er sie das erste Mal sah, sofort das heftigste Verlangen nach ihr verspürt? Eine Art inneren Aufruhr, wie er ihn nie zuvor erlebt hatte? Das Verlangen, sie in die Arme zu nehmen, den Saum ihres kurzen Golfrocks zu heben und sie in einem der zahlreichen kleinen Waldstücke auf dem Golfplatz leidenschaftlich zu lieben … Was im Übrigen einmal vorgekommen war, und ihre Verwegenheit hatte ihr Verlangen noch mehr angestachelt. Was sie beide belustigt hatte. Während ungeschickte Clubmitglieder sich verzweifelt bemühten, ihren Ball, der nicht der vorgesehenen Flugbahn gefolgt war, im Gebüsch ganz in ihrer Nähe wieder zu finden, kniete David zu Füßen seiner Geliebten, riss ihren Slip wie eine Trophäe herunter und verlor sich zwischen ihren Schenkeln.

»Sie wissen es nicht?«, fragte der Staatsanwalt so ironisch, als könne David ihm nicht sagen, wie viele Stunden ein Tag hatte.

»Nein.«

Zu seiner Entschuldigung hätte David vorbringen können, dass Louisa die ersten Schritte getan hatte. Das hätte ihrem Mann ganz und gar nicht gefallen, hätte ihn sogar zur Weißglut getrieben – eine kleine Rache, die auf der Hand lag und David die Möglichkeit geboten hätte, sich darüber hinwegzutrösten, dass er immer nur der Arme und Machtlose war, Eaton hingegen der Reiche und Mächtige.

Doch es war ein bisschen so, als stünde die Frau, die er für immer verloren hatte, hier und jetzt vor ihm – lebendiger und wirklicher in der Erinnerung, als sie im Leben je gewesen war. Und David wollte die Erinnerung an sie nicht in den Schmutz ziehen. Ihr Tod als solcher war schon demütigend genug.

Seltsamerweise – und auch auf die Gefahr hin, dass es für ihn verhängnisvoll enden konnte – verspürte er das Bedürfnis, Louisa im Nachhinein zu beschützen und ihre Ehre zu retten.

Ihre Augen, ihr Gesicht, ihr Lächeln … Das alles war plötzlich wieder da, stand ihm leuchtend vor Augen in diesem Saal, inmitten all dieser Fremder, die nur darauf aus waren, seinen Kopf rollen zu sehen. Damit Gerechtigkeit herrschte. Doch es würde niemals Gerechtigkeit herrschen, denn Louisa würde nie wieder lebendig. Jemand hatte sie mit einem Kopfkissen erstickt.

»Mr Berger, wie lange dauerte Ihre Beziehung mit Mrs Eaton?«

»Ungefähr ein Jahr.«

»Haben Sie sich häufig im Plaza-Hotel getroffen?«

»Wir haben uns kein einziges Mal im Plaza-Hotel getroffen.«

»Aber am Abend des Mordes waren Sie …«

»Ich war nicht mit Mrs Eaton dort, sondern mit einer anderen Frau, die ich für Paul Lorias Nichte hielt. Ich weiß, dass es sich seltsam anhört, aber so war es.«

»Sie leugnen also, am Abend des Mordes mit Louisa Eaton im Plaza-Hotel gewesen zu sein, obwohl man Ihre Haare im Bett gefunden hat, Ihre Fingerabdrücke auf dem Glas und Ihr Sperma an der Leiche des Opfers?«

»Ja, das leugne ich. Louisa Eaton und ich hatten uns getrennt. Wir haben uns nicht mehr getroffen.«

»Wie lange nicht mehr?«

»Das sagte ich bereits. Seit dem Montag vor ihrem Tod.«

»Und warum hatten Sie sich getrennt?«

»Ich …« Er stockte.

»Mr Berger, würden Sie meine Frage bitte beantworten?«

»Sie wollte, dass wir zusammen weggehen.«

»Dass sie zusammen weggehen?«

»Ja, sie war bereit, ihren Mann zu verlassen, und sie hatte die Nase voll von dem heimlichen Verhältnis. Sie wollte unsere Liebe öffentlich ausleben.«

Eaton schäumte vor Wut. Seine Blicke hätten töten können. Jetzt ging dieser Taugenichts von einem Golflehrer aber wirklich zu weit! Er hatte ihm, Joseph Eaton, nicht nur Hörner aufgesetzt – nun posaunte er auch noch heraus, dass seine Frau ihn sitzen lassen wollte! Dass es ihr ernst war. Dass diese Affäre mehr gewesen war als eine kleine Rache dafür, dass er Louisa seiner Geschäfte wegen vernachlässigt hatte. Wie konnte eine Frau ihm, Joseph Eaton, einen solchen Niemand wie diesen miesen kleinen Golftrainer vorziehen, diesen armen Schlucker? (Eaton schien es sich selbst übel zu nehmen, weil er begriff, dass er sich gewissermaßen das eigene Grab geschaufelt hatte. Und für diesen mächtigen Mann, der sich einbildete, sein eigenes Schicksal und das aller in seiner Umgebung in der Hand zu haben, gab es nichts Schlimmeres!) Dieser Mistkerl hatte es gewagt, sich gegen ihn zu wenden, seinen Chef, ihm seine Frau wegzunehmen und seinen Ruf aufs Spiel zu setzen!

»Lügner!«, brüllte Eaton von seinem Stuhl aus.

Der Staatsanwalt hielt ihn zurück, doch die Zuschauer waren von dem Aufschrei ergriffen. Dank seines guten Aussehens, seines attraktiven Schnauzers und seiner schönen blauen Augen war es David gelungen, ein paar Frauen im Saal für sich einzunehmen, doch jetzt, angesichts dieses in seinem Stolz verletzten Mannes, hielten auch sie David Berger für einen herzlosen, unmoralischen Verführer: Er war nicht davor zurückgeschreckt, die Schwäche einer Frau auszunutzen, obwohl sie mit seinem Chef verheiratet war.

»Mrs Eaton war also bereit, Ihretwegen ihren Mann zu verlassen? Wollen Sie das damit sagen, Mr Berger?«

»Ja, sie hat mir sogar …«

»Sie hat Ihnen sogar was?«

»Offenbar hatte sie einen Ehevertrag mit ihrem Mann. Nach diesem Vertrag hätte sie nach sieben Ehejahren im Fall einer Trennung fünf Millionen Dollar bekommen. Sie hat mir angeboten, mir die Hälfte des Geldes zu geben, wenn ich mit ihr wegginge.«

Diese außergewöhnliche Enthüllung rief wieder Aufregung im Saal hervor, vor allem lautstarke Kommentare. Fünf Millionen! Das war nicht gerade wenig! Eaton war ungeheuer reich, das war allgemein bekannt, aber trotzdem …

Der Richter musste dreimal mit dem Hammer auf den Tisch schlagen, um den Saal zur Ordnung zu rufen.

»Das stimmt nicht!«, protestierte Eaton.

Mehr konnte er nicht sagen, weil der Staatsanwalt ihn daran hinderte, sodass nicht klar wurde, ob die Geschichte mit dem Ehevertrag stimmte und ob es der Wahrheit entsprach, dass Louisa angeboten hatte, das Geld mit ihrem Liebhaber zu teilen.

»Und Sie sind nicht auf diesen Vorschlag eingegangen? Die Hälfte von fünf Millionen! Das ist ja ein ganz ordentlicher Betrag.«

»Nein, ich … Ich fühlte mich nicht wohl bei dem Gedanken. Mir war es lieber, wenn wir es dabei bewenden ließen, wie es gewesen ist.«

»Mr Berger, wie würden Sie Ihre finanzielle Situation bezeichnen?«

»Einspruch, Euer Ehren!«, wetterte Davids Anwalt, der seinen Mandanten beschützte, so gut er konnte.

»Euer Ehren, es geht mir nur darum, das Mordmotiv zu klären«, erläuterte Blake.

Einen Augenblick ließ der Richter es sich durch den Kopf gehen, dann entschied er:

»Mr Berger, ich bitte Sie, die Frage zu beantworten.«

»Mein Einkommen ist gut, ich ...«

»Wie viel verdienen Sie genau?«

Ehe er etwas sagte, warf David seinem Anwalt einen Blick zu, um sich zu versichern, ob er diese Frage beantworten musste. Charles Rubin verzog den Mund: Sein Mandant musste sich fügen.

»Mein Gehalt beträgt sechzigtausend Dollar jährlich.«

Es gab eine Reihe von Trainern in weniger namhaften Golfclubs, die mehr verdienten und zudem Prozente von den Verkäufen im Pro-Shop bekamen. Doch im Hampton Country Golfclub war man knauserig und betrachtete das Prestige, das der Job des Trainers mit sich brachte, als Teil der Entlohnung. Aber von dem Prestige konnte man weder seine Einkäufe bezahlen noch die Alimente an die Exfrau! Doch aus seiner verzweifelten finanziellen Situation heraus war David damals nichts anderes übrig geblieben, als sich auf dieses Angebot einzulassen – entweder er nahm es an oder schlug es aus. Verhandlungsspielraum gab es keinen.

»Sechzigtausend Dollar jährlich.«

»Ja, hinzu kommt alles, was ich mit dem Golfunterricht verdiene.«

»Der Golfunterricht, aha. Und wenn ich Sie recht verstanden habe, erteilen Sie viele Stunden!«

Gelächter im Saal, denn beim Golfunterricht hatte ja alles begonnen.

Charles Rubin sprang auf. »Einspruch, Euer Ehren! Der Staatsanwalt bringt meinen Mandanten in Misskredit.«

»Einspruch stattgegeben«, sagte der Richter. »Mr Blake, verschonen Sie uns mit Ihrem zweifelhaften Sinn für Humor.«

Blake senkte ergeben den Kopf, freute sich aber, beim Publikum auf Zuspruch gestoßen zu sein. Lacher kamen immer Pluspunkten gleich, das war bekannt.

Nach einer Pause fuhr er mit gesteigertem Selbstvertrauen fort:

»Mr Berger, ich habe mir erlaubt, Bankauskünfte über Sie einzuholen und bin dabei auf sehr interessante Dinge gestoßen.«

»Einspruch, Euer Ehren!«, rief wiederum der junge Rubin, der nicht länger machtlos zusehen wollte, wie die Gegenseite versuchte, seinen Mandanten mit zweifelhaften Taktiken schlecht zu machen.

»Einspruch abgelehnt. Fahren Sie fort, Herr Staatsanwalt.«

»Dabei habe ich festgestellt, Mr Berger, dass Ihnen vor einiger Zeit der Gebrauch von Kreditkarten untersagt wurde.«

»Ja, das war ... Das war, bevor ich beim Hampton Country Golfclub eingestellt wurde. Damals ging meine Frau nicht mehr arbeiten, weil sie schwanger war. Da habe ich mich verschuldet. Aber es ist alles wieder ins Lot gekommen.«

»Alles ist wieder ins Lot gekommen«, ahmte der Anwalt ihn mit einem Fünkchen Sadismus in der Stimme nach. Er schien Davids Beschämung in vollen Zügen zu genießen. »Aber den Bankunterlagen zufolge waren Sie vor anderthalb Jahren gezwungen, die Laufzeit Ihrer Schulden zu verlängern. Ist das richtig?«

»Ja.«

»Und auf welche Summe beläuft sich die monatliche Rate, die Sie bezahlen?«

»Tausenddreihundert Dollar.«

»Tausenddreihundert Dollar im Monat ist eine stolze Summe.«

»Ja, es entspricht haargenau zehn mal hundertdreißig Dollar«, entgegnete David ironisch.

Diese Retourkutsche brachte ihm allerdings nur mäßigen Erfolg beim Publikum. Außerdem schien sie seinen Anwalt zu verärgern, der ihm mit einem viel sagenden Blick zu verstehen gab, er solle sich zusammenreißen.

Vor Gericht war die wichtigste Regel, dass man umso größere Chancen hatte, je weniger man sagte, und dass solche unvorhergesehenen Einwürfe nur die Gefahr bargen, dass man sich verzettelte und einem im schlimmsten Fall verräterische Informationen herausrutschten.

»Wie hoch ist Ihre Miete?«, fuhr der Staatsanwalt fort.

»Siebenhundertfünfzig Dollar monatlich.«

»Und wie viel betragen die Alimente, die Sie für Ihre Tochter bezahlen müssen?«

»Vierhundertfünfundzwanzig Dollar monatlich.«

»Wie viel bezahlen Sie für Ihren Wagen?«

»Vierhundertfünfzig Dollar im Monat.«

»Vierhundertfünfzig Dollar. Wenn ich das alles zusammenrechne, komme ich auf eine Summe von 2925 Dollar im Monat. Stimmt diese Summe mit Ihren Zahlen überein?«

»Ja.«

»Dabei habe ich«, fuhr der Staatsanwalt fort, »die laufenden Ausgaben, zum Beispiel für Lebensmittel, noch gar nicht mitgerechnet.«

»Ich nehme fast alle Mahlzeiten im Golfclub ein, das ist im Gehalt inbegriffen«, präzisierte David.

Er machte inzwischen den Eindruck eines Tieres, das verzweifelt ist, weil es geschickt in eine Falle gelockt wurde. Er schämte sich, fühlte sich vor aller Welt bloßgestellt. Seine Freunde – zumindest die, die ihm noch blieben –, würden sich totlachen. Einige hielten ihn zwar nicht gerade für reich, aber doch für wohlhabend, seit er Trainer im namhaften Hampton Country Golfclub war, und diese öffentliche Zurschaustellung würde sie nun eines Besseren belehren.

»Mr Berger, auf welche Summe beläuft sich ihr monatliches Netto-Einkommen, wenn man von den zahlreichen Golfstunden absieht, die Sie erteilen?«

»Äh, das … weiß ich nicht genau.«

»Dann werde ich Ihnen helfen. Ihr monatliches Einkommen beträgt netto, also nach Abzug aller Steuern und sonstigen Abgaben, 3259 Dollar und ein paar Cent«, sagte er mit einem Blick auf seine Notizen. »Halten Sie diese Zahl für realistisch?«

»Äh … ja.«

»Also bleiben Ihnen nach Abzug sämtlicher laufenden Kosten 375 Dollar im Monat, knapp hundert Dollar die Woche. Hundert Dollar, um sich zu ernähren – Verzeihung, Sie haben mir ja gerade mitgeteilt, dass Sie die Mahlzeiten im Golfclub einnehmen. Also hundert Dollar pro Woche, um ins Kino zu gehen, das Benzin zu bezahlen, Ihrer Geliebten kleine Geschenke zu machen, und vieles mehr. Wie schaffen Sie das?«

»Ich erteile Golfunterricht.«

»Richtig, diese berühmten Golfstunden habe ich ja ganz vergessen«, sagte er mit leichter Ironie in der Stimme.

»Könnten Sie uns zu unserem besseren Verständnis mitteilen, Mr Berger, wie viel Sie mit dem Golfunterricht verdienen? Im Schnitt, meine ich.«

»Fünfhundert Dollar die Woche.«

»Kam es vor, Mr Berger, dass die Clubmitglieder Sie bar bezahlten?«

»Für den Unterricht?«, fragte David dummerweise nach.

»Ja, für den Unterricht natürlich. Die anderen professionellen Dienste, die Sie den Mitgliedern möglicherweise verschafft haben, interessieren mich nicht!«, entgegnete der Staatsanwalt mit einem breiten Grinsen.

Erneutes Gelächter im Saal.

Blake war selig. So viel Glück! Diesen Zeugen zu vernehmen, war das reinste Zuckerschlecken!

Betrübt versank der arme Charles Rubin immer tiefer in seinen Stuhl. Die »anderen professionellen Dienste«, die sein Mandant den Mitgliedern möglicherweise verschafft hatte, lagen ihm schwer im Magen.

David sagte nichts. Er hatte das Gefühl, immer kleiner zu werden.

Derjenige, den seine öffentliche Blamage vielleicht am meisten freute, war Joseph Eaton. Er hatte ja immer schon gewusst, dass dieser Golftrainer ohne echte Referenzen nichts als ein Versager war, ein armer Schlucker. Niemals hätte er seiner Einstellung zustimmen dürfen! Doch man hatte ihm suggeriert, dass Berger einen gewissen Reiz für den Club darstelle, weil er als Golfer einigermaßen bekannt sei. Er hatte mehrere Turniere gewonnen und war obendrein gut aussehend.

Gut aussehend!

Er sah aus wie einer, der sich an verheirateten Frauen vergriff! So sah er aus!

»Gab es Clubmitglieder, Mr Berger, die Ihnen die Golfstunden bar bezahlt haben?«

»Arbeiten Sie fürs Finanzamt?«

Diesmal waren die Lacher im Saal auf Davids Seite.

»Beantworten Sie meine Frage, Mr Berger.«

»Im Golfclub wird nichts bar bezahlt. Alles wird auf das Konto des jeweiligen Mitglieds eingetragen, sogar das Trinkgeld der Caddies.«

»Ich verstehe. Mr Berger, im Rahmen meiner Ermittlungen hat das Gericht mir erlaubt, einen Blick in die Buchhaltung des Hampton Country Golfclubs zu werfen.«

Blake ging zum Tisch, wo sein Assistent ihm ein Dokument reichte. Dann kehrte er zu David zurück und sagte:

»Im Bericht vom April diesen Jahres steht, dass Sie im ganzen Monat siebenhundertfünfzig Dollar für Golfunterricht erhalten haben, im Mai haben Sie dreihundertfünfzig Dollar erhalten, und im Juni zweihundert. Das ist sehr viel weniger als die fünfhundert Dollar pro Woche, die Sie uns gerade genannt haben!«

»Das ist ein Durchschnittswert. Ich gebe vor allem im Winter und im Frühjahr Golfunterricht, am Anfang der Saison, im Sommer sind die Clubmitglieder weniger aktiv. Und dieses Jahr war es extrem heiß und feucht.«

»Oh, das ist mir gar nicht aufgefallen. Aber ich verbringe mein Leben auch nicht auf dem Golfplatz«, ließ Blake schnippisch fallen.

David sagte nichts, sehnte sich nur danach, woanders zu sein. Oder die Hände um den Hals dieses abscheulichen Staatsanwalts zu legen und zuzudrücken, bis ihm sein unerträgliches, heimtückisches Grinsen verging und seine hervorquellenden Augen ihn, David, aus Angst vor dem Erstickungstod um Gnade anflehten.

Wie kam er bloß auf diesen Gedanken?

Warum stand ihm der Sinn danach, diesen widerlichen Rechtsverdreher zu erwürgen?

»Mr Berger, wenn ich die Lage richtig erfasst habe, dürfte es Ihnen in den Sommermonaten schwer fallen, über die Runden zu kommen.«

»Ich habe einen Kreditrahmen von dreißigtausend Dollar.«

»Darüber wollte ich mich gerade mit Ihnen unterhalten.«

Er ging wieder zu seinem Assistenten, reichte ihm den Bericht der Buchhaltung des Golfclubs und nahm ein anderes Dokument entgegen.

»Hier habe ich die Kopie eines Briefes Ihrer Hausbank – das ist doch die *Chase Manhattan Bank* in New York, oder?«

»Ja.«

»Nun, hier habe ich einen Brief vom fünften Juni diesen Jahres, in dem Ihnen angekündigt wird, dass Ihr Kreditrahmen zum Monatsende widerrufen wird und Sie die volle Summe erstatten müssen, sonst würden juristische Schritte gegen Sie unternommen.«

Er zeigte David den Brief und fragte:

»Erkennen Sie das Schreiben?«

»Ja«, gab David zu und wandte den Blick sofort wieder von dem unangenehmen Dokument ab.

»Mr Berger, was wollten Sie denn unternehmen, um dieses Problem zu lösen? Woher wollten Sie dreißigtausend Dollar nehmen?«

»Äh … darüber hatte ich mir noch keine Gedanken gemacht.«

»Sie hatten sich noch keine Gedanken darüber gemacht?«

»Nein, ich hatte noch ein bisschen Zeit und … ich hatte vor, zu einer anderen Bank zu gehen.«

»Zu einer anderen Bank? Glauben Sie, dass eine andere Bank Ihnen einen Kredit von dreißigtausend Dollar eingeräumt hätte?«

»Einspruch, Euer Ehren! Der Staatsanwalt bedrängt meinen Mandanten.«

»Einspruch stattgegeben. Herr Staatsanwalt, ich glaube, Sie haben dem Gericht hinreichend klar gemacht, dass die finanzielle Situation des Angeklagten heikel war.«

Blake sagte nichts, er murmelte bloß ein paar unverständliche Worte, trat wieder zum Tisch mit den Beweisstücken und gab seinem Assistenten die Kopie des Briefes von der Bank zurück. Dann ging er wieder auf den Angeklagten zu, gemessenen Schrittes, als bereite er einen weiteren Angriff vor.

»Wie hat Ihre Geliebte reagiert, als Sie ihr eröffnet haben, dass Sie das Geld nicht nehmen würden, das sie Ihnen geben wollte, damit Sie mir ihr zusammen weggingen?«

»Sie hat mir das Geld nicht angeboten, damit ich mit ihr weggehe. Sie wollte mich nicht kaufen. Sie war großzügig. Sie wollte bloß, dass wir gleichgestellt sind, dass ich mich nicht als der ärmere von uns beiden fühle …«

»Sie sollten sich nicht als der ärmere von beiden fühlen? Das habe ich ja noch nie gehört! Lassen Sie mich meine Frage anders formulieren, Mr Berger: Wie hat Ihre Geliebte reagiert, als Sie ihr sagten, dass Sie nicht mit ihr weggehen wollen?«

»Mies.«

»Mies? Was wollen Sie damit sagen?«

»Sie war traurig. Ich glaube, dass unsere Beziehung für sie sehr wichtig geworden war.«

»Hat Mrs Eaton Ihnen gedroht?«

David hielt es für besser, die Wahrheit zu verschweigen,

denn sie würde ihn in eine noch verzwicktere Lage bringen – insofern das angesichts der Anhäufung von Beweisstücken, die gegen ihn sprachen, überhaupt noch möglich war. Dennoch beschloss er, nicht zu lügen.

Es schien, als habe er den Kampf aufgegeben, als wäre er bereit, sich seinem Schicksal zu stellen, wie immer es aussah.

»Ja.«

»Sie hat Ihnen gedroht?«, fragte der Staatsanwalt überrascht und erfreut zugleich.

Rubin erblasste. Die Naivität seines Mandanten war unfassbar. Davids Ehrlichkeit war eine Dummheit sondergleichen!

»Ja.«

»Welcher Art waren die Drohungen?«

»Sie hat mir gedroht, ihrem Mann alles zu sagen, wenn ich nicht mit ihr wegginge.«

Blake war hellauf begeistert. Das war ja zu schön, um wahr zu sein! Jetzt hatte er die Gewissheit, dass David, wie so viele andere Schönlinge, kein Gramm Hirn im Schädel hatte. Nur Vollidioten konnten so dumm sein, sich selbst die Schlinge um den Hals zu legen.

Denn indem David das Mordmotiv enthüllte, lieferte er Blake seinen eigenen Kopf auf einem silbernen Tablett.

Charles Rubin konnte es nicht fassen. Es sah wahrhaftig so aus, als würde sein Mandant das Handtuch werfen, noch ehe er überhaupt in den Ring getreten war. Rubin, der im Grunde kämpferisch veranlagt war, war angesichts der selbstmörderischen Dummheit Davids versucht, selbst das Handtuch zu werfen.

»Mrs Eaton hat Ihnen gedroht, ihrem Mann alles zu sagen, und Sie bekamen es mit der Angst zu tun. Sie haben

Mrs Eaton unter dem Vorwand, sich mit ihr aussöhnen zu wollen, ins Plaza-Hotel gelockt, und damit sie sich nicht wehren konnte, haben Sie die arme Frau zum Trinken verleitet, bis sie zu schwach war, um zu protestieren oder um Hilfe zu rufen. Und dann haben Sie ihr so lange ein Kissen auf den Mund gedrückt, bis sie sich nicht mehr rührte!«

Auf Davids Gesicht spiegelten sich Kummer und Schmerz. Er schwieg, obwohl er am liebten gesagt hätte: »Ja, so war's«, um dem Ganzen endlich ein Ende zu machen.

»Euer Ehren, ich möchte mich einen Augenblick mit meinem Mandanten unterhalten«, bat Rubin.

»Zwanzig Minute Pause«, stimmte der Richter zu und klopfte mit dem Hammer auf den Tisch.

31

Willst du auf dem elektrischen Stuhl landen?«, fragte Rubin energisch.

David saß ihm an einem Tisch in dem kleinen Besprechungszimmer gegenüber, das den Anwälten und ihren Mandanten vom Gericht zur Verfügung gestellt wurde.

»Nein, ich …«

»Dann wirst du dich entscheiden müssen. Entweder du antwortest wie jemand, der weiß, dass er unschuldig ist, oder du zögerst weiter wie bisher – und dann kann auch der beste Anwalt die Geschworenen nicht mehr davon überzeugen, dass du diese Frau *nicht* umgebracht hast.«

»Ich verstehe. Aber …«

»Es sei denn, du möchtest, dass wir unser Plädoyer ändern. Dafür ist noch Zeit genug. Wenn du willst, können wir auf fahrlässige Tötung plädieren. Dann landest du mit etwas Glück nicht auf dem elektrischen Stuhl, sondern nur hinter Gittern und wirst nach sieben oder acht Jahren wegen guter Führung auf freien Fuß gesetzt, weil die Gefängnisse überfüllt sind.«

»Ich habe Louisa nicht umgebracht!«

»Dann musst du dich entsprechend verhalten und vor allem die Fragen des Staatsanwalts wie ein Unschuldiger beantworten!«

Weil David nicht reagierte, fragte ihn sein Anwalt mit einem Fünkchen Ungeduld in der Stimme:

»Hast du verstanden?«

»Ja.«

»Kannst du mir dann verraten, warum du bei den Antworten zögerst?«

»Weil ich Louisa ... weil ich sie im Grunde genommen tatsächlich umgebracht habe.«

Rubin konnte es nicht fassen! Was für ein sonderbarer Sinneswandel! Gab sein Mandant jetzt zu, Louisa Eaton ermordet zu haben? Das konnte nicht wahr sein! David musste ihn falsch verstanden haben.

»Was redest du da?«

Mit starrem Blick und Tränen in den Augen erklärte David:

»Wenn ich auf Louisas Vorschlag eingegangen wäre, hätten wir uns nicht getrennt, und dann wäre sie jetzt nicht tot.«

»So ein Quatsch, David. So darfst du nicht denken! Wenn alle so denken würden, kämen wir in Teufels Küche. Louisa Eaton ist nicht gestorben, weil du dich von ihr getrennt hast, sie ist gestorben, weil jemand sie ermordet hat! Und dieser Jemand versucht nun, dir die Schuld in die Schuhe zu schieben! Wir wissen nicht, wer es ist, aber wir müssen die Geschworenen davon überzeugen, dass du Louisa Eaton nicht umgebracht hast, obwohl sie ein Jahr lang deine Geliebte war und du dich dummerweise an dem Abend, an dem sie ermordet wurde, im selben Hotel aufgehalten hast – in Gesellschaft einer Frau, die wir nicht aufspüren können. Versetz dich mal einen Augenblick in die Lage der Geschworenen. Gut, man hat zwar weder Haare noch Schamhaare von Louisa Eaton im Bett oder irgendwo anders im Zimmer gefunden. Aber dein Sperma war zwischen ihren Beinen!«

»Ich weiß, ich weiß«, gab David beschämt zu.

Rubin blieb einen Augenblick still. Er ließ den Blick geistesabwesend zum Fernseher schweifen, der in dem kleinen Raum für die Anwälte und ihre Mandanten fast ununterbrochen lief. Das ermöglichte es beiden Parteien, die Reaktionen der Presse und der Öffentlichkeit leichter einzuschätzen, besonders bei Prozessen, die zu Topereignissen in den Medien geworden waren.

»Die Zeugenaussage des Barkeepers vom *Juke Box* wird verdammt überzeugend sein müssen, wenn wir den Eindruck korrigieren wollen, der bei den Geschworenen entstanden sein dürfte.«

Doch genau in dem Moment, in dem Rubin diese Worte sprach, weiteten seine Augen sich vor Schreck, denn ein Sonderbericht unterbrach die laufende Sendung: Es wurde gemeldet, dass die Leiche von Mel Sollers, dem Barkeeper des *Juke Box,* kurz zuvor auf der Toilette der Bar gefunden worden war, mit einen Revolver in der Hand, was auf Selbstmord schließen ließe.

»Mist!«, fluchte Rubin.

David senkte den Kopf. Er konnte die Bestürzung seines Anwalts sehr gut verstehen.

»Die Schweine haben ihn umgebracht«, murmelte David.

»Ich weiß nicht, ob er umgebracht wurde«, gab Charles Rubin zu bedenken, »aber eines weiß ich ganz sicher. Wenn du mit heiler Haut davonkommen willst, musst du gut sein, verdammt gut sogar. Und deshalb musst du mir eines versprechen – oder dir einen anderen Verteidiger suchen: Wenn der Staatsanwalt dich fragt, ob du Louisa Eaton ermordet hast, verlange ich von dir, dass du ohne zögern mit Nein antwortest. Hast du verstanden?«

32

Mr Berger, waren Sie nicht versucht, Mrs Eatons Angebot anzunehmen? Angesichts Ihrer beträchtlichen finanziellen Schwierigkeiten wäre das doch eine ziemlich unverhoffte Möglichkeit gewesen, dass Sie wieder in die schwarzen Zahlen kommen, oder?«, fragte Blake.

Die Verhandlung wurde fortgesetzt, und David war wieder in den Zeugenstand getreten, von neuer Entschlossenheit erfüllt. Charles Rubin hatte Recht. Wenn er davonkommen wollte, musste er standfester sein und vor allem energischer auftreten. Er durfte nicht mehr fackeln und drucksen, als versuchte er, irgendetwas Belastendes zu verbergen.

»Nein, ich habe es trotz allem vorgezogen, mich von ihr zu trennen. Die Situation war untragbar geworden«, sagte David mit fester Stimme.

»Kam es durch diese Trennung zu Gewaltausbrüchen zwischen Ihnen und Ihrer Geliebten?«

»Wir hatten sehr lebhafte Diskussionen. Louisa war von meiner Entscheidung enttäuscht.«

»Ich habe von körperlicher Gewalt gesprochen.«

»Nein.«

Ehe er fortfuhr, ging Blake zu dem Tisch mit den Beweisstücken, nahm ein Schwarzweißfoto und zeigte es David. Unterdessen sorgte sein Assistent dafür, dass das Publikum dasselbe Bild auf der Leinwand zu sehen bekam.

»Mr Berger, dieses Foto ist am Tag Ihrer Verhaftung auf der Polizeiwache aufgenommen worden. Wie man sieht, haben Sie eine Schnittwunde am rechten Zeigefinger. Würden Sie uns bitte erklären, wie Sie sich diese Verletzung zugezogen haben?«

Sollte er diesmal wieder die Wahrheit sagen? Vor Gericht logen alle, das war bekannt. Manche allerdings mit mehr Geschick als andere. Die wurden aber auch von den gerisseneren Anwälten verteidigt. Doch David hatte keine Lust zu lügen. Sein Leben war schon ein Jahr lang ein einziges Lügengespinst gewesen.

Jetzt wollte er die Wahrheit sagen. Die Wahrheit schien ihm fortan das einzige Heilmittel, trotz der lebhaften Diskussion, die er soeben unter vier Augen mit seinem Anwalt geführt hatte.

Doch Rubin hatte ihm keineswegs geraten, vor Gericht zu lügen. Er hatte ihn sogar angewiesen, sich an die Wahrheit zu halten.

Wie also hatte er sich diese Verletzung am Zeigefinger der rechten Hand zugefügt – jene Hand, die für Golfer weniger nützlich war als die Linke?

Er warf seinem Anwalt einen Hilfe suchenden Blick zu, den dieser mit einem herrischen Blick erwiderte. Rubin wusste, woher die Verletzung stammte; er war so klug gewesen, David danach zu fragen. Außerdem hatte er natürlich das Foto der Verletzung in der Polizeiakte gesehen. Hoffentlich war David jetzt so klug und sagte aus, wie Rubin ihn angewiesen hatte: Er habe die Verletzung beim Kochen davongetragen.

Die einzige Person, die dabei gewesen war, als David sich die Verletzung zugezogen hatte – Louisa Eaton –, war tot. Also wäre es besser, sich mit dieser Notlüge zu behelfen. Denn wenn zu offensichtlich wurde, dass es in der Vergangenheit zu Handgreiflichkeiten zwischen David und dessen Geliebter gekommen war, würden die Geschworenen logischerweise den Schluss ziehen, David könne Louisa umgebracht haben, ob vorsätzlich oder nicht. Denn wer sich einmal zu Gewalttätigkeiten hatte hinreißen lassen, war immer wieder dazu fähig. Und ob man seine Geliebte nun mit einem erhobenen Glas bedroht oder ihr zu lange ein Kopfkissen auf den Mund drückt und sie erstickt, ohne es zu wollen, ist letztlich kein großer Unterschied. Diese Schlussfolgerung jedenfalls würden die Geschworenen ziehen.

Deshalb fiel es dem jungen Anwalt schwer, seine Bestürzung zu verbergen, als er seinen Mandanten sagen hörte:

»Ein paar Tage vor unserer Trennung hatte ich einen Streit mit Louisa (jedes Mal, wenn David seine Geliebte »Louisa« nannte und nicht »Mrs Eaton« oder »Louisa Eaton«, zuckte ihr Gemahl zusammen, denn es erinnerte ihn allzu deutlich daran, was dieser Nichtsnutz für seine Frau gewesen war!). Wir hatten etwas getrunken, und ich war nervlich angespannt. Ich habe das Glas in der Hand zusammengedrückt, und es ist zerbrochen.«

»Ich verstehe.«

Alle im Gerichtssaal wunderten sich über die Ehrlichkeit des Angeklagten. Sie konnten natürlich nicht ahnen, dass er die Geschehnisse – zur großen Erleichterung seines Anwalts! – leicht abgewandelt hatte, indem er nicht so weit gegangen war zuzugeben, dass er seine Geliebte mit dem Glas bedroht hatte!

»Sie haben also das Glas in Ihrer Hand zerbrochen, Mr Berger. Passiert es Ihnen häufiger, Gläser auf diese Art zu zerbrechen?«

Obwohl er kaum noch logisch denken konnte, erkannte David, wie verfänglich diese Frage war.

Denn welche Antwort sollte er geben? Wenn er zugab, dass es häufig vorkam, würde man ihn für einen chronisch gewalttätigen Menschen halten, und in seinem Fall konnte es nichts Schlimmeres geben.

Doch wenn er das Gegenteil behauptete und aussagte, so etwas käme sonst nie bei ihm vor, würde die Geschworenen dem Vorfall eine umso größere Bedeutung beimessen …

Was also sollte er antworten?

»Nein«, sagte er schließlich, »ich … ich glaube, es war das erste Mal, dass so etwas passiert ist.«

»Glauben Sie es, oder wissen Sie es?«

»Ich weiß es.«

»Gut.«

Blake legte eine kurze Pause ein, um zum Tisch mit den Beweisstücken zurückzukehren und dabei nachzudenken. Dann kam er mit einem Foto und einer kleinen Plastiktüte mit einer Perle wieder, die David sofort erkannte. Er wurde blass.

»Mr Berger, würden Sie sich als gewalttätigen Menschen bezeichnen?«

»Einspruch, Euer Ehren.«

»Stattgegeben.«

»Mr Berger, ich habe hier einen Bericht der New Yorker Polizei vorliegen. Vor zwei Jahren hat Ihre Frau zweimal die

911 gewählt, weil sie sich bedroht fühlte. Hier habe ich den Bericht, in dem es steht …«

»Ich bin meiner Frau gegenüber niemals handgreiflich geworden! Und wenn Sie diesen verdammten Bericht lesen, werden Sie feststellen, dass meine Exfrau keinerlei Verletzungen hatte und auch keine Spur von Schlägen!«

»Vielleicht, weil Sie damals auch ein Kopfkissen benutzt haben!«

»Das ist eine unsinnige Unterstellung! Meine Frau war bloß darauf aus, mich als gewalttätig hinzustellen, damit sie das Sorgerecht für unser Kind zugesprochen bekommt.«

»Dann verraten Sie mir doch, wer schließlich das Sorgerecht bekommen hat.«

»Meine Frau.«

»Aha! Das heißt, dass an den Behauptungen, Sie seien gewalttätig, vielleicht *doch* etwas dran war …«

»Nein! Sie hat nicht mehr bekommen, als die meisten anderen Frauen. Ich sehe meine Tochter an zwei Wochenenden im Monat.«

Blake bohrte nicht weiter nach. Der kleine Exkurs zum Thema Sorgerecht hatte ihm kaum etwas gebracht. David war standhaft geblieben und hatte sich sogar ziemlich gut verteidigt.

Blake schob seine Papiere hin und her. Dann aber attackierte er David urplötzlich und fügte ihm einen umso heftigeren Schlag zu, als er vollkommen unerwartet erklärte:

»Mr Berger, wussten Sie, dass Louisa Eatons Tod Sie zu einem reichen Mann machen würde?«

»Äh, nein. Ich … Ich verstehe nicht, worauf Sie hinauswollen. Mir ging es immer nur darum, meine Stelle als Golftrainer zu behalten. Ich war nie auf ihr Geld aus.«

Blake kehrte zum Tisch zurück, wo sein Assistent ihm

rasch einen Ordner aushändigte, ehe er aufstand und zum Diaprojektor ging. Der Staatsanwalt legte dem Richter ein Dokument vor, das Costello gleichzeitig auf die Leinwand projizierte.

»Einen Tag, bevor Mrs Eaton ermordet wurde«, erklärte Blake, »hat sie eine Lebensversicherung über zwei Millionen Dollar abgeschlossen. Sie, Mr Berger, sind der einzige Begünstigte!«

Wieder gab es Tumult im Saal. Dieser Prozess steckte tatsächlich voller Überraschungen! Und die Ermordete scheinbar auch.

Joseph Eaton war über Blakes Schachzug unterrichtet. Dennoch schmerzte ihn dieser erneute Beweis der Großzügigkeit seiner untreuen Ehefrau zutiefst. Sie hatte ihn nicht bloß nach Strich und Faden betrogen, sie hatte diesen Golflehrer obendrein so sehr geliebt, dass sie über den Tod hinaus für ihn sorgen wollte! Das machte ihren Betrug – und seine Schande – umso schmerzhafter. Es schlug dem Fass den Boden aus!

Doch mehr als alle anderen war David von dieser unglaublichen Enthüllung erschüttert. Wie sehr Louisa ihn geliebt haben musste! Wie verrückt ihre Leidenschaft für ihn gewesen war!

Eine Lebensversicherung über zwei Millionen abzuschließen … Als hätte sie eine Vorahnung ihres tragischen Schicksals gehabt. Ja, das war möglich. Wusste sie denn nicht schon lange, dass ihr Mann sie beschatten ließ? Dass er sie loswerden wollte, weil sie so kalt zu ihm war, seit sie mit David das Bett teilte?

Wieder sah David das Gesicht seiner Geliebten vor sich, ihr strahlendes Lächeln und ihre Arme, die sich ihm öffneten, die ihn niemals abgewiesen hatten …

Wie war es möglich, dass sie ihn so sehr geliebt hatte? Ihn, der ihr gegenüber stets mit seiner Zeit gegeizt hatte und übervorsichtig gewesen war – wenn auch aus nahe liegenden Gründen. Ihn, der stets kühl und sachlich gewesen war, um nicht auf dem Trockenen zu sitzen, falls ihr Verhältnis entdeckt wurde.

Dabei war Louisa bereit gewesen, ihm alles zu geben, ja, sie *hatte* alles für ihn gegeben …

Dieser erneute Beweis ihrer außerordentlichen Liebe hätte David in Tränen ausbrechen lassen, wäre er nicht in der Öffentlichkeit gewesen und hätte sein Anwalt ihn nicht dazu angehalten, Standhaftigkeit zu wahren und sich nicht durch ein unpassendes Zeichen der Schwäche zu kompromittieren.

Blake war entzückt von der Wirkung seiner Attacke auf das Publikum und die Geschworenen, von denen die meisten, einen Stift in der Hand, sich wichtige Notizen zu machen schienen.

»Mr Berger«, fuhr er fort, »wussten Sie von dieser Versicherungspolice im Wert von zwei Millionen?«

»Nein.«

»Hat Ihre Geliebte ihre Absicht, diese Versicherung abzuschließen, Ihnen gegenüber nie erwähnt?«

»Nein.«

Plötzlich fiel David ein, dass Louisa es doch erwähnt hatte – bei ihrem letzten Telefonat an dem Abend, an dem sie umgebracht worden war. Aber das war David völlig entfallen, also war seine Antwort nicht einmal gelogen gewesen.

»Mr Berger, ich möchte Ihnen eine Nachricht vorspielen, die am Abend des Mordes an Ihrer Geliebten gegen acht Uhr auf Ihrem Anrufbeantworter hinterlassen wurde.«

David wirkte überrascht. Allerdings war er am Tag nach

dem Tod Louisas – wie an den darauf folgenden Tagen – dermaßen außer sich gewesen, dass er vielleicht *wirklich* nicht daran gedacht hatte, seinen Anrufbeantworter abzuhören. Was das anging, war er ohnehin ziemlich nachlässig, was Louisa ihm häufig zum Vorwurf gemacht hatte, weil sie kein Verständnis dafür aufbrachte, dass jemand seinen Anrufbeantworter zwei, drei Tage lang nicht abhörte, wie David es tat – oder vorgab zu tun, um sein Schweigen zu rechtfertigen.

Der Anwalt betätigte das Abspielgerät, und Louisa Eatons schöne Stimme erklang im Gerichtssaal, in dem es mit einem Mal sehr still geworden war. Man hätte eine Stecknadel fallen hören können.

Louisa Eatons Stimme war nicht nur schön, sie war auch ergreifend. Es war die Stimme einer verzweifelten Frau. Einer Frau, die wenige Stunden später sterben würde. Und es war die Stimme einer reichlich angeheiterten Frau.

»David, ich bin es. Wenn du da bist, Liebling, geh bitte ans Telefon. Es tut mir Leid, was ich vorhin zu dir gesagt habe. Ich hab's nicht so gemeint. Ich war bloß wütend, weil es nicht leicht für mich ist, ein Leben zu leben, wie ich es lebe, vor allem weil … Wenn du diese Nachricht abhörst, David, ruf mich bitte an und komm zu mir, ich bin im *Juke Box*. Ich habe Angst. Ich glaube, King Kong weiß Bescheid …«

Niemand im Saal wusste über den wenig schmeichelhaften Spitznamen Bescheid, den die Liebenden dem betrogenen Ehemann gegeben hatten, und doch schien es, als würde gut die Hälfte der Anwesenden erkennen, wer gemeint war, denn hier und da erklang kaum unterdrücktes Gelächter, und überraschte Augenpaare blickten in Richtung des Betroffenen, Joseph Eaton.

Letzterer hätte sich gewünscht, sich beherrschen zu können, doch er konnte es nicht. Sein Gesicht lief dunkelrot an, und die Venen an seinem Stiernacken spannten sich vor Wut und traten dick hervor.

King Kong!

Die betrunkene Stimme, die inzwischen zu einer Stimme aus dem Jenseits geworden war, sprach weiter:

»Ich glaube, er lässt uns beschatten. Hier ist ein Mann in der Bar, den ich schon öfters gesehen habe. Das kann nicht immer nur Zufall sein … Aber ich möchte, dass du weißt, dass ich eine Lebensversicherung über zwei Millionen zu deinen Gunsten abgeschlossen habe, falls mir etwas zustößt. Ich … ich möchte nur, dass du weißt, dass ich dich liebe, dass ich dich immer geliebt habe, vom ersten Moment an, als ich dich auf dem Golfplatz sah. Es ist das Schicksal, nur das Schicksal, das uns getrennt hat. Ich liebe dich, David, und ich möchte, dass du …«

Hier endete die Nachricht, denn die Zeit, die jedem Anrufer zur Verfügung stand, war abgelaufen. Der Schlusston erklang. In diesem Fall hatte er etwas Tragisches, Makabres. Es hörte sich an wie eine Totenglocke oder wie dieser anhaltende Ton im Krankenhaus, der erkennen lässt, dass das Herz eines Patienten für immer aufgehört hat zu schlagen.

Im Saal herrschte helle Aufregung. Da war diese Stimme – die Stimme einer betrunkenen Frau zwar, aber so ergreifend, dass sie niemanden kalt ließ –, und da waren vor allem dieser erschütternde Aufschrei der Liebe und dieser Hinweis auf das Schicksal, das Louisa erwartete:

»Ich habe dich immer geliebt …«

Die Geschworenen reagierten mit gemischten Gefühlen auf die Tonbandaufnahme.

Wie konnte ein Mann eine Frau, die ihn so sehr liebte, eiskalt umbringen?

Andererseits waren zwei Millionen ein gutes Motiv, jemanden umzubringen, insbesondere eine Geliebte, die lästig geworden war. Zwei Millionen waren eine riesige Summe, besonders für jemanden, der bis zum Hals in Schulden steckte.

Nur hatte der Betreffende Pech gehabt und war nicht vorsichtig genug gewesen. Es sei denn, er hatte insgeheim *gewollt*, dass die Wahrheit ans Licht kam – aus irgendeinem selbstmörderischen Antrieb.

»Mr Berger, ich darf Sie daran erinnern, dass Sie unter Eid stehen, ehe ich Ihnen die nächste Frage stelle. Ist es das erste Mal, dass Sie diese Nachricht hören, die Ihre Geliebte auf Ihrem Anrufbeantworter hinterlassen hat?«

»Ja.«

»Hören Sie Ihren Anrufbeantworter nicht ab?«

»Doch, im Allgemeinen schon, aber in diesem Fall … Ich weiß nicht, wie das geschehen konnte …«

»Sie wissen nicht, wie es geschehen konnte?«

»Nein.«

»Mr Berger, antworten Sie jetzt einfach mit Ja oder Nein. Haben Sie Louisa Eaton getötet?«

Er antwortete nicht sofort. Wieder traten ihm Tränen in die Augen.

Wäre es nicht am einfachsten, mit Ja zu antworten?

Dann wäre alles vorbei, dieser heuchlerische Prozess, dieser von vornherein entschiedene Kampf zwischen einem reichen Mann und ihm, dem Taugenichts, der Joseph Eaton seine Frau weggenommen hatte.

»Mr Berger, haben Sie Louisa Eaton getötet? Ja oder nein?«

»Nein«, sagte David schließlich und senkte aus Scham den Kopf, weil er seine Gefühle nicht in aller Öffentlichkeit preisgeben wollte.

»Wenn Sie Ihre Geliebte nicht getötet haben, warum sind Sie dann vom Tatort geflohen?«

»Ich stand unter Schock.«

»Sie standen unter Schock? Ich verstehe. Aber am selben Tag sind Sie sogar noch arbeiten gegangen! Und ich habe mehrere Angestellte des Golfclubs befragt. Niemand fand Sie auffallend unruhig oder nervös. Sie haben einen ausgeglichenen Eindruck gemacht und Ihre Arbeit ganz so verrichtet, als wäre nichts gewesen. Ihr ›Schockzustand‹ war offenbar schnell vorüber. Warum haben Sie nicht wie ein verantwortungsvoller Bürger gehandelt? Warum haben Sie nicht zum Telefon gegriffen und die Polizei angerufen, um zu sagen, dass Sie bei den Ermittlungen behilflich sein könnten – aus dem einfachen Grund, dass Sie am Tatort waren, als der Mord geschah? Vielleicht, weil Sie diesen Mord selbst begangen haben? Und das auch noch *vorsätzlich,* weil Sie wussten, dass Sie von der Versicherung zwei Millionen Dollar bekommen würden?«

»Nein, das habe ich bereits gesagt! Und ich wiederhole es: Ich habe Louisa nicht umgebracht!«

»Keine weiteren Fragen.«

Weil auch Rubin seinem Mandanten keine weiteren Fragen stellen wollte, beschloss der Richter, die Fortsetzung der Verhandlung auf den nächsten Tag zu verschieben. Niemand hatte Einwände.

Dieser Tag war lang genug gewesen.

33

Dem Staatsanwalt und dem Verteidiger blieb nur noch, sich nacheinander der außerordentlich wichtigen Übung des Plädoyers zu unterziehen – ihre letzte Chance, die Geschworenen von ihrer jeweiligen These zu überzeugen.

»Wir haben aufgezeigt, was aufgezeigt werden musste, um die Schuld des Angeklagten zweifelsfrei zu beweisen«, begann Blake.

Beim Sprechen baute er sich vor den Geschworenen auf und achtete darauf, jeden von ihnen mit seinem Adlerblick zu durchbohren, als wollte er ihn hypnotisieren, ihn unterwerfen, seinen Willen beugen und ihm den Schuldspruch entlocken, der nicht mehr zu hundert Prozent feststand. Zu viele Dinge waren vorgebracht worden, die gegen David Bergers Schuld sprachen, sodass die Gefahr bestand, dass die Geschworenen unsicher geworden waren – wie viele andere im Gerichtssaal. Dann aber wäre es schwierig, sie zu einem Schuldspruch zu bewegen. Ein einziger berechtigter Zweifel bei diesem komplizierten Prozess reichte aus, und die Geschworenen wären gehalten, den Angeklagten freizusprechen. Zumindest wenn die Anweisungen, die sie vom Richter bekommen hatten, eindeutig gewesen waren (was bei diesem Prozess, der im Rampenlicht der Medien stand, zweifellos der Fall war).

»David Berger hat zugegeben«, fuhr Blake mit angewiderter Miene fort, als wäre er selbst abgestoßen von dem Verbrechen, das der Angeklagte seiner Meinung nach begangen hatte, »er hat zugegeben, ein Jahr lang mit Louisa Eaton liiert gewesen zu sein, obwohl er genau wusste, dass sie verheiratet war. Er hat nicht geleugnet, am Tatort gewesen zu sein, jenem Hotelzimmer, in dem in den frühen Morgenstunden die Leiche seiner ermordeten Geliebten gefunden wurde. Er hat zugegeben, vom Tatort geflohen zu sein. Er hat zugegeben, kurz vor ihrem Tod Streit mit seiner Geliebten gehabt zu haben. Dem Gericht wurde zweifelsfrei bewiesen, dass David Berger in beträchtlichen finanziellen Schwierigkeiten steckt, insbesondere, weil er dreißigtausend Dollar Bankkredite zurückzahlen muss. Und er hat das Geld nicht! Aber es gab eine einfache Lösung für dieses Problem. Er hatte erfahren, dass seine Geliebte eine Lebensversicherung über zwei Millionen Dollar zu seinen Gunsten abgeschlossen hatte. Daraufhin beschloss er, in seiner Zeitnot rasch zur Tat zu schreiten. Damit haben wir alles, was wir benötigen, um eindeutige Schlüsse zu ziehen. Ein Mörder, der am Tatort war, und ein Motiv: Geld. Zwei Millionen Dollar. Zahllose Menschen haben für weniger gemordet, für viel weniger. Alle anderen so genannten Beweise, die vom Verteidiger so verzweifelt vorgebracht wurden, um die Unschuld seines Mandanten zu beweisen, sind wertlos. Es wurden zwar weder Haare noch Schamhaare des Opfers im Bett oder im Badezimmer der Hotelsuite gefunden, aber was besagt das schon? Dem Mörder ist es mit Geschick gelungen, jede Spur zu beseitigen, die bewiesen hätte, dass sein Opfer sich in dem Zimmer aufgehalten hat. Die *Tatsachen* zählen, meine Damen und Herren! Und die Tatsachen sind, dass diese arme Frau, die zu einem galanten Rendezvous ins Plaza-Hotel zu gehen glaubte, in Wirklichkeit zu einem Rendezvous mit dem Tod ging! Mit einem skrupellosen Mann, der es für angebracht hielt, ein letztes Mal mit ihr zu schlafen, ehe er ihr ein Kissen auf den Mund drückte – jenes Kissen, auf das die Frau kurz zuvor erst ihren Kopf gelegt hatte, um sich ihrem Mörder hinzugeben. Nein, ich wiederhole: Wir haben es hier mit einem Mann zu tun, dessen fragwürdige Moralvorstellungen es ihm erlaubt haben, ein Jahr lang eine Beziehung mit der Frau des Vorsitzenden jenes Golfclubs zu unterhalten, für den er arbeitete. Wir haben es mit einem Mann in einer verzweifelten finanziellen Lage zu tun. Einem Mann, der in der Vergangenheit bereits handgreiflich geworden ist und dem das Sorgerecht für seine Tochter aufgrund seiner Neigung zu Gewalttätigkeiten abgesprochen wurde. Darum klage ich David Berger des vorsätzlichen Mordes an Louisa Eaton an – eine Frau, deren einziger Fehler es war, einen skrupellosen, selbstsüchtigen, rücksichtslosen Opportunisten zu lieben! Ich fordere die Höchststrafe für David Berger!«

Charles Rubin, der das Plädoyer seines Rivalen aufmerksam verfolgt hatte, musste gestehen, dass der überzeugende Tonfall Blakes bestimmt Eindruck auf die Geschworenen gemacht hatte. Doch er vertraute darauf, sie umstimmen zu können, und da er als Letzter an der Reihe war, hatte er einen kleinen Vorteil.

Er knöpfte sein Jackett zu, stand auf, warf David einen letzten Blick zu und trat vor – ziemlich aufgeregt –, um das wichtigste Plädoyer seines Lebens zu halten.

»Mein Kollege hat eine schöne Rede gehalten, das gebe ich zu«, begann Rubin. »Nur beruht sie nicht auf Tatsachen. Doch die Tatsachen – und *nur* die Tatsachen – sollten unser Urteil bestimmen. Mein Kollege hat in seiner Rede zwar einen sehr schönen poetischen Höhenflug gemacht, aber er hat auch einen grundlegenden Fehler begangen: Er ist davon ausgegangen, dass Geschworene ihr Urteil heutzutage nicht auf wissenschaftliche Beweise stützen. Und die wissenschaftliche Beweisführung spricht meinen Mandanten gänzlich von jeder Schuld frei! Sie spricht ihn frei, weil sie eindeutig beweist, dass mein Mandant die Nacht nicht mit dem

Opfer verbracht hat. Im Bett des Hotelzimmers befanden sich weder Haare noch Schamhaare Louisa Eatons. Stattdessen wurden Haare und Schamhaare einer anderen Frau gefunden. Diese Frau, das gebe ich zu, scheint unglücklicherweise – und rätselhafterweise – gleichsam vom Erdboden verschluckt zu sein. Aber wer hat schon gern mit einem Mord zu tun, besonders, wenn es sich nur um eine flüchtige Liebschaft handelt? Außerdem, verehrte Geschworene, wurde festgestellt, dass Mrs Eatons Fingernägel so kurz waren, dass sie damit unmöglich David Bergers Rücken zerkratzen konnte. Aber wenn nicht Mrs Eaton es gewesen war, muss es eine andere Frau gewesen sein! Diese andere Frau ist diejenige, mit der der Angeklagte in aller Unschuld die Nacht verbrachte, völlig ahnungslos, dass man ihm eine Falle stellte, die sein ganzes Leben erschüttern würde. Es stimmt, dass er vom Tatort geflohen ist, und das war ein Fehler, aber das hat er unumwunden zugegeben. Doch er hat sich *nicht* wie ein Verbrecher verhalten, sondern so, wie jeder andere, der unter Schock steht, sich unter ähnlichen Umständen verhalten hätte. Er hat nicht geleugnet, am Abend des Mordes im Plaza-Hotel gewesen zu sein, und er hat nicht geleugnet, selbst die Leiche des Opfers gefunden zu haben.«

Rubin gönnte sich eine kurze Pause, als wollte er seine Gedanken für den Endspurt sammeln.

»Sehr geehrte Geschworene«, fuhr er mit fester Stimme fort. »Um David Berger des Mordes schuldig zu sprechen, muss Ihre Überzeugung, dass er die Tat begangen hat, über jeden berechtigten Zweifel erhaben sein. Doch in diesem Fall gibt es unzählige Gründe, an der Schuld meines Mandanten zu zweifeln. Auch die Zeugen, die geladen wurden, um hier vor Gericht auszusagen, werden bei Ihnen einen berechtigten Zweifel an der Schuld des Angeklagten erweckt haben. Dem Staatsanwalt ist es nicht gelungen, wie Sie bemerkt haben – und das ehrt Sie! –, die Schuld des Angeklagten nachzuweisen, und zwar aus einem ganz einfachen Grund: Nicht David Berger hat Louisa Eaton umgebracht, sondern jemand anders. Darum fordere ich Sie auf, verehrte Geschworene, David Berger freizusprechen, dessen einziger Fehler es war, sich zur falschen Zeit am falschen Ort aufgehalten zu haben.«

»Wie stehen die Chancen?«, fragte David, bevor er sich nach der Verhandlung von seinem Anwalt trennte.

»Schwer zu sagen. Es hätte besser ausgesehen, hätte der Barkeeper des *Juke Box* ausgesagt. Außerdem gibt es diese Geschichte mit der Lebensversicherung über zwei Millionen, und dein Sperma wurde am Opfer gefunden.«

»Ja, leider.«

»Ich hätte diese geheimnisvolle Louisa Loria ja zu gern aufgespürt. Aber jetzt ist es zu spät. Wir können nur noch die Daumen drücken und zu Gott beten.«

»Wenn es Gott gibt, warum hat er mich dann in diesen Schlamassel geraten lassen?«

34

Unweit des Gerichtsgebäudes hatte die Justizbehörde Hotelzimmer für die Geschworenen reserviert, wo diese die Nacht verbringen sollten. Sie waren sehr strengen Vorschriften unterworfen: Sie durften keine Telefonate führen, nicht einmal mit ihrer Familie, keine Zeitungen lesen und nicht fernsehen. Für sie gab es nichts außer Einsamkeit und mönchischem Schweigen – mit der einen Ausnahme, dass sie miteinander sprechen durften.

Direkt nach der Verhandlung hatten sie eine erste Besprechung abgehalten, und es schien, als würde das Urteil zu Davids Gunsten ausfallen.

Trotz einiger belastender Tatsachen sprach zu viel für seine Unschuld.

Zum einen war sein Rücken voller Schürfwunden, und dabei waren die Nägel des Opfers gänzlich abgenagt … Solche Verletzungen würde der Angeklagte sich schließlich nicht selbst zugefügt haben, um die Polizei irrezuführen! Hinzu kamen die Haare und Schamhaare einer dritten Person, die im Zimmer gefunden worden waren, und das Fehlen von Haaren des Opfers.

Alles sprach dafür, den Angeklagten freizusprechen.

Doch am Abend erwartete Lionel Hardy, den Sprecher der Geschworenen – ein sechsundvierzigjähriger Mann von respektabler Erscheinung –, eine große Überraschung, als er den Metalldeckel hob, der den Teller mit Steak und Pommes frites abdeckte, den er sich aufs Zimmer hatte bringen lassen.

Unter dem Deckel lag ein Brief, auf dem bloß sein Vorname stand, *Lionel*, in roter Schrift. Lionel Hardy runzelte die Stirn. Kam das von der Hoteldirektion? Oder war es ein Brief von einem anderen Geschworenen, der ihm seine letzten Überlegungen mitteilen wollte?

Er riss den Umschlag auf und erblasste. In seinem plötzlich starren Blick erschien ein Ausdruck panischer Angst.

In dem Umschlag befand sich die Fotokopie einer langen Liste von Pornofilmen, die Hardy sich im letzten Jahr in einer Videothek in einem anderen Stadtviertel ausgeliehen hatte, weit weg von seiner Wohnung. Wenn nicht gleichzeitig eine Kopie sämtlicher Kassenbelege mit den verräterischen Filmtiteln und seiner Unterschrift beigefügt worden wäre, hätte die Liste allein ihn nicht unbedingt verraten. Überhaupt wäre das Ganze unter anderen Umständen nicht weiter tragisch gewesen. Doch Hardy war verheiratet, Vater von drei Kindern und vor allem presbyterianischer Geistlicher!

Schweißtröpfchen erschienen auf seiner breiten, fliehenden Stirn.

Was wollte man von ihm? Weshalb schickte man ihm diese Liste?

Die Erklärung folgte auf dem Fuß.

Auf der letzten Seite stand – in Druckbuchstaben, die aus verschiedenen Zeitungen ausgeschnitten waren – das schlichte, aber schreckliche Wort: SCHULDIG.

Schuldig …

Man wollte ihn, den Sprecher der Geschworenen, dazu zwingen, die anderen zu beeinflussen, um ihnen trotz ihres Zögerns und ihrer berechtigten Zweifel den Schuldspruch zu entlocken!

Das war sicherlich noch machbar, denn die Meinungen waren geteilt; die Geschworenen hatten sich bisher nicht einigen können.

David war ein Jahr lang der Geliebte Louisa Eatons gewesen, obwohl sie verheiratet war.

Er war in der Vergangenheit schon einmal handgreiflich geworden, war also gewalttätig veranlagt.

Und wegen seiner Schulden hatte er – obwohl er bei der Tat zugegebenermaßen nicht sehr geschickt vorgegangen war – ein stichhaltiges Motiv, seine Geliebte umzubringen: Geld.

Geld, das überall und immer wieder die Triebkraft vieler Leidenschaften war, vieler Verbrechen …

Zwei Millionen Dollar, die David Berger bei Louisa Eatons Tod von deren Lebensversicherung gezahlt würde.

Natürlich behauptete er, nichts von der Existenz dieser Versicherungspolice zu wissen, aber es gab da diese Nachricht auf seinem Anrufbeantworter.

Konnte man dem Angeklagten glauben, dass er die Nachricht niemals gehört hatte?

War das nicht genauso an den Haaren herbeigezogen wie seine Aussage über diese andere Frau, mit der er angeblich die Nacht verbracht hatte?

Und wenn er den Mord nicht begangen hatte, warum war er dann vom Tatort geflohen, anstatt die Polizei zu benachrichtigen, wie ein Unschuldiger es ganz selbstverständlich getan hätte?

Angesichts dieser Fakten und Überlegungen wäre es machbar, die Geschworenen dazu zu bringen, den Angeklagten schuldig zu sprechen.

Außerdem war es Hardys gutes Recht, Überzeugungen zu haben – es war sogar seine Aufgabe, die anderen Geschworenen anzuleiten.

Die Frage war nur: War es moralisch richtig?

Vor allem, wo er selbst dazu neigte, David Berger für unschuldig zu halten.

Natürlich war es *nicht* richtig!

Sein Leben lang hatte Lionel Hardy Rechtschaffenheit gepredigt, die Rückkehr zu moralischen Werten, die die heutige Gesellschaft vernachlässigte, aber dringend benötigte, um dem Untergang zu entgehen, der in der Vergangenheit das Los so vieler großer Staatsgebilde gewesen war!

Sein Leben lang hatte Lionel für soziale Gerechtigkeit und Barmherzigkeit gekämpft.

Und jetzt verlangte man von ihm, dass er alle seine hehren Ideale über Bord warf …

Und man verlangte es von ihm, weil man es von ihm verlangen *konnte.* Weil er dieser Attacke aus dem Hinterhalt Vorschub geleistet hatte. Denn er hatte wiederholt einen Fehler begangen, von dem er sich lange Zeit zu befreien versucht hatte. Doch der Dämon der Pornografie hatte sich seiner ebenso hinterrücks ermächtigt, wie eine tägliche winzige Dosis Gift ihn getötet hätte, ohne dass er es merkte.

Tränen stiegen ihm in die Augen. Tränen der Reue, als träfe die Strafe, vor der er so lange verschont geblieben war, ihn jetzt mit voller Kraft. Denn Gottes Strafe holt schließlich und endlich *jeden* ein, auch die, die sich für klug genug halten, ungestraft davonzukommen.

Es war ein schreckliches Dilemma.

Man verlangte von ihm, dass er einen Mann auf den elektrischen Stuhl schickte. Einen Mann, dessen Schuld gar nicht erwiesen war!

Dabei hatte der Richter ihm und den anderen Geschworenen klipp und klar gesagt, ihr Urteil müsse auf absoluter Gewissheit beruhen, die jeden berechtigten Zweifel ausschloss.

Denn es war besser, einen Schuldigen freizusprechen, als einen Unschuldigen zum Tode zu verurteilen – so wollte es das Gesetz.

Ein unerträgliches Dilemma.

Entweder die Schande würde ihn und seine Familie treffen, oder sein Gewissen würde ihn sein Leben lang quälen, weil er einen Unschuldigen auf den elektrischen Stuhl geschickt hatte …

Lionel erhob sich von dem kleinen runden Tisch, auf dem das Tablett mit dem Essen stand, trat zum Fenster und sah hinaus.

War es nicht die beste und einzige Lösung, die ihm blieb, sich aus diesem Fenster im elften Stock zu werfen? So würde er vermeiden, einen Unschuldigen verurteilen zu müssen und zugleich der Schande entgehen.

Doch er musste auch an seine Frau denken, an seine kleinen Kinder, die dann zu Halbwaisen würden. Er sah sie vor seinem geistigen Auge … sie lächelten.

Was tun?

Er nahm den Brief und ging ins Badezimmer, wo er ihn zerriss und die Fetzen in die Toilette warf.

Mit gequältem Gesicht betätigte er die Spülung.

In dieser Nacht beschloss Lionel Hardy, dass alles so bleiben sollte, wie es war. Er würde sich nicht umbringen, noch würde er die Stadt verlassen, was ebenfalls eine Alternative gewesen wäre.

Also saß er am nächsten Morgen um Punkt zehn Uhr zusammen mit den elf anderen Geschworenen im stillen Gerichtssaal, um bis zum bitteren Ende seiner Bürgerpflicht nachzukommen.

Der Richter war gerade eben erschienen. Nachdem er Platz genommen hatte, setzten sich alle anderen, wie es Brauch war.

In wenigen Augenblicken wurde das Urteil verkündet.

Charles Rubin, der dem Urteilsspruch mit Zuversicht entgegensah, war verständlicherweise angespannt, blickte aber optimistisch drein.

Den ganzen Abend hatte er versucht, David zu beruhigen. Immer wieder hatte er sämtliche Argumente angeführt, die für seine Unschuld sprachen; immer wieder hatte er ihm die

Schwäche der Beweiskette der Staatsanwaltschaft vorgehalten, wie eine Beschwörung, die die Geschworenen aus der Ferne beeinflussen konnte.

Und trotz der Zweifel, die unweigerlich an ihm nagten, war es ihm schließlich gelungen, David zu überzeugen, dass man ihn freisprechen würde.

Natürlich war er, David, vom Tatort geflohen. Doch wäre er so dumm gewesen, bis zum Morgen zu warten, ehe er floh, wenn er wirklich der Schuldige war? Das würden die Geschworenen sicherlich berücksichtigen! Warum war er dann nicht sofort abgehauen, nachdem der Mord verübt war, statt seelenruhig in der Suite zu bleiben und bis zum Morgen tief und fest zu schlafen wie ein unschuldiges Kind?

Nein, die Geschworenen würden sich bestimmt zugunsten des Angeklagten entscheiden, trotz einiger Ungereimtheiten.

»Sind die Geschworenen zu einem Urteil gekommen?«, fragte der Richter.

Leichenblass stand Lionel Hardy auf, ein Blatt Papier in der Hand.

»Ja, Euer Ehren.«

»Und wie lautet das Urteil?«

»Wir befinden David Berger des vorsätzlichen Mordes an Louisa Eaton für schuldig.«

Das Urteil kam so unerwartet und war dermaßen hart – vorsätzlicher Mord, das schlimmste aller Urteile –, dass es im Gerichtssaal zu einem Aufruhr kam. Sogar der Richter runzelte erstaunt die Stirn, als wäre er trotz seiner langjährigen Erfahrung in Strafsachen nicht darauf gefasst gewesen.

Vorsätzlicher Mord! Das bedeutete die Hinrichtung auf dem elektrischen Stuhl …

Der Staatsanwalt triumphierte, und Eaton konnte nur mit

Mühe seine Befriedigung verbergen. David wandte sich voller Entsetzen an seinen Anwalt, der seine Bestürzung nicht verbergen konnte.

»Aber das ist unmöglich, völlig unmöglich!«, rief David. »Du hattest mir doch gesagt, dass …«

Aber was der Anwalt gesagt hatte, war völlig belanglos geworden.

Die Geschworenen hatten ihr Urteil gefällt.

Zwei Polizisten kam herbei und legten David Handschellen an. Bestürzt und fassungslos beobachteten die Anwesenden, wie er abgeführt wurde.

Zwei Tage später erschien er, wiederum in Handschellen, erneut vor Gericht, um zu vernehmen, welche Strafe verhängt worden war.

Die Hinrichtung auf dem elektrischen Stuhl!

»Wir werden Berufung einlegen«, sagte Charles Rubin, um David ein Fünkchen Hoffnung zu geben.

Doch Rubins Berufungsantrag wurde abgelehnt.

Das war das Ende.

Es gab keine Rettung mehr für David Berger.

35

In den Zeitungen erschienen empörte Artikel, in denen die Wiederaufnahme des Prozesses gefordert wurde. Doch Eaton hatte eine Verleumdungskampagne anlaufen lassen, in der er für die Gerechtigkeit der Strafe eintrat. Und weil er über gewaltige Mittel verfügte, schaffte er es bald, die öffentliche Meinung auf seine Seite zu bekommen.

Doch manche blieben bei ihrer Überzeugung, dass Joseph

Eaton selbst nur deshalb nicht belangt worden war, weil er Geld hatte, während David von vornherein verurteilt war, weil er eben keines besaß.

Das aber änderte nichts an der Sachlage. David wartete im Gefängnis auf seine Hinrichtung.

Es kam ein Moment, da er aufzugeben schien. Er fühlte sich an Louisa Eatons Tod schuldig, dachte Tag und Nacht an sie und meinte, dass sie ihn auf eine geheimnisvolle Weise aus dem Jenseits zu sich riefe. In seiner Resignation kam ihm der seltsame Gedanke, dass durch seinen Tod die Gerechtigkeit wiederhergestellt würde, und dass es genau das Richtige sei, wenn er auf diese Weise starb: Seine Geliebte war in einem Sessel gestorben, und er würde auf dem elektrischen Stuhl sein Leben lassen!

Doch einen Monat vor dem schicksalhaften Tag seiner Hinrichtung schlug seine Stimmung um. Es war, als hätte er sich von der Last seiner Schuld befreit, als hätte seine Geliebte ihm aus dem Jenseits verziehen.

Plötzlich wollte David wieder leben.

Doch was konnte sein Wille schon gegen den der Justiz ausrichten?

Dennoch wollte er leben.

Für seine Tochter Lydia.

Und weil er tief im Herzen wusste, dass er unschuldig war.

Er war nicht der Einzige, der dieser Überzeugung war.

Im Staatsgefängnis, in das man David gebracht hatte, hielt ihn das gesamte Personal, das dem Prozess ebenso aufmerksam gefolgt war wie der Rest der Bevölkerung, David für unschuldig und verfolgte nun empört und voller Bitterkeit den langsamen Todeskampf des Verurteilten.

Der Prozess war eine Show gewesen, eine Farce.

Der wahre Mörder war noch auf freiem Fuß, das stand fest. Vermutlich handelte es sich dabei sogar um den Ehemann des Opfers, der sich seiner Frau entledigt hatte, um ihr nicht die fünf Millionen zahlen zu müssen, auf die sie laut Ehevertrag ein Anrecht hatte.

Das wäre angesichts des riesigen Vermögens Joseph Eatons mehr als erstaunlich. Er besaß mehr als eine Milliarde! Was bedeuteten ihm da läppische fünf Millionen? Das war doch bloß ein Taschengeld für ihn. Doch manche reichen Leute waren unsagbar knauserig, das war bekannt. Außerdem war es bei vielen Scheidungen so, dass die Summe, die der Mann seiner Exfrau zahlen musste – so lächerlich sie auch sein mochte –, durchs Vergrößerungsglas des ehelichen Hasses betrachtet ungeheure Ausmaße annahm.

Kurz und gut, Joseph Eatons Schuld war zwar keineswegs erwiesen, aber Davids *Unschuld* sehr wohl. Darüber waren sich alle im Gefängnis einig, in dem David sehr beliebt war, und das nicht nur bei den anderen Häftlingen, die seinen Schnauzer und seine jugendliche Figur sehr anziehend fanden! Doch keiner der Gefangenen wurde zudringlich. Es schien, als wäre David durch seinen Schmerz vor Annäherungsversuchen gefeit.

Ein weiterer Pluspunkt für ihn war, dass ein Golfprofi in einem Gefängnis eine Seltenheit darstellt, ja, eine absolute Neuheit, und weil das Neue an sich reizvoll ist, kann man sich Davids Erfolge wohl vorstellen. Doch seine Beliebtheit fiel ihm selbst kaum auf, so sehr verzehrte ihn der Schmerz um den Verlust seiner Geliebten und vor allem seiner Tochter.

Elliot Casey, ein vierundzwanzigjähriger homosexueller Pfleger, hatte sein besonderes Augenmerk auf David gerichtet – und auf dessen Fall. Schon zu Beginn des Prozesses, den Elliot vom Anfang bis zum Ende mit Hingabe verfolgt hatte, war er zu dem Schluss gekommen, dass der Profigolfer unschuldig war. Außerdem war Elliot Casey in David verliebt. Er hatte in ihm sein Alter Ego erkannt, denn es gab trotz des Altersunterschieds große Ähnlichkeiten zwischen beiden Männern.

Der Pfleger hätte sich zwar nicht gerade als Davids Zwillingsbruder ausgeben können, weil er weniger muskulös war als der Golfprofi, doch er hatte dieselben blonden Haare, dieselben blauen Augen, dieselbe hoch aufgeschossene Figur und denselben geschmeidigen Gang.

Kaum war David ins Gefängnis eingeliefert worden, hatte sich Casey – als wollte er diese Ähnlichkeit zwischen David und sich selbst noch unterstreichen –, in einer romantischen Anwandlung zum ersten Mal im Leben einen Schnauzer stehen lassen.

Wenige Tage vor der Hinrichtung hatte er in der Cafeteria des Gefängnisses eine seltsame Unterhaltung mit David. Vielleicht gab es doch noch einen Ausweg …

Einen seltsamen, kaum bekannten Ausweg.

Elliot Casey interessierte sich für berühmte und originelle Gefängnisausbrüche, ob erfolgreich oder nicht. So wusste er, dass es vor langer Zeit einen Mann gegeben hatte, der wie David zum Tod auf dem elektrischen Stuhl verurteilt worden war. Doch der Mann hatte einen bestimmten Trick angewendet und damit Erfolg gehabt.

Sein Name war Albert Howard Fish, ein Geistesgestörter, einer der berüchtigtsten Kannibalen zu Anfang des zwanzigsten Jahrhunderts. Der Henker hatte ihn zweimal in Folge auf den elektrischen Stuhl setzen müssen, um ihn schließlich ins Jenseits zu befördern, denn beim ersten Mal hatte sich Fish, aus welchen merkwürdigen Gründen auch immer, gut dreißig Nadeln in den Körper gesteckt und einen Kurzschluss des elektrischen Stuhls ausgelöst.

Wenn Elliot Casey – oder David – es schafften, den Gefängnisarzt herumzukriegen, und wenn der Arzt David für tot erklärte, ehe ein zweiter Stromstoß abgegeben wurde, bestand Hoffnung …

Vorausgesetzt natürlich, die Nadeln, die Casey dem Golfprofi unter die Haut stecken wollte, führten tatsächlich zu einem rettenden Kurzschluss.

Die Erfolgsaussichten waren sehr gering, doch was machte das schon? Eine andere Chance gab es nicht.

Als er ihn überzeugt hatte, dass er es versuchen musste, gab der Pfleger David ein kleines Fläschchen, das er für den ersten Teil seines Plans brauchte.

Einer der Wärter schien etwas bemerkt zu haben und warf den beiden Männern misstrauische Blicke zu. Dann aber lächelte er wissend und entfernte sich.

Als der Wärter fort war, erklärte Elliot David genau, was dieser zu tun hatte.

Zum Schluss, als er sicher war, dass David jeden Schritt des kühnen Plans begriffen hatte, lächelte er, und seine großen blauen Augen strahlten. Anschließend führte er ein langes Gespräch mit Robert Norman, dem Gefängnisarzt, einem ergrauten Mann Mitte fünfzig.

Der junge Pfleger erklärte dem Arzt das Experiment, das er durchführen wollte und erzählte ihm von dem verrückten Albert Howard Fish, der dank der Nadeln im Körper die Justiz zumindest eine Zeit lang zum Narren gehalten hatte.

»Wenn die Nadeln einen Kurzschluss verursachen und du den Verurteilten für tot erklärst, werden sie nicht wieder von vorn anfangen«, sagte Elliot.

»Und wenn es keinen Kurzschluss gibt?«

»Dann stirbt er. Das soll er ja so oder so.«

»Stimmt«, gab der Arzt zu. »Aber ist dir eigentlich klar, um was du mich bittest?«

»Ja.«

»Da bin ich mir nicht sicher. Das Urteil ist rechtskräftig.«

»Aber ist es auch gerecht? Alle wissen doch, dass Eaton selbst seine Frau umgebracht hat!«

»Trotzdem, das Gericht hat sein Urteil gefällt.«

»David ist unschuldig! Er hat es mir geschworen!«

»Er hat ja auch nichts zu verlieren. Aber wenn ich zum Komplizen seines Ausbruchs werde, wird man *mich* ins Gefängnis stecken.«

»Aber ein Menschenleben ist doch mehr wert als alles andere, nicht wahr?«

Der Arzt schwieg, sodass Elliot hinzufügte:

»Abgesehen davon bist du so oder so schon im Gefängnis. Der Unterschied wäre so groß nun auch wieder nicht ...«

Der Witz war ziemlich schlecht, doch der Arzt lachte darüber, vielleicht aus Nervosität. Dann sagte er:

»Ich lasse es mir durch den Kopf gehen, Elliot.«

36

Am Tag vor seiner Hinrichtung hatte David sehr viel zu tun.

Am frühen Morgen ging er zum Gefängnisfriseur, weil sein Schädel glatt rasiert werden musste. Als der Friseur fertig war, fragte David, ob er einen Blick in den Spiegel werfen könne. Der Friseur reichte ihm einen.

David verzog das Gesicht.

»Ach, komm«, sagte der Friseur mit fragwürdigem, makabrem Humor. »Morgen früh um fünf nach neun wirst du dich nicht mehr daran stoßen.«

»Nett von dir, dass du mich daran erinnerst«, entgegnete David.

»Soll ich den Schnurrbart auch abrasieren?«

»Nein, den behalte ich.«

Ohne seinen Schnauzer hätte er sich nackt gefühlt. Außerdem hatte er damit gelebt, seit seine Barthaare zu sprießen angefangen hatten, also würde er auch damit sterben.

Nach einer Pause fragte er den Friseur:

»Darf ich dich um einen Gefallen bitten?«

»Worum geht's?«

»Ich würde meine Haare gern behalten.«

»Klar, warum nicht.«

Fünf Minuten später klebte David seine abgeschnittenen blonden Strähnen auf den Kopf einer selbst gefertigten kleinen Stoffpuppe.

Gegen halb elf rief ihn wie vereinbart sein Anwalt an. Ängstlich nahm David den Anruf entgegen und fragte atemlos:

»Und?«

»Schlechte Nachrichten. Ich hab's zwar geschafft, bis zum Gouverneur vorzudringen, aber er verweigert mir seine Mithilfe, obwohl er weiß, dass meine Forderung begründet ist. Alle fürchten sich vor Eaton. Angeblich hat er eine halbe Million Dollar für eine Verleumdungskampagne ausgegeben. Weil er so mächtig ist, kommen wir nicht weiter.«

»Ich verstehe.«

Am liebsten hätte David seine Wut und Enttäuschung hinausgeschrien. Aber was hätte das gebracht? Sein Schicksal war ohnehin besiegelt …

Sein Schicksal?

Sein *Pech,* sollte man eher sagen, das ihn seit Jahren zu verfolgen schien.

David Berger und Charles Rubin hatten sich trotz ihrer Unterschiede angefreundet, und das, obwohl der Prozess mit einer Niederlage geendet hatte und alle Versuche, in die Berufung zu gehen, gescheitert waren.

David schwieg, und Rubin wusste für den Moment nicht, was er sagen sollte. Denn was sagte man einem Mann, für den man erfolglos gekämpft hatte? Was sagte man ihm, wenn man weiß, dass es die letzte Unterhaltung mit ihm ist, weil er am nächsten Tag hingerichtet wird?

Nach längerem Schweigen sagte David:

»Ich möchte dich um etwas bitten. Wenn du dir selbst dein Honorar ausbezahlt hast, möchte ich, dass du den Rest behältst, um meiner Tochter jedes Jahr zum Geburtstag ein Geschenk zu kaufen. Das Datum kannst du dir leicht merken, sie ist am ersten Januar geboren.«

»Ich werde daran denken. Jedes Jahr, am ersten Tag des Jahres …«

Zum ersten Mal wurde Rubin von seinen Gefühlen überwältigt und begann zu schluchzen.

Jetzt war nicht David, sondern er selbst zu guter Letzt zusammengebrochen. Aber er war ja noch ein junger Anwalt, der frisch von der Uni kam und sich noch keine dicke Haut zugelegt hatte wie seine älteren Kollegen, die seit Jahren Prozesse führten. Und weil David ein guter Freund geworden war, konnte Charles die Vorstellung nicht ertragen, keinen Freispruch für David erwirkt zu haben.

So hatte er sich diesen Beruf nicht vorgestellt, als er an der Uni noch über seinen Büchern gesessen und gepaukt hatte. Keine Sekunde hatte er daran gedacht, jemand könne zum Tod auf dem elektrischen Stuhl verurteilt werden, weil er, Charles Rubin, nicht ausreichend Beweise erbracht hatte oder nicht überzeugend genug gewesen war. Der Gedanke, dass er für Davids Tod verantwortlich sein könnte, weil er keine ausreichende Erfahrung besaß oder weil er Fehler gemacht hatte, die einem routinierten Anwalt nicht unterlaufen wären, quälte ihn schrecklich.

Sein Schuldgefühl – und das Gefühl, versagt zu haben –, machten Charles Rubin so sehr zu schaffen, dass er sich fragte, ob er den Anwaltsberuf weiterhin ausüben sollte, der ihm eine so schmerzliche Enttäuschung bereitet hatte.

»Aber, aber, Charles. Nicht weinen. So spielt nun mal das Leben.«

Noch während David diese Worte sagte, fand er sie lächerlich.

So spielt nun mal das Leben!

»Außerdem«, fuhr er fort, »kann man nie wissen. Vielleicht geschieht in letzter Sekunde ja doch noch ein Wunder. Glaubst du, der liebe Gott wird es zulassen, dass ein Unschuldiger auf dem elektrischen Stuhl endet?«

»Ich weiß nicht.«

»Ich auch nicht.«

Rubin rang sich ein Lächeln ab. »Aber man kann nie wissen«, sagte er. »Es gibt ja das Sprichwort, dass es erst vorbei ist, *wenn* es vorbei ist.«

»Stimmt«, bekräftigte David. »Einmal habe ich aus dreißig Metern Entfernung eingelocht und einen Sudden Death gelandet.«

Der Vergleich war nicht besonders glücklich, denn ein »plötzlicher Tod« war genau das, was David am nächsten Tag erwartete. Doch Charles wusste, was er meinte, und sagte nur:

»Stimmt.«

In diesem Moment kam ein Wärter zu David, um ihm zu sagen, dass seine Zeit abgelaufen sei und er auflegen müsse.

»Wir müssen jetzt Schluss machen, Charles«, sagte er.

»Ja. Viel Glück, David. Äh, ich wollte sagen …«

Wie absurd, einem zum Tode Verurteilten Glück zu wünschen! Glück brauchte man, um zu leben. Aber um zu sterben?

Rubin hätte David gern noch gesagt, dass er sich freue, ihn kennen gelernt und verteidigt zu haben, und sei es erfolglos. Doch aus einem unbestimmten Schamgefühl heraus sagte er stattdessen:

»Alles Gute, David. Ich werde an dich denken.«

»Ich auch. Wenn ich kann.«

Zutiefst erschüttert legte der junge Anwalt auf.

37

Um elf Uhr kam der lang ersehnte Moment, auf den David nicht mehr zu hoffen gewagt hatte. Seine geliebte kleine Tochter sollte ihn besuchen kommen, seine kleine Lydia, die ihm von Anfang an so sehr gefehlt hatte und die er nach diesem letzten Treffen nie wiedersehen würde …

Elf Uhr.

Sie waren für elf Uhr verabredet.

Seine Frau hatte es ihm versprochen.

Doch um elf Uhr kam niemand.

Eine Viertelstunde später saß David immer noch wie auf glühenden Kohlen und wartete.

Dann gab er die Hoffnung allmählich auf. Er resignierte und hatte nicht einmal mehr Lust, die zweiundzwanzig Stunden zu leben, die ihm noch blieben.

Es wäre nicht das erste Mal, dass seine Frau nicht zu einer Verabredung erschien, wenn sie ihm ihre Tochter anvertrauen sollte.

Und jedes Mal hatte sie eine gute Ausrede. Sie verstand sich gut darauf, Ausreden zu erfinden.

Doch schließlich erschien ein Wärter und teilte David mit, dass jemand gekommen sei. Am ganzen Körper zitternd, machte David sich auf den Weg zum Besucherraum.

Und da war Lydia, in einem hübschen rosa Kleidchen, das David ihr zu ihrem letzten Geburtstag geschenkt und das seine Frau ihr an diesem Tag angezogen hatte – eine ebenso zartfühlende wie überraschende Geste. Es sei denn, Lydia selbst hatte die Initiative ergriffen. Man konnte ja nie wissen. Sie war zwar erst fünf, verstand es aber schon jetzt, ihren Willen durchzusetzen.

Ihr schwarzes Haar war zu Zöpfen geflochten, und ihr zarter heller Teint, den sie von David und nicht von ihrer ziemlich dunkelhäutigen Mutter geerbt hatte, erschien David blasser als sonst. Man hätte meinen können, Lydia wäre sich des Ernstes der Lage bewusst.

Ihre blauen Augen, die sie ebenfalls vom Vater hatte, blickten traurig. Sie waren gerötet; offenbar hatte das Mädchen geweint.

Was hatte seine Exfrau der Kleinen wohl gesagt?

Er würde es vermutlich nie erfahren. Aber wollte er es überhaupt wissen? Zumal er nur fünf Minuten, fünf kurze Minuten für den Besuch hatte! Fünf läppische Minuten, um die größte Freude seines Lebens ein letztes Mal zu sehen.

Die letzten Augenblicke.

David schaffte es nicht, sich an diesen schrecklichen Gedanken zu gewöhnen.

Die letzten Augenblicke mit Lydia, seinem geliebten Töchterchen …

Mit langsamen kleinen Schritten trat Lydia auf ihn zu, ein unmerkliches Lächeln auf den Lippen.

David hatte den Telefonhörer aufgenommen, der den Häftlingen zur Verfügung stand, um mit ihren Besuchern auf der anderen Seite der Panzerglasscheibe zu sprechen.

Lydia setzte sich brav hin. Wie eine kleine Dame achtete sie sorgfältig darauf, ihr Kleid zurechtzuzupfen, das beim Hinsetzen hochgerutscht war.

David musste sich sehr zusammennehmen, um nicht in Tränen auszubrechen; er wollte nicht, dass die letzte Erinnerung seiner Tochter an den Vater schmerzlich war.

Er wies auf den Telefonhörer neben ihr, und sie ergriff ihn sofort.

»Wie geht es dir, Lydia?«

»Gut, Papa.«

Papa …

Die fröhliche, piepsige Stimme seiner Tochter sprach eines der letzten Male dieses wunderschöne Wort aus – dann wäre es vorbei, er würde es nie mehr hören.

»Hast du deine Haare abgeschnitten?«, fragte Lydia.

»Ja. Das ist einfacher, dann brauche ich mich nicht mehr zu kämmen. Außerdem gibt es im Himmel keine Kämme, also ist es auch praktischer.«

»Da gibt es keine Kämme?«, fragte sie erstaunt. »Aber wie kämmt sich denn mein Schutzengel?«

»Papa wird ihn fragen, wenn er im Himmel ist.«

»Im Himmel«, sagte Lydia entzückt. »Triffst du da auch Jesus?«

»Ja, und dann sage ich ihm, dass er gut für dich sorgen soll. Wenn du willst, gebe ich dir meine Adresse, dann kannst du mir schreiben.«

»So ein Quatsch!«, rief sie lachend aus, als hätte ihr Vater etwas schrecklich Dummes gesagt. »Wenn du mir deine Adresse gibst, hast du ja selbst keine mehr.«

Er musste über diese kindliche Logik lachen. Doch gleich darauf war ihm wieder nach Weinen zumute, denn es wurde ihm zum wiederholten Male klar, dass er für immer Abschied nahm von diesem reizenden Kind, dem vielleicht einzig Guten, das er in seinem Leben zu Stande gebracht hatte, denn was den Rest betraf, hatte er das Gefühl, es gründlich versiebt zu haben! Seine Träume von einer Golfkarriere und davon, als Berufsspieler an der PGA-Tour teilzunehmen, hatten sich schon lange zerschlagen. Und seine Ehe … ein weiterer Fehler, ein Traum, der rasch vergangen war.

Nur Lydia war ihm geblieben.

Denn trotz ihrer Meinungsverschiedenheiten, trotz des Zerwürfnisses mit seiner Exfrau, war aus ihrer Verbindung dieses Wunder hervorgegangen … seine kleine Lydia, seine Prinzessin. Er würde sie nie mehr sehen, gewiss, doch würde er nicht für immer das Bild ihrer blauen Augen, ihrer schwarzen Zöpfe und ihres hellen Kinderlachens im Herzen tragen?

»Du wirst eine gute Tochter sein, nicht wahr?«

»Ja.«

»Versprochen?«

»Versprochen.«

»Wirst du immer lieb sein zu Mama?«

»Ja.«

Ein kurzes Schweigen, rasche Blicke, dann sagte David:

»Papa hat ein Geschenk für dich.«

»Ein Geschenk?«

»Ja.«

David rief den Wärter herbei, der sich in der Nähe aufhielt, verhandelte einen Augenblick mit ihm und zeigte ihm die mitgebrachte braune Papiertüte, in der das Geschenk für seine Tochter war. Der Wärter untersuchte es flüchtig, befand es für harmlos, verschloss die Tüte wieder und brachte sie der kleinen Lydia, die ganz aufgeregt war und das Geschenk sofort auspackte. Entzückt zog sie die hübsche kleine Stoffpuppe aus dem Papier hervor, die David ihr für diesen Besuch angefertigt hatte.

Er selbst hatte die Jacke der niedlichen kleinen Gestalt geschneidert, auf deren Brust er ein rotes Herz genäht hatte. Den blonden Schopf hatte die Puppe Davids Haar zu verdanken, das der Gefängnisfriseur kurz zuvor abgeschnitten hatte.

»Oh, Papa, die Puppe ist wunderschön!«, rief Lydia durch den Hörer. »Ist es der kleine Prinz?«

»Ja.«

David wusste, dass Lydia den kleinen Prinzen über alles liebte. Sie hatte ihn wohl hundertmal gebeten, ihr seine erstaunliche Geschichte vorzulesen, seine Abenteuer im Weltall, mit der Boa, dem Geschäftsmann, dem Fuchs und der Rose. Und David hatte sich bemüht, seiner Puppe Ähnlichkeit mit dem berühmten Helden von Saint-Exupéry zu geben.

»Gehst du zu ihm?«

»Äh … ja.«

»Kannst du ihm sagen, dass ich ihn gern habe?«

»Natürlich.«

»Danke, Papa!«

Diesen Besuch, den David seit Tagen herbeigesehnt hatte, fand er mit einem Mal fast unerträglich. Also sagte er:

»Weißt du, du musst jetzt los ... mit Mama ... Papa ist verabredet.«

»Ja. Aber ich wollte dich noch was fragen. Um in den Himmel zu kommen, muss man da vorher sterben?«

»Ja.«

»Tut es weh, wenn man stirbt?«

»Ich ...«

Er hatte sagen wollen, dass er es nicht wisse, aber das war bestimmt nicht die beste Antwort für ein Kind.

»Nein, es ist ... wie wenn man abends einschläft.«

»Nur wacht man dann nicht mehr auf?«

»Doch, man wacht auf, aber im Himmel.«

»Ach so.«

»Trotzdem heißt das, dass wir uns nicht mehr sehen werden. Aber nur ein paar Jahre lang. Später, wenn du ganz alt bist, kommst du zu mir. Und dann können wir uns für immer lieb haben. Du musst nur ein bisschen warten.«

»Werde ich so alt wie Oma?«

»Vielleicht.«

Das Kind dachte einen Augenblick nach. Diese Geschichte mit dem Altwerden, dem Sterben und der Reise war nicht ganz einfach für sie. Sie sah ihre Puppe an.

Dann schien sie mit einem Schlag zu begreifen, was wirklich geschah – ihr geliebter Vater ging für immer fort, mit ihrem Schutzengel, mit Jesus und mit dem kleinen Prinzen, aber trotzdem, sie würde ihn nicht mehr sehen. Ein Ausdruck unsäglichen Kummers legte sich auf Lydias Gesicht. Ihre schönen blauen Augen füllten sich mit Tränen, und sie sagte:

»Ich hab dich lieb, Papa.«

Das war mehr, als er ertragen konnte.

David, der gescheiterte Golfer, der gescheiterte Ehemann, der den Fehler gemacht hatte, ein Verhältnis mit einer Frau anzufangen, die mit einem reichen und mächtigen Mann verheiratet war, und dessen ganzes Leben ein einziger Reinfall gewesen wäre, hätte es Lydia nicht gegeben, konnte die Tränen nicht mehr zurückhalten.

»Ich liebe dich auch, Lydia, für immer und ewig.«

Gleich darauf senkte er den Blick, damit seine Tochter die Tränen nicht sah. Ein schluchzender Vater sollte nicht das letzte Bild sein, das Lydia von ihm mitnahm. Wenn sie seinen Versicherungen Glauben schenken sollte, musste er sich freuen, zu Jesus, dem kleinen Prinzen, den Engeln und all den anderen rätselhaften und magischen Wesen zu gehen, die die Träume seiner Tochter bevölkerten.

Für immer und ewig …

Hörte die Ewigkeit für ihn nicht in weniger als zweiundzwanzig Stunden auf?

In diesem Moment legte seine Tochter ihre weiße Handfläche an die Scheibe. David machte es ihr nach und legte seine Hand auf die ihre. Sie waren zwar von der Scheibe getrennt, doch er spürte so eine Energie, die durch ihn hindurchfloss und ihn mit Lydia verband. Jetzt konnte nichts mehr sie trennen, denn eine solch große Liebe konnte niemals sterben, nur weil man die sterbliche Hülle zurückließ.

Lydias Mutter sah, dass ihre Tochter weinte. Sie nahm an, dass David irgendetwas Unpassendes zu ihr gesagt hatte, was das Mädchen erschreckte und verängstigte, und ging einen Schritt in Lydias Richtung. Doch in diesem Moment kam ein Wärter auf sie zu, um ihr zu sagen, dass die Besuchszeit um sei und sie ihre Tochter holen und mit ihr gehen solle. Sie trat näher und vermied es dabei, dem Blick ihres Exmannes zu begegnen – sie tat so, als wäre er gar nicht da, und als hätte Lydia sich mit einem Spiegel unterhalten. Mit verschlossener Miene nahm sie Lydias Hand.

»Komm, mein Kind, wir müssen gehen.«

Das Mädchen nahm die Hand von der Glasscheibe, legte den Hörer auf, warf ihrem Vater einen letzten Blick zu, lächelte und wandte sich ab.

David hätte sich gewünscht, dass auch seine Exfrau ihm einen letzten Blick zuwarf, ihm zulächelte oder irgendein kleines Zeichen machte. Denn sosehr er unter der Scheidung gelitten hatte – noch mehr hatte er unter ihrem Hass gelitten, der ihm unaufhörlich entgegenschlug, als wäre er als Einziger für das Scheitern ihrer Ehe verantwortlich. Dabei gehörten sie zu ungezählten Ehepaaren, die nicht zueinander passten. Sie hätten nicht weitergehen dürfen als eine kurze Affäre, denn die Unterschiede zwischen ihnen, die ihr Verlangen anfangs gesteigert hatten, hatten sie später nur umso weiter voneinander entfernt.

Aber nicht der kürzeste Blick, nicht das kleinste Lächeln wurde David gewährt – nur eine verschlossene Miene und der Hass, der ihm einen letzten Hieb versetzte. Er würde die bittere Enttäuschung, sich niemals mit seiner Frau versöhnt zu haben, mit in den Tod nehmen müssen. Auch ihren Hass, der so schwer zu ertragen war und sich sogar jetzt noch auf ihrem Gesicht spiegelte, der sich in den eiligen Schritten zeigte, und in dem raschen, beinahe überstürzten Aufbruch. Er schien, als hätte seine Exfrau nichts Eiligeres zu tun, als auf das geringste Anzeichen des Wärters hin auf dem Absatz kehrtzumachen.

Ja, David hätte sich ein kleines Zeichen so sehr gewünscht. Brosamen ihrer Zärtlichkeit sozusagen, die er in den Tod mitnehmen würde, als Henkersmahlzeit.

Das war doch nicht zu viel verlangt? Keine großen Emotionen, keine Entschuldigungen, kein tiefes Bedauern, nur Brosamen …

Aber nein, sie ging einfach davon.

Doch in dem Moment, als sie durch die Tür trat, durch die sie für immer mit Lydia verschwinden würde, blieb sie mit einem Mal stehen, als hätte sie etwas vergessen.

Ja, sie blieb einen Augenblick bewegungslos stehen, drehte sich zu David um, und ihr Gesicht schien wie verwandelt …

Es war nicht mehr das Gesicht der harten, unerbittlichen Frau, die David während der letzten ein, zwei Jahre erlebt hatte. Beinahe vermeinte er, wieder die Frau jener ersten glücklichen, unbeschwerten Tage zu sehen, die viel zu schnell vergangen waren.

Und als sie lächelte, war keine Rede mehr von Hass. Eher von Trauer, von Versöhnung, als wollte sie ihm zu verstehen geben, dass zu guter Letzt Frieden zwischen ihnen herrschte; als wollte sie ihm in diesem letzten Augenblick ihre Dankbarkeit zeigen, dass er Lydias Vater war.

In diesem Moment beugte sie sich zu Lydia und legte ihr schützend die Hand auf den Kopf. Verwundert sah David sich diese Hand an. Er hatte ihre Hände, ihre schlanken Finger schon immer gern gemocht, hatte sie immer schön gefunden – und nun hatte sie eine Hand sanft auf Lydias Kopf gelegt, als wollte sie David zu verstehen geben, dass sie gut für das Kind sorgen würde, dass sie doppelt so zärtlich sein wollte wie bisher, weil er bald nicht mehr da war.

Sie wollte sogar einen Schritt auf David zumachen, um den Telefonhörer aufzunehmen und ihm zu sagen, was er in ihren tränenfeuchten Augen las: dass der Krieg zwischen ihnen vorbei war. Doch der Wärter nahm sie beim Arm und führte sie hinaus.

Lange Zeit blieb David auf dem Stuhl sitzen, den Hörer in der Hand, versunken in den Anblick des Handabdrucks seiner kleinen Tochter auf der Glasscheibe.

38

Gegen halb fünf Uhr am Nachmittag kam Roger Wiseman in Davids Zelle, der Priester, um ihm die Beichte abzunehmen und das Abendmahl zu spenden. Er war ein rundlicher Mann um die sechzig mit grauem Haar und ausdruckslosen Augen. Seine riesige Nase war von den Rotweinexzessen gezeichnet, denen er sich heimlich hingab, um sich darüber hinwegzutrösten, dass er in seiner Jugend den Beruf des Geistlichen ergriffen hatte, für den er ganz und gar nicht berufen war.

Es war Ewigkeiten her, dass David gebeichtet hatte. Wann er das letzte Mal zum Abendmahl gegangen war, wusste er nicht mehr. Es war sehr lange her. Aber was machte das schon? Er war kein gläubiger Mensch. Und dass er als Unschuldiger sterben sollte, war auch nicht dazu angetan, ihn mit dem Glauben auszusöhnen.

David war auf der Bettkante sitzen geblieben, als der Geistliche in die Zelle gekommen war. Wiseman trug keine Soutane, sondern einen Anzug, in dem man ihn für einen Geschäftsmann hätte halten können. Er hatte David gegenüber Platz genommen, auf dem einzigen Stuhl in der Zelle.

»Haben Sie etwas zu beichten, mein Sohn?«

»Alles«, antwortete David kurz angebunden.

Er verspürte noch Juckreiz auf seinem frisch rasierten Schädel, der ihm das Aussehen eines Mönchs verliehen hätte, wäre da nicht der Schnurrbart gewesen, den er unbedingt hatte behalten wollen.

»Alles?«, fragte der Priester und zog seine buschigen Brauen hoch.

»Ja. Wissen Sie, mein ganzes Leben war eine einzige Niederlage, und man kann nicht gerade behaupten, dass es nun ein gutes Ende nimmt … Muss ich noch etwas anderes beichten?«

Die Offenheit und der Pessimismus des Häftlings verschlugen dem Priester für den Augenblick die Sprache. Er warf einen Blick auf David, dessen blaue Augen so unnatürlich strahlten, als würde der nahende Tod ihn vorausschauender werden lassen als die anderen Menschen, die sich nur mit den banalen Sorgen und Illusionen des täglichen Lebens herumschlugen.

Der Geistliche war anfangs eingeschüchtert, fasste dann aber Mut. Er hatte langjährige Erfahrung und würde sich nicht so leicht aus dem Feld schlagen lassen, mochte sein »Kunde« noch so schwierig sein.

»Glauben Sie an die Barmherzigkeit Gottes, mein Sohn?«

»Wenn Sie unschuldig wären, und man hätte Sie zum Tode verurteilt, würden Sie dann glauben? An Gott und an die … wie haben Sie sich ausgedrückt?«

»Die Barmherzigkeit Gottes, mein Sohn. Sie ist unendlich.«

»Ich bin eher der Meinung, dass Gott ein paar Tage Urlaub gemacht hat, als mein Prozess geführt wurde.«

»Ich kann Ihren Missmut verstehen, mein Sohn, und ich gebe zu, dass es einem manchmal schwer fällt, den Glauben zu bewahren.«

»Meinen Sie vielleicht, dass der Glaube meine fünfjährige Tochter trösten kann, die ihren Vater verlieren wird?«

»Ich …«

Der Priester blieb die Antwort schuldig, und trotz der ernsten Lage und der Tatsache, dass er sich vor langer Zeit angewöhnt hatte, inhaltsleere Diskurse zu halten, zog er es jetzt vor, von etwas anderem zu sprechen, wie man es häufig unter solchen Umständen tat.

»Fürchten Sie sich vor dem Tod?«, fragte er.

»Ich habe ein bisschen Erfahrung mit ›Sudden Death‹«, scherzte David.

»Was wollen Sie damit sagen?«

»Ach, nichts. Das ist ein Begriff aus dem Golf, hat nichts weiter zu bedeuten.«

»Nun, die Kommunion wird Ihnen Seelenfrieden schenken, mein Sohn.«

Während der Priester die Hostie aus einem schön gearbeiteten tragbaren Tabernakel nahm, kehrte David ihm den Rücken zu, zog rasch das kleine Fläschchen hervor, das sein Komplize, der Pfleger, ihm gegeben hatte, besprühte damit seinen Rachen und ließ es unter seiner Matratze verschwinden. Dann wandte er sich wieder dem Geistlichen zu und streckte ihm brav die Zunge entgegen.

Kaum hatte die Hostie Davids Zunge berührt, spuckte er sie auch schon wieder aus und brach auf dem kalten Fußboden der Gefängniszelle zusammen. Er wurde von heftigen Krämpfen geschüttelt. Weißer Schaum bildete sich vor seinem Mund.

Der Priester – erstaunt über die ungeheure Wirkung der Kommunion auf diesen Häftling, der sich gegen Gott auflehnte – rief sofort einen Wärter herbei und erklärte:

»Der Häftling hat einen epileptischen Anfall.«

»Er muss sofort auf die Krankenstation«, erklärte der Wärter beim Anblick Davids, der sich mit Schaum vor dem Mund in Krämpfen auf dem Boden der Zelle wand.

39

David wurde auf einer Bahre festgeschnallt und von zwei Wärtern in die Krankenstation geschoben. Einer der Wärter war der Mann, den der Geistliche gerufen hatte. Letzterer hatte sich sofort aus dem Staub gemacht, als würde er lieber keine Erklärungen darüber abgeben müssen, was den mysteriösen epileptischen Anfall ausgelöst haben könnte.

Obwohl David noch immer unter Krämpfen litt, nahm der Pfleger Elliot Casey ihn mit erstaunlicher Ruhe in Empfang. Mit fester, beinahe herrischer Stimme entließ er die Wärter.

»Ich werde mich um alles kümmern.«

Meinte das Schicksal es gut mit ihnen? War das Ende der Pechsträhne in Sicht, die David so lange schon hartnäckig verfolgte? Jedenfalls widersprachen die Wärter nicht, sondern verließen das Krankenzimmer, ohne zu murren. Elliot stieß einen Seufzer der Erleichterung aus.

Kaum waren die Wärter außer Sicht, beruhigte sich David und lächelte Elliot an.

»Wir haben nicht viel Zeit«, sagte der Pfleger und zog eine der zahlreichen Schubladen an einer Schrankwand des Krankenzimmers auf.

Rasch nahm er einen roten Gummiball und einen Plastikbeutel voll langer Spritzennadeln heraus und legte sie auf ein Tablett. Dann stellte er eine Flasche mit Alkohol darauf, dazu Salbe, ein Tuch zum Abtupfen sowie eine kleine Zange. Schließlich ging er zur Bahre zurück, stellte sein Arsenal daneben ab, schob Davids linken Ärmel hoch, schüttete Alkohol auf das Tuch und rieb die Haut seines »Patienten« damit ab, um sie auf die seltsame Behandlung vorzubereiten, die nun folgen sollte. David fragte sich allmählich, warum er sich auf dieses Experiment eingelassen hatte, das vielleicht nur sein Leiden in den letzten Stunden seines Lebens verlängern würde.

»Das wird bestimmt keine angenehme Erfahrung«, warnte der Pfleger und steckte David den roten Gummiball in den Mund. »Beiß zu, so fest du kannst, und denk an etwas anderes.«

David befolgte die Anweisungen Elliots, der immerhin zu wissen schien, was er tat. Der Pfleger nahm eine erste Nadel, stach die Spitze unweit des Knöchels, gleich unter dem Muskel, in Davids Arm, und drückte die Nadel hinein, so tief er konnte. Dann kniff er das Stück, das noch herausschaute, mit der kleinen Zange ab. Mit demselben Instrument schob er die Nadel nun vollends unter die Haut. Jetzt konnte man nur noch an einem Blutstropfen erkennen, dass eine Nadel unter der Haut steckte.

»Geht's?«, fragte der Pfleger.

David nickte bloß. Elliot wiederholte die Prozedur, indem er eine zweite Nadel direkt neben die erste stach, und dann immer so weiter, bis fünf Nadeln unter Davids Haut steckten. Inzwischen standen Tränen in Davids Augen – sei es, weil seine Widerstandskraft oder die schwach betäubende Wirkung des Alkohols auf seiner Haut nachließ. Der Pfleger tupfte Davids Arm ab, untersuchte ihn dann und nickte zufrieden. Der Eingriff schien gelungen zu sein. Es waren nur noch fünf kleine rote Einstiche zu sehen, auf die er nun ein wenig Salbe schmierte. Am nächsten Tag wäre es so gut wie unsichtbar.

»Geht es noch?«, erkundigte er sich nochmals.

David spuckte den Ball aus und antwortete flehentlich:

»Brauchen wir noch viele?«

»Je mehr Nadeln es sind, desto größer die Chance, dass sie einen Kurzschluss verursachen.«

David verzog nur das Gesicht. In seiner Lage blieb ihm kaum etwas anderes übrig, als den Schmerz zu ertragen.

Ohne Zeit zu verlieren, weil er befürchtete, er könne ertappt werden, nahm Elliot sich den anderen Arm vor. Als er die letzte Nadel unter die Haut schob, betrat jemand unerwartet das Krankenzimmer.

Der Gefängnisarzt.

»Warum gibst du ihm eine Spritze?«

»Ich gebe ihm keine Spritze. Ich führe den ersten Teil des Plans aus, von dem ich dir erzählt habe.«

David schwieg, obwohl von ihm die Rede war, von seiner Hinrichtung und seinem möglichen Tod. Aber was konnte er schon anderes tun? Schließlich war er auf das Wohlwollen dieses Arztes angewiesen, der seinen Tod feststellen musste.

Was also konnte er tun?

Zum Beispiel, den Arzt von seiner Unschuld überzeugen, als der ihn plötzlich fragte:

»Haben Sie die Frau umgebracht?«

David hätte sich von den philosophischen Gedanken mitreißen lassen können, die ihn seit einiger Zeit beschäftigten; er hätte sein Schuldgefühl sprechen lassen und antworten können, dass er Louisa Eaton im Grunde tatsächlich umgebracht hatte, indem er sie verließ. Inzwischen aber wollte er leben und sich an jede noch so geringe Chance klammern, seiner ungerechten Strafe zu entgehen. Wenn schon nicht für ihn selbst, dann für seine Tochter, damit sie wenigstens einen Vater hatte – einen Vater, den sie allerdings kaum sehen würde, weil er ja angeblich tot war …

Wie sollte das alles überhaupt gehen? Wann würde er wissen, dass er bei der Hinrichtung nicht gestorben war? Würde man nicht versuchen, ihn erneut auf den elektrischen Stuhl zu bringen? David wusste es nicht, und ihm blieb nichts anderes übrig, als alles auf sich zukommen zu lassen.

Er sah dem Arzt tief in die Augen und antwortete:

»Nein, ich habe sie nicht getötet. Das schwöre ich.«

Der bodenständige Mann war es nicht nur gewohnt, den Puls seiner Kranken zu messen, er verstand es auch, in ihren Herzen zu lesen. Nach kurzem Zögern sagte er schlicht:

»Ich glaube Ihnen. Ich kann Ihnen nichts versprechen, aber ich glaube Ihnen.«

Damit hatten sie es geschafft. Der Pfleger lächelte. Bisher hatte ihnen nur ein Komplize gefehlt, damit ihr Plan gelingen konnte. Und diesen Komplizen hatten sie gerade gefunden.

»Jetzt können wir uns nur noch die Daumen drücken«, schloss Elliot.

»Ja«, pflichtete David ihm bei und sah sich die winzigen Blutstropfen an, die sich noch immer auf der Innenseite seines Arms bildeten.

»Was werden Sie tun, nachdem ich Ihren Tod festgestellt habe?«, erkundigte sich der Arzt mit offenkundiger Skepsis.

»Ich habe da schon eine Idee …«, verkündete der Pfleger in verschwörerischem Tonfall.

40

Mit schwebenden Schritten ging sie am goldenen Strand entlang, auf den eine wunderschöne Augustsonne schien. Ihre langen schwarzen Haare wehten in der Morgenbrise. Sie war ein Vogel, ein Engel, eine Libelle … Lydia, das Licht seines Lebens. Sie hatte die Arme erhoben und rannte über den Strand. Ihr kleiner Körper steckte in einem rotweißen Badeanzug. Sie lachte.

»Komm, Papa, und lauf mit mir! Lass uns eine Möwe fangen …«

Und David rannte hinter ihr her. Er war schon völlig außer Atem, gab sich jedoch Mühe, sich nichts anmerken zu lassen. Zusammen mit seiner kleinen Tochter rannte er zu den Scharen von Seemöwen, die am Strand nach Resten der Mahlzeiten suchten, die die Picknickgäste von Vortag zurückgelassen hatten. Jedes Mal entkamen die Vögel, was Lydia aber nicht davon abhielt, es immer wieder zu versuchen, mit einem unerschütterlichen Optimismus, der David schon lange abhanden gekommen war …

Warum war ihm dieses Bild erschienen, diese Verzauberung, die schönsten Ferien seines Lebens, allein mit seiner Tochter in Ogunquit an der Küste von Maine?

Warum gerade dieses Bild des Glücks?

Warum genau in diesem Augenblick?

Hatte es damit zu tun, dass ihm die von Elliot Casey vorgeschlagene List im letzten Moment absurd oder unrealistisch erschien, weil sie kaum zum Erfolg führen konnte?

Lydia rannte über den Strand, doch die wenigen Zuschauer, die bei der Hinrichtung zugegen waren, konnten sie in Davids geblendeten Augen nicht sehen.

David, der seit wenigen Augenblick auf dem elektrischen Stuhl saß.

Die Riemen waren ihm bereits an den rechten Arm geschnallt worden.

David verscheuchte die Vision der idyllischen Ferien mit seiner Tochter und erkannte hinter der Glasscheibe, die die Hinrichtungskammer von den Zuschauern trennte, seinen Anwalt Charles Rubin, der ihn bestürzt anschaute.

Bei diesem Anblick kam David ein merkwürdiger Einfall, ohne dass er den Grund dafür wusste. Er blickte seinen Anwalt an und schlug die freie linke Hand auf die rechte. Dann machte er eine verneinende Geste, indem er den linken Zeigefinger schulmeisterlich hin und her bewegte.

Der junge Jurist lächelte erstaunt, denn er hatte Davids letzte stillschweigende Anweisung begriffen.

»Die rechte Hand nicht zu stark einsetzen!«

Trotz der schrecklichen Situation brachte David es tatsächlich fertig, ihm ein letztes Mal den freundschaftlichen Rat zu erteilen, den er ihm bei der Golfübung gegeben hatte. Ein letztes Mal wies er Charles Rubin darauf hin, was er zu tun hatte, um den ungewollten Drall der Bälle zu vermeiden.

»Die rechte Hand nicht zu stark einsetzen!«

Der junge Anwalt lächelte, doch gleich darauf wurde er von Rührung und Trauer ergriffen. Er fühlte, dass er in Tränen ausbrach und versuchte sich zusammenzureißen, stand aber schließlich auf und verließ den Raum, weil er merkte, dass es ihm nicht gelang, die Tränen zurückzuhalten.

Überdies hatte er nicht mehr die Kraft, bis zum Schluss bei der Hinrichtung dabei zu sein. Er hatte viele Horrorgeschichten über den elektrischen Stuhl gehört. Über Flammen, die den Verurteilten aus den Augen schossen, über den Geruch nach verbranntem Fleisch und einem Knistern, das die Zuschauer sogar durch die Glasscheibe hören konnten.

Der elektrische Stuhl mochte ja als mildere Alternative zur Barbarei des Hängens erfunden worden sein, trotzdem war er grausam und unmenschlich. Immer noch wurde nach der primitiven Talionslehre verfahren: Auge um Auge, Zahn um Zahn. Und das nach Jahrhunderten angeblicher Zivilisation.

David hatte Verständnis für Charles Rubin. Außerdem war es ihm lieber, dass sein Anwalt ging, obwohl er es sehr zu schätzen wusste, dass er überhaupt gekommen war. Kein noch so entfernter Verwandter und kein Mitglied des Golfclubs waren erschienen. Charles Rubin war der Einzige gewesen, der den Mut gehabt hatte, obwohl sie beide sich kaum ein paar Wochen kannten; es schien, als hätte der Prozess unsichtbare Bande zwischen ihnen geschaffen, die stärker waren als alles andere.

David sah sich um.

Der Mann, der den elektrischen Stuhl bedienen würde, stand schon bereit, ein mürrischer Bursche um die vierzig – ein moderner Henker zwar, aber doch ein Henker. Dann waren da noch die beiden Wärter, die ihn aus seiner Zelle geholt hatten und die ihn nach der Hinrichtung in die Leichenhalle bringen würden – auf der Bahre, neben der sie standen, starr und unbeweglich.

Sie wirkten sehr nervös. Es war zwar nicht ihre erste Hinrichtung – aber war es überhaupt möglich, sich an so etwas zu gewöhnen? Hinzu kam, dass alle im Gefängnis wussten, dass David unschuldig war und den Prozess nur verloren hatte, weil sein Gegner reich war, David hingegen arm wie eine Kirchenmaus.

Elliot Casey war ebenfalls erschienen. Auch er war nervös und flehte zu den himmlischen Mächten, dass sein Plan funktionierte, denn er war nicht überzeugt davon. In Büchern stand ja alles Mögliche; Papier war bekanntlich geduldig. Der berühmte »Kannibale«, der vor vielen Jahren seine Henker genarrt hatte, hatte vielleicht einfach nur Glück gehabt. Außerdem war der elektrische Stuhl damals primitiver gewesen.

Aber man konnte nie wissen.

Vielleicht half es ja, wenn der Geistliche betete.

Und schließlich war der Gefängnisarzt da. Er stand nervös im Hintergrund, bereit, den Tod des Verurteilten festzustellen.

Jetzt waren die Vorbereitungen für die Hinrichtung abgeschlossen. Davids Hände und Beine waren am Stuhl festgebunden.

Er schloss die Augen und versuchte, sich auf den Tod vorzubereiten.

Nur noch wenige Sekunden, dann war alles vorbei.

Denn der Trick des Pflegers *konnte* nichts taugen. Die Nadeln, die in Davids Armen steckten und ihm zwar nicht mehr wehtaten, die er aber noch fühlte, würden schwerlich den rettenden Kurzschluss verursachen.

Und selbst wenn – wer konnte wissen, ob die Aussage des Arztes, David sei tot, akzeptiert wurde?

David hielt die Augen geschlossen. Die Angst, die ihn seit einigen Tagen plagte, war mit einem Mal wie weggefegt.

Tiefer Friede war über ihn gekommen: Lydias Gesicht war ihm erschienen. Sie sah ihn an und sagte:

»Ich liebe dich, Papa.«

Innerlich lächelte er. Dann hörte er ein Klacken – das Geräusch des Schalters, der betätigt wurde – und spürte einen fürchterlichen Stromstoß, der durch seinen Körper schoss.

David bäumte sich auf und verlor das Bewusstsein.

41

Im Hinrichtungsraum gab es ein merkwürdiges Geräusch. Eine Art Knistern, gefolgt von kleinen Flammen, die aus dem elektrischen Stuhl schossen. Sofort begriff der Henker, dass etwas nicht stimmte.

Sein Verdacht bestätigte sich, denn der Strom fiel aus, und der Hinrichtungsraum lag plötzlich im Dunkeln. Aufgeregtes Geflüster war zu hören, das Angst, aber auch Neugier ausdrückte. Ein Notgenerator sprang sofort an, und das Licht flammte wieder auf. Überraschte und fragende Mienen rundum. Alle wandten sich dem Verurteilten zu.

Doch der Generator war nicht dafür gemacht, den elektrischen Stuhl mit Strom zu versorgen.

Wozu auch?

Der Verurteilte war offensichtlich tot.

David hatte den Kopf zur Seite geneigt und verhielt sich vollkommen still: Der erste Stromstoß, obgleich er ganz kurz gewesen war, schien sein zerstörerisches Werk vollbracht zu haben.

Sofort trat der Gefängnisarzt vor, beugte sich über den Verurteilten und horchte ihn ab.

Seine Untersuchung dauerte nicht lange. Nach wenigen Sekunden richtete er sich wieder auf. In seiner Stimme lag Traurigkeit und sogar dumpfe Auflehnung, als er förmlich, beinahe feierlich erklärte:

»Er ist tot.«

Elliot Casey, der noch im Zuschauerraum stand, verzog das Gesicht vor Schmerz. Der Arzt war kein so guter Schauspieler, dass er gelogen haben konnte. Trotz der extrem kurzen Dauer musste der erste Stromschlag tödlich gewesen sein. Elliots Plan war misslungen! Eigentlich hätte er es sich vorher denken können. Doch Elliot hatte den kleinen Trost, zumindest nichts unversucht gelassen zu haben. Dennoch spürte er wilden Zorn, denn wieder einmal war ein Unschuldiger das Opfer einer blinden Justiz geworden. Allerdings war die Justiz in diesem Fall nicht blind, sondern stand im Dienst der Reichen, die die Richter ernannten und sich gegenseitig in Schutz nahmen.

Dennoch – das Urteil war von den Geschworenen gefällt worden. Aber es war schwer nachzuvollziehen, wie sie zu dem Schuldspruch gekommen waren, wo Davids Unschuld so offensichtlich war.

Elliot, in dessen Augen sich ohnmächtige Wut spiegelte, sah David ein letztes Mal an, wandte den Blick ab und setzte das Baseball-Käppi auf, das er immer trug, dann die Sonnenbrille, um seine verdächtig geröteten Augen dahinter zu verstecken, damit man sich nicht über ihn lustig machte, denn im Gefängnis hatten alle erraten, dass er in den gut aussehenden David verliebt war.

Elliot verließ den Raum. Seine Schicht – die Nachtschicht, die er dreimal die Woche machte – war schon seit einiger Zeit zu Ende; er konnte das Gefängnis verlassen, wann immer er wollte.

Im Hinrichtungsraum hatte die Diagnose des Arztes sofortige Erleichterung hervorgerufen. Trotz der Panne war der Verurteilte tot. Man brauchte also nicht noch einmal von vorn anzufangen.

Der Henker, der sich insgeheim freute, seine unangenehme Aufgabe so schnell hinter sich gebracht zu haben, schnallte David sofort los. Die beiden Wärter nahmen seine Leiche, legten sie in den schwarzen Plastiksack, der auf der Bahre lag, und machten sich auf den Weg zur Leichenhalle des Gefängnisses.

In der Leichenhalle, einem ziemlich großen Raum, wurden die Obduktionen vorgenommen; hier blieben die Leichen der Verurteilten, bis feststand, wie und wo sie bestattet wurden, was manchmal eine ganze Weile dauerte, denn man musste die Familie benachrichtigen, die nicht immer leicht aufzuspüren war und auch nicht immer Interesse daran zeigte, sich um die Beisetzung zu kümmern.

42

So war er also, der Tod.

Beängstigender, als David ihn sich vorgestellt hatte. Fast so beängstigend wie die Tage vor seiner Hinrichtung.

In jedem Fall war er ganz anders als das, was David erwartet oder im Fernsehen in einigen New-Age-Sendungen über das Leben nach dem Tod gesehen hatte.

Er war nicht durch einen Tunnel aus Licht geschritten und hatte auch keine Sphärenmusik gehört. Keine Engel, Lichtwesen oder bereits verstorbene Verwandte – sein Vater oder seine Mutter zum Beispiel – hatten ihn erwartet.

Nichts von alledem.

Es gab auch kein schreckliches Fegefeuer.

Und es war eine *sehr* beruhigende Vorstellung, dass er trotz seines missratenen Lebens nicht in der Hölle gelandet war.

Doch der Ort, an dem er sich befand, war nicht viel besser.

Vielleicht war es ja das Purgatorium, eine Art Zwischenstadium zwischen Hölle und Paradies …

Wenn er in diesem Zustand eine Ewigkeit verbringen sollte, wäre es kein Freudenfest. Nein, es musste die Hölle sein, und er war dort gelandet, weil er ein verwerfliches Verhältnis mit einer verheirateten Frau gehabt hatte, an deren Tod er indirekt schuld war …

Seltsamerweise war die Hölle nicht sehr bevölkert, denn David war ganz allein; es war keine Menschenseele da. Und es war dunkel, feucht und kalt, bitterkalt. David fühlte sich schwach, ihm war schlecht, und er hatte Atemschwierigkeiten, als würde er unter Sauerstoffmangel leiden.

Sauerstoffmangel?

Er schlug die Augen auf, und plötzlich kam ihm die Erleuchtung.

Er war nicht tot!

Nein, der Tod konnte dem Leben unmöglich so sehr ähneln. Einem allerdings mühsamen, angesichts der eisigen Temperatur und dem rapide abnehmenden Sauerstoff sehr ungemütlichen Leben.

Aber er war *nicht* tot. Seine Gedanken waren dieselben wie zuvor, und mehr noch …

Plötzlich schoss ihm die Erklärung durch den Kopf. Die sonderbare List des Pflegers hatte tatsächlich funktioniert! Er brauchte sich nur zu bewegen, um den Beweis dafür zu haben.

Die Nadeln, die in seinen Armen steckten …

Er tastete seinen linken Unterarm ab und konnte die dünnen, langen Nadeln in seinem Fleisch spüren. Sie taten ihm noch immer weh. Doch wenn er noch Schmerzen spürte, lag es daran, dass er noch lebte, so unglaublich es sein mochte.

David dachte darüber nach und gelangte zu dem Schluss,

dass er in der Leichenhalle sein musste, eingesperrt in einem Schubfach. Deshalb die bittere Kälte.

Aber wie sollte er hier wieder herauskommen?

Kalter Schweiß bildete sich auf seiner Stirn. Das Atmen machte ihm immer größere Schwierigkeiten. Wie viel Zeit blieb ihm noch?

Er konnte es natürlich nicht genau abschätzen, aber bestimmt nicht mehr als fünf oder sechs Minuten. Dann würde er ersticken oder einfach einschlafen und sterben. Es wäre tragisch, beinahe lächerlich, auf diese Art in einem Sack zu sterben, eingesperrt in einem Schubfach, nachdem er wie durch ein Wunder dem elektrischen Stuhl entronnen war.

Er musste etwas unternehmen, bevor es zu spät war!

David tastete den Plastiksack ab, führte die Hände rasch auf Kopfhöhe und drückte sie gegen den Reißverschluss, den er ein Stückchen zu öffnen vermochte. Als er eine Hand durch das Loch schob, konnte er die Wand berühren, in der das Schubfach steckte.

Es bestand die Gefahr, dass jemand sich in der Leichenhalle aufhielt und er, David, sofort wieder festgenommen würde. Aber was blieb ihm anderes übrig, als es zu versuchen?

Er musste es riskieren. Also schob er die zweite Hand ebenfalls durch den Reißverschluss, tastete sich vor und versuchte, das Schubfach aufzudrücken. Zu seinem großen Erstaunen ließ es sich mühelos öffnen.

Endlich konnte David den Kopf aus dem Sack stecken. Er holte tief Luft und warf einen Blick in die Leichenhalle: Sie war leer. Er hatte zur Abwechslung einmal Glück! Doch ihm blieb keine Zeit, sich darüber zu freuen.

Augenblicklich sprang er aus dem Sack und landete mit der Geschmeidigkeit einer Katze auf dem Boden.

Er war frei!

Die Frage war allerdings, für wie lange.

Außerdem war »frei« ein großes Wort, denn er befand sich immer noch im Gefängnis. Was für eine bedrückende Einsicht! Da war er dem Tod von der Schippe gesprungen und wusste nicht, was er jetzt tun sollte.

Wie sollte er in seiner Häftlingskleidung und mit dem rasierten Schädel, der allen hier bestens bekannt war, aus dem Gefängnis kommen?

Elliot hatte zwar eine »zweite Phase« seines Plans erwähnt, war aber nicht näher darauf eingegangen, als hätte er keine große Hoffnung und sähe die Notwendigkeit nicht, weil die Umsetzung dieser zweiten Phase logischerweise vom sehr ungewissen Ausgang der ersten Phase abhing.

David überlegte rasch.

In jedem Fall durfte man nicht entdecken, dass die Schublade, in der sein Leichnam liegen sollte, leer war, sonst wüsste man gleich, dass er abgehauen war.

Er öffnete die Schublade neben der seinen. Darin war ein Plastiksack, den er gar nicht erst aufzog, denn es war klar, dass eine Leiche darin lag. Glücklicherweise war sie nicht zu schwer, sodass David sie ohne Schwierigkeiten in die Schublade legen konnte, aus der er soeben gestiegen war – oben auf den leeren Sack, der ihm kurzfristig als Leichentuch gedient hatte.

David war gerade dabei, die Schublade zu schließen, als er hörte, wie hinter ihm die Tür der Leichenhalle geöffnet wurde. Er hatte das Gefühl, in Ohnmacht zu fallen. Nun war er doch verloren! In wenigen Tagen würde er wieder auf dem elektrischen Stuhl sitzen, und dann gäbe es kein Entrinnen mehr …

Er drehte sich um und erblickte zu seiner großen Überraschung das freundliche, aber besorgte Gesicht des Gefängnisarztes Robert Norman, der seinen Tod festgestellt hatte. David lächelte ihm unsicher zu. Er wusste nicht, was der Mann in der Leichenhalle zu suchen hatte. Doch der Gefängnisarzt beruhigte ihn sogleich.

»Wir haben nicht viel Zeit«, sagte er, öffnete eine große Ledertasche und zog einen Pflegerkittel, Arztschuhe, eine blonde Perücke, das Käppi von Elliot sowie dessen Namensschild heraus.

»Schnell«, sagte Norman. »Ziehen Sie das an.«

David verkleidete sich, so schnell er konnte. Der Gefängnisarzt musterte ihn beeindruckt: Mit dem Schnauzer, der Perücke und dem Baseball-Käppi sah der Golftrainer, wenn man nicht allzu genau hinschaute, seinem Retter verblüffend ähnlich.

»Das Namensschild«, sagte Norman, während er die Sträflingskleidung in die Tasche stopfte.

David steckte sich das Schild rasch an. In der Leichenhalle hing ein kleiner Spiegel an der Wand, in den er nun einen kurzen Blick warf – es wäre zu dumm, wenn irgendeine Kleinigkeit ihn verraten würde. David rückte die Perücke ein wenig zurecht.

»Glauben Sie, dass wir Chancen haben, damit durchzukommen?«, fragte er besorgt.

»Das wird sich zeigen«, erwiderte der Arzt. »Reden Sie nur, wenn es sich nicht vermeiden lässt. Ihre Stimme klingt ganz anders als die Elliots.«

In der Tat hatte der Pfleger eine ziemlich hohe, leicht zittrige Stimme, besonders wenn er aufgeregt war. Davids Stimme hingegen war tief und wohlklingend, was seine Erfolge bei Frauen ebenso erklärte wie sein Schnauzer und seine blauen Augen.

»Elliot ist schweigsam. Außerdem wissen alle, dass Ihr ›Tod‹ ihn sehr mitgenommen hat. Man wird ihn also in Ruhe lassen. Wir werden gemeinsam versuchen, aus dem Gefängnis zu kommen.«

Norman öffnete die Tür und warf einen Blick in den Flur, der leer zu sein schien.

»Kommen Sie«, sagte er.

Die drei Minuten, die sie brauchten, um aus dem Gefängnis zu gelangen, waren die längsten in Davids Leben – sah man von der Zeit ab, als er auf dem elektrischen Stuhl auf seine Hinrichtung gewartet hatte.

Der Gefängnisarzt hatte sich nicht getäuscht. Alle hatten Mitleid mit dem Pfleger und ließen ihn in Ruhe, wünschten ihm nur einen schönen Tag. Es reichte, wenn David mit einem Kopfnicken antwortete oder den Mund verzog.

Schließlich kamen sie zum letzten Hindernis, dem Wachposten vor dem Gefängnistor. Der Arzt, den alle kannten und schätzten, wurde mit einem freundlichen »Guten Tag, Doc« begrüßt. Dann gingen er und David ungehindert weiter. Doch als sie nur noch zehn Schritte von der elektrischen Tür entfernt waren, rief der Wärter, der den Türöffner betätigte:

»Elliot?«

David, der es natürlich nicht gewohnt war, mit diesem Namen angesprochen zu werden, reagierte nicht gleich. Der Wärter glaubte, dass er nicht laut genug gewesen sei, und wiederholte den Ruf, energischer diesmal, aber nicht ungeduldig, weil er wie alle anderen über den Liebeskummer des Pflegers Bescheid wusste.

»Elliot?«

Es war der Arzt, der David mit einer Kopfbewegung darauf aufmerksam machte, dass er dem Wärter antworten musste. David lächelte geniert, blieb stehen und drehte sich zum Wärter um. Was wollte der Mann von ihm? Hatte er ihn in seiner lächerlichen Verkleidung erkannt? Davids Herz klopfte so heftig, dass es ihm in den Ohren dröhnte und er das Gefühl hatte, es würde ihm in der Brust zerspringen.

»Dein Schnürsenkel ist auf«, sagte der Wärter bloß.

Vor lauter Eile hatte David den Schnürsenkel seines linken Schuhs nicht richtig zugebunden, sodass er sich gelöst hatte.

Er lächelte und dankte dem Wärter mit einem Kopfnicken.

Doch als er sich hinkniete, um den Schnürsenkel zuzubinden, machte er einen Fehler. Er hatte vergessen, dass er eine Perücke und ein Käppi trug. Zu seinem Schreck sah er, wie beides ihm vor die Füße fiel. Er war gelähmt vor Furcht.

Der Arzt, der den Zwischenfall beobachtet hatte, warf David einen entsetzten Blick zu. Worauf wartete er denn noch? Warum setzte er Perücke und Käppi nicht schleunigst wieder auf?

Zu Davids großem Glück klingelte in diesem Moment das Telefon, und der Wärter griff sofort zum Hörer, sodass er Davids Missgeschick nicht bemerkte. David seufzte erleichtert.

Er war gerettet.

Er setzte Perücke und Käppi wieder auf, vergaß in der Eile aber den Schnürsenkel und machte sich auf den Weg zum Ausgang.

Als der Wärter aufgelegt hatte, wandte er sich wieder David zu und bemerkte, dass dessen Schnürsenkel immer noch – oder schon wieder – offen war. Doch er ließ es dabei bewenden und zuckte nur die Achseln.

Der Arzt schob die Tür des Gefängnishofes auf und ging hinaus, gefolgt von David.

43

Eine halbe Minute später saßen sie im luxuriösen Lexus des Arztes. Rasch ließ der Doc den Motor an. Jetzt brauchte David nur noch durch die Schranke zu kommen, die den Parkplatz des Gefängnisses von der Straße trennte. Doch das Erscheinen des Arztes genügte, um erst gar keinen Verdacht aufkommen zu lassen. Der Wärter bemerkte nicht einmal, dass noch jemand im Wagen saß.

David konnte es nicht fassen. Elliots Plan war gelungen, obwohl es so unwahrscheinlich gewesen war.

Er war wieder frei!

Doch für wie lange?

Das war die Frage.

Aber vielleicht konnte er in der Zeit, die ihm zur Verfügung stand, seine Unschuld beweisen …

Norman bog auf den Parkplatz eines Einkaufszentrums ein und hielt direkt neben einem schwarzen Honda Civic. Er ließ den Motor laufen, als er zu David sagte:

»Hier trennen sich unsere Wege.«

Er reichte David einen offenen Briefumschlag. Der warf einen Blick hinein. Es war Geld darin, mehrere Scheine zu zwanzig und hundert Dollar.

»Es sind tausend Dollar«, sagte der Arzt und reichte David einen Schlüsselbund. »Hier sind die Schlüssel des schwarzen Honda neben Ihnen. Der Wagen gehört Elliot.«

David war beeindruckt – nicht nur von der Klugheit des Pflegers, der an alles gedacht zu haben schien, sondern auch von dessen Großmut. Elliot riskierte wirklich viel für ihn, obwohl er ihn kaum kannte.

»Elliot fährt für zwei Wochen in Urlaub, nach Mexiko. Sollten Sie also erwischt werden, sagen Sie, dass Sie das

Auto gestohlen haben, damit er keinen Ärger bekommt. In zwei Wochen müssen Sie den Wagen allerdings zurückbringen und sich auf eine andere Art durchschlagen, falls …«

Norman verstummte. Bestimmt hatte er sagen wollen: »… falls Sie bis dahin noch auf freiem Fuß sind.«

»Warum tun Sie das alles für mich?«, fragte David.

»Aus rein egoistischen Gründen«, behauptete der Arzt. »Ich weiß, dass Sie unschuldig sind, und würde gern in Erfahrung bringen, ob es Gott gibt.«

David war überrascht von dieser metaphysischen Antwort. Er hätte nicht sagen können, ob der Arzt scherzte oder es ernst meinte. Nach kurzem Zögern fügte Norman erklärend hinzu:

»Ich hatte einen Sohn, der vor ein paar Jahren gestorben ist, weil keiner ihm eine zweite Chance geben wollte, ich selbst inbegriffen. Sie erinnern mich an ihn. Vielleicht kann ich an Ihnen gutmachen, was ich bei meinem Sohn versäumt habe.«

»Danke«, sagte David.

»Viel Glück«, entgegnete der Arzt.

David stieg aus, setzte sich in den Honda und ließ den Motor an.

Wieder ging ihm durch den Kopf, dass er frei war. Frei! Noch kam ihm dieser Gedanke unwirklich vor, zumal sein Ausbruch wahrhaft abenteuerlich gewesen war – gelinde ausgedrückt.

Ja, er war frei.

Aber wie lange? Wie viel Zeit brauchte man im Gefängnis, bis man bemerkte, dass er ausgebrochen war? Dass das Schubfach neben dem seinen in der Leichenhalle leer war?

Eine Stunde? Einen Tag? Eine Woche?

Er wusste es nicht.

Doch ihm war klar, dass er jede Sekunde dieser unverhofften Freiheit nutzen würde, um zu versuchen, die Gerechtigkeit wiederherzustellen.

Eine Zeit lang würde er eine Freiheit genießen, die nur wenige Menschen kannten – aus eben jenem Grund, dass man ihn für tot hielt. Doch seine Begeisterung legte sich sofort wieder. Ihm wurde klar, dass er zuerst sein Aussehen ändern musste, wollte er die Freiheit behalten. Denn solange er Elliot ähnelte, ähnelte er sich selbst noch zu sehr, auch wenn die Wahrscheinlichkeit gering war, dass man ihn erkannte, weil alle ihn für tot hielten.

Dennoch war nicht ausgeschlossen, dass man ihn erwischte.

Zwanzig Minuten später trat er mit allem, was er benötigte, um sein Aussehen zu verändern, aus einem Geschäft. Er hatte sich unauffällige Kleidung gekauft und sich ein Messer und Verbandszeug beschafft.

Und Bier.

In einem schäbigen Motel in einem New Yorker Vorort nahm er sich ein Zimmer. Es war ein deprimierender Raum mit einem alten Bett und ein paar klapprigen Möbeln, in dem es modrig roch. Dennoch genügte ein Tag im Gefängnis, um zu wissen, dass *alles* besser war als eine Zelle.

Er schaltete den Fernseher ein und wunderte sich, als das Gerät tatsächlich funktionierte. Obwohl er gern fernsah, ging es ihm jetzt vor allem darum, den Lärm zu übertönen, den er bei der Prozedur, der er sich nun unterziehen wollte, bestimmt machen würde. Zuvor aber zappte er kurz durch sämtliche Programme, ob sein Ausbruch erwähnt wurde. Zu seiner Beruhigung war das nicht der Fall.

Jetzt erwartete ihn eine weitere Aufgabe, der er sich nicht entziehen konnte.

David hatte ein Jagdmesser von ziemlich beeindruckender Größe gekauft, das er nun aus seinem Lederetui zog. Er stellte den Fernseher lauter und setzte sich mit dem Messer in der Hand auf den Bettrand. Dann schob er den linken Ärmel des Pflegerkittels hoch, den er immer noch trug, und drückte die Spitze des Messers auf das Innere seines Armes.

Wenn ihn jetzt jemand überrascht hätte – das Jagdmesser in der Hand und den ängstlichen Ausdruck im Gesicht –, hätte er den logischen Schluss gezogen, David wolle sich das Leben nehmen. Doch er wollte lediglich die Nadeln entfernen, die Elliot ihm am Tag zuvor in die Arme gestochen hatte. Je eher, desto besser – denn je mehr Zeit er verstreichen ließ, desto mehr würden die Nadeln einwachsen und desto schmerzlicher würde es sein, sie zu entfernen.

David biss die Zähne zusammen und setzte zum ersten kleinen Schnitt an. Sofort strömte das Blut. Er konnte die Spitze der ersten Nadel berühren und schaffte es, sie herauszuziehen, indem er mit der Spitze des Messers und des Zeigefingers eine Art Zange formte. Vor Schmerz verzog er das Gesicht.

Erleichtert ließ er die blutige Nadel in ein Glas fallen und verschnaufte ein wenig, Tränen in den Augen. Dann nahm er entschlossen die nächste Nadel in Angriff. Er fragte sich, warum der erfinderische Elliot es überhaupt für nötig befunden hatte, ihm so viele Nadeln in die Arme zu stechen. Andererseits wäre David jetzt vielleicht tot, hätte Elliot es nicht getan, also durfte er dem Pfleger seinen Übereifer nicht übel nehmen.

Er brauchte gut zehn Minuten, um die Nadeln aus dem linken Arm zu entfernen, was ihm relativ leicht fiel, weil er Rechtshänder war. Doch als er sich nach einer kurzen Pause an den rechten Arm machte, wurde es schwieriger, und der

Schmerz, den er dabei ertragen musste, war noch größer. Schließlich aber hatte er es geschafft.

Als er fertig war, betrachtete er erleichtert die blutigen Nadeln im Glas. Seine Arme sahen verunstaltet aus, doch er war weder Arzt noch Krankenpfleger und hatte obendrein nicht die geeigneten Instrumente. Deshalb war ihm keine andere Wahl geblieben, als die Sache selbst in die Hand zu nehmen. Hauptsache, er war diese verflixten Nadeln los.

David stand auf, ging ins Bad, wusch sich die Arme im lauwarmen Wasser des Waschbeckens, trocknete sie behutsam ab und verband sie. Dann duschte er ausgiebig, als wolle er alle Ängste und Schrecken der letzten Tage abspülen.

Zugleich versuchte er, sich einen Plan zurechtzulegen.

Was war als Erstes zu tun?

Sollte er mit seinem Anwalt Verbindung aufnehmen?

Nein, es war zu früh.

Und zu riskant.

Sollte er versuchen, Louisa Loria aufzuspüren, die bestimmt die Wahrheit kannte und als Zeugin auftreten konnte?

Ja, das wäre wohl das Beste.

Aber er hatte ihre Telefonnummer nicht. Außerdem war Louisa Loria bestimmt nicht ihr richtiger Name. Und ganz sicher stand ihr nicht der Sinn danach, ihm als Alibi zu dienen, indem sie vor Gericht aussagte, dass sie am Abend des Mordes an Louisa Eaton einen Teil der Nacht mit David im Plaza-Hotel verbracht hatte.

Nein, die beste Möglichkeit, Louisa Loria zu finden, bestand darin, sich mit dem Mann zu unterhalten, der sie beide zusammengebracht hatte.

Paul Loria.

David stieg aus der Duschkabine und trocknete sich ab. Als er sich rasierte, beschloss er schweren Herzens, vorsichtshalber seinen Schnurrbart zu opfern. Den Anblick seiner glatt rasierten Oberlippe, die er seit Jugendtagen nicht ohne Bart gesehen hatte, fand er seltsam. Doch es war besser so. Es war die richtige Entscheidung, denn es veränderte ihn sehr. Das Verschwinden seines Schnauzers verwandelte ihn gewissermaßen in einen anderen Mann.

Er zog den Pulli an, den er gerade erstanden hatte, sowie die Jeansjacke und die beige Stoffhose. Dann setzte er eine Sonnenbrille und das Baseball-Käppi auf.

Er warf einen Blick in den Spiegel. Er war kaum wieder zu erkennen. Sehr gut! Außerdem hielt man ihn für tot, und das machte ihn zu einer Art Phantom und verlieh ihm einen ganz besonderen Status. Er hätte den perfekten Mord begehen können. Denn wie sollte man einen Mann verdächtigen, der auf dem elektrischen Stuhl gestorben war?

Jetzt musste er nur noch warten, dass es dunkel wurde, damit er den Mistkerl aufsuchen konnte, der ihn so feige verraten hatte.

Doch bevor David sich dieser Aufgabe zuwandte, musste er sich um eine andere, in seinen Augen ebenso dringende Angelegenheit kümmern.

Eine Stunde, nachdem er sich unkenntlich gemacht hatte, parkte er sein Auto vor dem Hof des Kindergartens, den Lydia besuchte.

David wusste, dass er nicht mit ihr sprechen und nicht das Risiko eingehen durfte, dem Mädchen anzuvertrauen, dass er gar nicht tot war. Aber er könnte sie immerhin sehen. Doch als er sein Ziel erreichte, war der Hof des Kindergartens leer und verlassen. David wartete. Seine Geduld wurde belohnt, denn tatsächlich strömten bald Kinder ins

Freie, darunter das kleine Mädchen, das ihm mehr bedeutete als alles andere: Lydia. Sie rannte zu einer der Schaukeln.

Wie hübsch sie war mit ihren dunklen Zöpfen mit den roten Schleifen und ihrem niedlichen weißen Kleid! Wie sehr er diesen Moment auskostete, nachdem er voller Verzweiflung geglaubt hatte, sie nie wieder zu sehen!

Doch seine Freude war von kurzer Dauer.

Ein Polizeiwagen kam langsam in seine Richtung; offenbar fuhr er in diesem Viertel Streife.

David betrachtete sein Gesicht im Innenspiegel. Er musste sich eingestehen, dass er mit seinem Baseball-Käppi und der Sonnenbrille keinen besonders vertrauenerweckenden Anblick bot. Zumal er vor einem Kindergarten geparkt hatte. Für die Polizei würde es den Anschein erwecken, als würde er sich ein Opfer aussuchen. Denn er sah ganz und gar nicht wie ein Vater aus, der sein Kind abholen wollte. Zu allem Überfluss war es erst kurz nach ein Uhr mittags und noch zu früh, um seinen Nachwuchs abzuholen …

Aber vielleicht hatte man inzwischen sein Verschwinden bemerkt. Und was wäre logischer, als ihn hier zu suchen, in der Nähe des Kindergartens, den seine Tochter besuchte?

Im Fernsehen war über den Ausbruch zwar nicht berichtet worden, aber das konnte auch ein Trick sein, eine List der Gefängnisverwaltung, die seine wundersame Flucht vorerst lieber verschwieg, damit er sich in Sicherheit wiegte.

Wenn das der Fall war …

Das Risiko durfte er nicht eingehen! Obwohl er liebend gern noch Stunden geblieben wäre, um seiner Tochter beim Spielen zuzusehen, musste er weiter. David warf ihr einen letzten tränenfeuchten Blick zu.

Würde die glückliche Zeit, als er Lydia wenigstens ein

paar Tage im Monat sehen durfte, jemals wiederkommen? Wie schön ihm diese wenigen Tage jetzt erschienen, nachdem er dem Tod auf so fantastische Weise von der Schippe gesprungen war.

Doch wenn er erwischt wurde, ehe er Zeit gehabt hatte, seine Unschuld zu beweisen, wäre alles verloren.

Dann würde sein Henker sich nicht noch einmal täuschen lassen.

44

Es war halb zwölf Uhr nachts. Hastig und verärgert räumte Paul Loria seine Bar auf. Normalerweise schloss der Club an Wochentagen um elf Uhr, doch heute waren einige Clubmitglieder hängen geblieben, da sie sich nicht von ihrem Kartenspiel hatten losreißen können. Sie hatten dem Barkeeper in der Vergangenheit häufig großzügige Trinkgelder gegeben – obwohl es den Clubregeln zufolge streng verboten war –, also hatte Paul sie schlecht hinauswerfen können, allenfalls der Golfplatzbetreiber, und auch nur dann, wenn er keine Angst gehabt hätte, es könne der Verlängerung seines Pachtvertrags schaden …

An diesem Abend war Paul Loria besonders erschöpft. Er hatte an der Verschwörung gegen David Berger mitgewirkt, und unerwartet verspürte er Gewissensbisse, als er an die Folgen seines Verrats dachte. Er war sich nicht bewusst gewesen, dass der »kleine Gefallen«, um den Joseph Eaton ihn gebeten hatte, solch weit reichende Konsequenzen hatte und David schließlich auf den elektrischen Stuhl brachte. Sein Gewissen machte Paul Loria so sehr zu schaffen, dass er in der Nacht zuvor – der Nacht vor Davids Hinrichtung –, kein Auge zubekommen hatte.

Sein krankes Herz hatte sich bemerkbar gemacht, und er hatte den ganzen Tag schmerzhaftes Herzflattern gehabt, sodass er sich ernsthaft überlegt hatte, ob es nicht besser wäre, sich vertreten zu lassen. Nicht einmal seine Tabletten, die normalerweise wirkten, hatten die Schmerzen beseitigen können.

Als praktisch veranlagter Mensch sagte sich Paul, dass seine Gewissensbisse sich bald wieder legten. In spätestens zwei Wochen würde er nicht mehr an die Sache denken, und alles ginge wieder seinen Gang. Seinen Kardiologen aufzusuchen, war ein Gedanke, den Paul ausgesprochen deprimierend fand. Er war überzeugt, dass sein Arzt ihm mit neuen schlechten Nachrichten nur das Leben vermiesen würde, anstatt sein Leiden zu kurieren. Seine Frau, die pessimistisch veranlagt war und ihm ständig mit sämtlichem – tatsächlichem oder erfundenem – Unglück der Welt in den Ohren lag, reichte ihm vollauf, da musste er nicht obendrein noch zum Arzt gehen.

Endlich packten die Clubmitglieder unter lautem Gelächter ihr Kartenspiel zusammen. Die Verlierer zeigten sich von ihrer besten Seite und klagten nicht über ihre Verluste, die sich insgesamt auf mehr als tausend Dollar beliefen. Aber das war ja nur ein Taschengeld für diese Millionäre.

Sobald sie draußen waren, wischte Paul den Tisch ab. Das war normalerweise nicht seine Aufgabe, aber er hatte die letzte Bedienung um elf Uhr gehen lassen. Dann räumte er die Theke auf und verließ erschöpft den Club.

Plötzlich erinnerte er sich, dass er seine Tabletten liegen gelassen hatte. Er schlug sich an die Stirn und wollte schon kehrtmachen, als ihm einfiel, dass er stets eine Notpackung im Handschuhfach seines Wagens hatte. Er setzte seinen Weg fort.

Bald gelangte er zum Parkplatz. Der Parkwächter war längst nach Hause gegangen, also musste Paul selbst seinen Wagen holen. Außer David (dessen Trainerjob vorläufig mit seinem Stellvertreter besetzt worden war) und dem Golfplatzbetreiber genoss nur Paul das Privileg, dass sein Wagen für ihn geparkt und geholt wurde. Die anderen Angestellten mussten ihre Autos selbst abstellen.

Auf dem Parkplatz stand nur noch Pauls Wagen, ein schwarzer Dodge. Er stieg ein und wollte zum Zündschlüssel greifen, aber der steckte nicht im Schloss. Merkwürdig. Jim, der Parkplatzwächter, ließ den Schlüssel normalerweise stecken. Paul runzelte die Stirn und klappte die Sonnenblende herunter. Vielleicht hatte Jim den Schlüssel dahinter gesteckt. Aber dort war er auch nicht.

»Suchst du was Bestimmtes?«, fragte eine Stimme in Pauls Rücken.

Paul Loria erschrak fast zu Tode. Da war jemand auf der Rückbank … ein Mann, der sich plötzlich aufgerichtet hatte und ihm nun seinen Autoschlüssel unter die Nase hielt.

Doch es war nicht nur der Schock, der Paul durchfuhr: Er glaubte, die Stimme schon einmal gehört zu haben, ja, sie war ihm sogar vertraut. Aber ihm fiel nicht ein, woher er sie kannte …

Oder doch? Aber das konnte nicht sein! Das war verrückt, völlig unmöglich …

Paul wollte aus dem Wagen flüchten und um Hilfe rufen; dann aber sah er im Dunkeln die Schneide von Davids Messer schimmern. Paul glaubte, es mit einem Verrückten zu tun zu haben, oder mit einem Dieb, der sich in den Golfclub eingeschlichen hatte, um eines der reichen Mitglieder auszurauben.

»Wenn Sie auf mein Geld aus sind, bedienen Sie sich«, sagte Paul so ruhig er konnte, kramte in der Tasche, holte seine Geldbörse heraus und reichte sie David.

Anstatt zu antworten, knurrte dieser nur verächtlich, warf die Schlüssel auf die Rückbank und fragte:

»Warum hast du mir das angetan?«

Loria hatte das Gefühl, sein personifiziertes schlechtes Gewissen spräche zu ihm. Das Gespenst seines Schuldgefühls schien plötzlich zu Fleisch und Blut geworden zu sein, um ihn zu quälen. Als hätte sein Gewissen ihm mit den ständigen Angstanfällen an diesem Tag nicht schon genug zugesetzt! Und wieder war da diese vertraute Stimme …

Pauls Verdacht erhärtete sich. Aber das war völlig ausgeschlossen. Das konnte unmöglich sein! Außerdem war es dunkel, und da war diese Verkleidung, das Käppi, der kahle Schädel und die Sonnenbrille …

»Was … habe ich denn getan?«, fragte Loria so unschuldig er konnte.

»Das weißt du doch.«

Der Barkeeper spürte ein Ziehen in der Brust. Er fürchtete, wieder Herzflattern zu bekommen. Dieser Fremde musste ein Verrückter sein, der unter Verfolgungswahn litt und ihn mit jemandem verwechselte, an dem er sich rächen wollte. Er musste vorsichtig sein. Er durfte diesen gefährlichen, bewaffneten Irren nicht reizen. Er musste versuchen, diesen Wahnsinnigen zu beschwichtigen …

»Aber ich habe Ihnen nichts getan, ich schwör's!«

»Erkennst du mich denn nicht, Paul?«, fragte David mit ruhiger, jedoch bitterer Stimme, in der die Trauer mitschwang, von einem Freund verraten worden zu sein.

Wieder erschrak Paul bis ins Mark. Der Verrückte hatte ihn beim Namen genannt, also mussten sie sich kennen. Trotzdem erkannte er den Fremden immer noch nicht.

»Ich bin es, dein Freund …«, sagte David und nahm die Brille ab. Trotz des Halbdunkels konnte Paul Loria Davids Augen erkennen, diese blauen Augen, die für gewöhnlich so sanft waren, heute Abend jedoch Furcht erregend blitzten.

»David?«, rief Loria aus. Er befürchtete, den Verstand zu verlieren. Der ehemalige Golftrainer saß hinter ihm wie eine Erscheinung, wie ein Geist. »Aber … du bist tot, David!«

»Ja, ich bin tot. Und du hast mich ermordet.«

Einen kurzen Augenblick war Paul sicher, nur einen bösen Traum zu erleben. Denn wie sonst sollte er sich die Anwesenheit dieses Gespensts erklären? Es war vollkommen unmöglich, dass David hinten im Wagen saß und ihn mit einem Messer bedrohte! Er war am Morgen dieses Tages hingerichtet worden! Seine Leiche musste sich jetzt, in diesem Augenblick, in der Leichenhalle des Gefängnisses befinden.

»David, du … Ich verstehe nicht.«

»Gott hat dir einen Strich durch die Rechnung gemacht.«

Das war zu viel. Die Schmerzen in Lorias Brust wurden unerträglich, und sein Gesicht wurde noch blasser als zuvor, als wäre alles Blut, das von seinem zusehends schwächeren Herzen durch den Körper gepumpt wurde, daraus gewichen. Der Barmann beugte sich zum Handschuhfach vor, und David sah ihm halb belustigt, halb verächtlich zu.

Er ließ ihn im Fach wühlen und beobachtete, wie Loria immer mehr in Panik geriet, weil er nicht finden konnte, wonach er suchte. Bald war sein vor Angst verzerrtes Gesicht schweißbedeckt – und das lag nicht nur daran, dass diese Nacht besonders warm war. Ihn überkam das Gefühl, als ob sich alles auflöste, nicht nur in seinem Körper, auch in seiner Umgebung, wie in einem Albtraum, der Wirklichkeit geworden war. Seine Tabletten waren doch sonst immer da! Sie konnten doch nicht einfach verschwunden sein! Wenn er sie nicht fand, würde er vielleicht sterben, jetzt und hier, in seinem Auto! Diese Aussicht jagte ihm einen noch größeren Schrecken ein als der Gedanke an David, und dabei brauchte er absolute Ruhe und seine verdammten Pillen!

Plötzlich – und das war noch schmerzhafter und schlimmer als das Herzflattern – schien ihm ein schwerer Balken auf der Brust zu liegen, und er hatte einen widerlichen Geschmack im Mund, den er nur zu gut kannte: Es war der Geschmack von Blut. Es passierte nicht das erste Mal, aber er hatte seinem Arzt nie davon erzählt aus Angst, was es bedeuten könnte. Lieber wollte er im Ungewissen bleiben.

Diesmal aber war es schlimmer als je zuvor. Es schien, als hätte er buchstäblich Blut gelöffelt. War das der tödliche Herzinfarkt, vor dem er sich immer schon gefürchtet hatte, seit er vor ein paar Jahren einen ersten Infarkt erlitten hatte?

Inzwischen war das Handschuhfach vollständig geleert, und der gesamte Inhalt – Stadtpläne, Versicherungspapiere, Tempotücher – lag auf dem Beifahrersitz. Loria saß stocksteif und ohnmächtig da, außer sich vor Angst, weil er das rettende Fläschchen nicht gefunden hatte.

»Hast du gefunden, wonach du suchst?«, fragte David, der Loria hatte zappeln lassen.

Paul Loria drehte sich um und riss die Augen auf, als er das Fläschchen sah, das David ihm unter die Nase hielt. Zitternd streckte er die Hand danach aus, doch David zog das Fläschchen rasch zurück, als der Barkeeper danach greifen wollte.

»David, ich brauche meine Pillen!«, sagte Loria flehentlich. »Du musst sie mir geben, sofort, sonst bringst du mich um!«

»Ich bin doch tot«, gab David ironisch zurück. »Wie könnte ich dich da umbringen?«

Loria verzog das Gesicht. Er wusste, dass er nichts tun konnte, dass er David auf Gedeih und Verderb ausgeliefert war. Er hätte schreien können und um Hilfe rufen, doch der Golfclub war um diese Zeit verlassen. Niemand würde ihn hören. Außerdem könnte David ihm in der Zwischenzeit die Kehle durchschneiden. Er war kein gewalttätiger Mann, doch Loria konnte sich denken, dass er vom Wunsch nach Rache erfüllt war. Außerdem konnte er den perfekten Mord begehen, weil er für tot gehalten wurde.

Dies alles steigerte Lorias Angst und seine ohnmächtige Wut.

»Wie viel hat Eaton dir bezahlt?«, fragte David.

»Er hat mir nichts bezahlt, ich schwör's. Außerdem wusste ich nicht, dass seine Frau ermordet werden sollte … Ich habe auch keine Ahnung, wie es überhaupt dazu gekommen ist …«

»Du lügst.«

»Lass mich dir erklären, was ich weiß. Eines Abends, als ich die Bar gerade schließen wollte, kam Eaton zu mir. Ich habe ihn noch nie so erlebt. Er war in einem schrecklichen Zustand und sah verzweifelt aus. ›Was ich dir jetzt sagen werde, muss unbedingt unter uns bleiben‹, sagte er. ›Meine Frau betrügt mich mit dem Trainer des Clubs.‹ Ich konnte es nicht fassen und sagte mir, dass du total verrückt sein musst, eine Affäre mit der Frau des Golfclub-Vorsitzenden anzufangen, und dass du deinen Job verlierst. Ich habe Eaton gefragt, was er unternehmen will … ob er vorhat, dich zu entlassen. Zu meiner großen Überraschung sagte er: ›Das wäre David gegenüber ungerecht. Ich bin sicher, dass meine Frau die Initiative ergriffen hat. Ich habe mir etwas anderes ausgedacht …‹ Und dann hat er mir das Foto gezeigt, das ich dir gegeben habe. Ich konnte es nicht fassen. Zuerst habe ich die Frau auf dem Foto für Louisas neue Frau gehalten, doch Eaton sagte: ›Es ist ein Callgirl. Ich habe sie bezahlt, damit sie David verführt. Du wirst ihm sagen, dass sie deine Nichte ist, die gerade nach New York gezogen ist, damit er nicht merkt, dass sie eine Professionelle ist.‹ Du solltest mit dem Mädchen in ein Hotel gehen oder an einen anderen Ort, wo du mit ihr zusammen gesehen wirst. Eaton hatte einen Privatdetektiv engagiert und wollte seiner Frau später die Fotos zeigen, damit sie glaubt, du würdest sie hintergehen und dich verlassen. Dann wäre es nicht zum Skandal gekommen.«

»Du lügst«, sagte David. »Ich weiß, dass du lügst.«

»Aber wenn es ich dir sage!«

Bei diesen Worten führte Loria die Hand wieder zum Herzen, denn der Schmerz war schier unerträglich geworden. Jetzt bekam er auch noch einen Schwindelanfall, als wäre sein Gehirn nicht mehr ausreichend durchblutet. Seine Augen weiteten sich. Er spürte, dass er ohnmächtig würde, wenn ihm nicht bald jemand half – was zu dieser nachtschlafenden Stunde und auf diesem gottverlassenen Parkplatz des Golfclubs jedoch höchst unwahrscheinlich war.

»David, du musst mir meine Tabletten geben, sonst …«

»Du hast mich angelogen!«

»Ich … ich wusste doch nicht, dass es so schwer wiegende Konsequenzen hat! Eaton hat mir nicht gesagt, dass er seiner Frau von eurem Rendezvous erzählen wollte. Eigentlich wollte er ihr nur die Fotos zeigen, aber vielleicht sollte sie dich und das Callgirl ja doch auf frischer Tat ertappen. Ich ... Ich fand die Idee gar nicht übel, weil du dann aus dem Schneider gewesen wärst und nicht entlassen würdest. Außerdem hatte ich keine Wahl. Ich musste Eaton diesen Dienst erweisen ...«

»Weil er der Vorsitzende des Golfclubs ist und einen Haufen Kohle hat!«

»Ja, weil er der Boss des Golfclubs ist und ich nur ein kleiner Angestellter, herzkrank und weit davon entfernt, Millionär zu sein. Aber auch deshalb, weil Eaton mir vor langer Zeit einen großen Gefallen getan hat und ich ihm nicht widersprechen konnte ...«

Auf Davids Gesicht spiegelte sich wachsende Bestürzung. Was war, wenn Louisa auf Geheiß ihres Mannes oder eines seiner Komplizen tatsächlich ins Plaza-Hotel geeilt war und ihn dort überrascht hatte, in den Armen einer jungen Frau, die ihr zu allem Überfluss aufs Haar glich? Vielleicht hatte sie aus Wut oder Eifersucht das Callgirl angegriffen, und das Mädchen hatte Louisa in Notwehr getötet?

»Vor vielen Jahren«, fuhr Loria mit erstickter Stimme fort, »als ich gerade hier im Club angefangen hatte, da habe ich ...«

Er stockte. Es fiel ihm offensichtlich schwer, dieses Geständnis zu machen. Dann aber sprach er weiter:

»Ich habe einen furchtbaren Fehler gemacht. Ich hatte getrunken und ... habe eine Frau getötet, hier, auf dem Parkplatz ... eine Bedienung. Es war dunkel, und ich war müde. Ich habe sie beim Zurücksetzen überfahren ... es war ein dummer Unfall. Wäre Eaton damals nicht gewesen, wäre ich für etliche Jahre ins Gefängnis gewandert. Er hat seine Beziehungen spielen lassen, um die ganze Sache im Keim zu ersticken.«

Loria hatte voller Verzweiflung gesprochen und sah David nun flehentlich an.

»Ich glaube dir kein Wort. Ich weiß nur, dass du mich belogen hast, und dass ich deshalb als Mörder angeklagt und zum Tod auf dem elektrischen Stuhl verurteilt wurde. Und wenn es mir nicht gelingt, die Wahrheit aufzudecken, bin ich am Ende. Du widerst mich an!«

Loria streckte David die Hand entgegen.

»David, bitte, gib mir die Tabletten, ich brauch sie unbedingt …«

»Und ich brauche den Namen und die Telefonnummer dieses Callgirls. Sie ist die Einzige, die für mich aussagen kann.«

»Sie heißt … Patrizia«, brachte der Barkeeper mühsam hervor. »Ihren Familiennamen … weiß ich nicht. Aber ich habe eine Telefonnummer, unter der du sie … erreichen kannst …«

Rasch zog er ein kleines, zusammengefaltetes Stück Papier aus seinem Geldbeutel, faltete es auseinander und wollte David die Rufnummer vorlesen, doch der riss Loria den Zettel ungeduldig aus der Hand, nachdem er das Fläschchen mit den Pillen in einer seiner Taschen verstaut hatte. Er sah sich den Zettel an. Es stand nur »Patrizia« darauf, dahinter eine Telefonnummer.

Ohne dem Barkeeper seine Tabletten zu geben, stieg David aus. Er machte sich nicht einmal die Mühe, die Tür hinter sich zuzuschlagen, so angewidert war er von dem, was er erfahren hatte.

Er steckte das Messer in eine der Taschen seiner Jeansjacke und machte sich auf den Weg zu seinem Wagen, den er vorsichtshalber in einem kleinen Waldstück unweit des Eingangs zum Golfclub abgestellt hatte.

Doch bald blieb er stehen. Allmählich beruhigte er sich. Wenn es stimmte, was Paul Loria gesagt hatte, war er von Eaton ausgenutzt worden – was nicht erstaunlich wäre, denn der Multimillionär stand in dem Ruf, alles und jeden auszunutzen, um seine Ziele zu erreichen.

Also war in Wahrheit Eaton der Schuldige und nicht der Barkeeper. Eaton war derjenige, der alles inszeniert hatte – wie es aussah, um seine Frau eifersüchtig zu machen und eine Trennung zu provozieren. Doch wie hatten die Dinge eine so dramatische Wendung nehmen können, wenn Eaton wirklich nur darauf aus gewesen war, dass Louisa ihn, David, mit dem Callgirl im Bett erwischte?

An diesem Abend hätte alles geschehen können. David fragte sich ängstlich, ob er gar selbst seine Geliebte mit einem Kopfkissen erstickt hatte, im Affekt, und ob er dann unter Schock und aus Abscheu vor dem eigenen Verbrechen das Gedächtnis verloren und das Geschehene verdrängt hatte ...?

David bekam ein schlechtes Gewissen und machte kehrt, um Paul Loria seine Tabletten zu geben. In aller Eile kehrte er zum schwarzen Dodge zurück.

Die Fahrertür stand offen, und das Auto war leer. Loria, der anscheinend versucht hatte, seine Tabletten in der Bar zu holen, war nicht weit gekommen. Offensichtlich von einem Herzinfarkt dahingerafft, lag er auf dem Parkplatz, zehn Schritte von seinem Wagen entfernt. Mit weit offenen Augen schien er für immer das wunderbare Grün des ersten Lochs zu betrachten.

David warf das nutzlose Fläschchen mit den Tabletten ins nahe Gebüsch. Das war zwar unvorsichtig, aber er war nicht Herr seiner selbst.

Dann machte er, dass er davonkam.

45

Wann heiraten wir, Liebling?«, fragte Sylvia Gere und tunkte die Spitze ihres Croissants in eine große Tasse Milchkaffee.

Die neunundzwanzigjährige Schönheit mit den langen schwarzen Haaren und den blauen Augen trug ein sehr luftiges rosa Negligé. Sie saß im Bett und frühstückte zusammen mit ihrem Liebhaber Joseph Eaton, der in seinem elfenbeinfarbenen Pyjama sehr elegant aussah.

Ihre Frage schien dem Multimillionär auf die Nerven zu gehen. Vielleicht, weil es nicht das erste Mal war, dass die junge Frau ihm diese Frage stellte. Vielleicht, weil Eaton es nicht mehr hören konnte. Oder lag es bloß an der ein wenig schrillen Stimme seiner Geliebten, an die er sich einfach nicht gewöhnen konnte? Seine verstorbene Frau hatte auch ihre Fehler gehabt, hatte sich sogar einen Liebhaber genommen, aber sie war ihm wenigstens nicht ständig auf die Nerven gegangen …

Warum konnte Sylvia denn nicht begreifen, dass er nichts weiter wollte, als in Ruhe seinen Kaffee zu trinken und sich dabei die Morgennachrichten in dem großen Fernseher anzuschauen, den er in sein riesiges Schlafgemach hatte einbauen lassen?

Aber er musste wohl oder übel auf Sylvias Frage reagieren, sonst würde dieses sture Weib ewig darauf herumreiten!

»Warum fragst du mich?«

»Weil du mir versprochen hast, dass wir heiraten, sobald du geschieden bist.«

»Aber ich bin doch nicht geschieden.«

»Deine Frau ist tot, das kommt auf dasselbe heraus.«

»Eben nicht. Wenn wir gleich heiraten, schöpft die Polizei Verdacht.«

»Was denn für einen Verdacht? Der Mörder deiner Frau ist auf dem elektrischen Stuhl gelandet.«

Wie unsäglich nervtötend Sylvia doch war mit ihrer Angewohnheit, ihm ständig zu widersprechen! Besonders, wenn sie ihm ein Heiratsversprechen entlocken wollte! Nichts hasste Joseph Eaton mehr. Außerdem war er gerade erst mit heiler Haut aus einer Ehe entronnen, die ihn Unsummen gekostet und seinen Namen in den Schmutz gezogen hatte, weil seine Frau so dreist gewesen war, sich einen Liebhaber zu nehmen …

»Ich weiß, ich weiß«, sagte Eaton dennoch beschwichtigend. »Aber ich will lieber noch ein bisschen Zeit verstreichen lassen.«

»Aber Schätzchen, ob du nun geschieden bist oder deine Frau umgebracht wurde, ist doch ganz egal. Es ändert nichts daran, dass du jetzt frei bist. Und du hattest mir doch versprochen, dass wir dann heiraten!«

Beinahe wäre Eaton herausgerutscht, dass er schön blöd wäre, seine Freiheit gleich wieder aufs Spiel zu setzen, doch er verkniff sich die Bemerkung.

Er bereute schon jetzt, Sylvia zur Geliebten genommen zu haben. Er musste zusehen, wie er sie loswurde. Nicht gleich, das wäre zu riskant. Sylvia hatte zwar nicht gerade Kernphysik studiert, doch auf den Kopf gefallen war sie auch nicht.

Vielleicht hatte sie sogar etwas entdeckt …

Er hätte sich wirklich eine jüngere Geliebte nehmen sollen, denn zu allem Überfluss litt Sylvia mit ihren neunundzwanzig Jahren an derselben Krankheit wie alle Frauen, die auf die dreißig zugingen: Sie wollte unbedingt Kinder!

»Hab noch ein wenig Geduld, Liebling«, sagte Eaton, obwohl er ihr viel lieber ein für alle Mal einen Korb gegeben hätte.

»Hab Geduld, hab Geduld! Geduld habe ich schon seit fast zwei Jahren!«, protestierte sie und warf ihr Croissant auf das Tablett. Er hatte ihr gründlich den Appetit verdorben. »Glaubst du denn, dass es für eine Frau angenehm ist, nie zu wissen, woran sie eigentlich ist?«

Doch auf diese erneute Attacke ging er gar nicht erst ein, denn etwas anderes erregte seine Aufmerksamkeit.

»Warte«, sagte er, hob die Hand und wies auf den Bildschirm, auf dem eine Sondersendung lief. Es wurde über einen rätselhaften Todesfall berichtet. An einem Ort, den Eaton nur allzu gut kannte: dem Hampton Country Golfclub. Und den Toten kannte er ebenfalls gut: Paul Loria!

Im Fernsehen wurden Bilder von ihm gezeigt, wie er tot auf dem Parkplatz des exklusiven Golfclubs lag.

Jim, der Parkplatzwächter, der stets als einer der Ersten in den Golfclub kam, hatte die Leiche entdeckt.

Der Polizei und den Journalisten, die zum Ort des Geschehens geeilt waren, hatte Jim auf ihre Fragen erklärt, der Barkeeper sei seit langem herzkrank gewesen und sicher eines natürlichen Todes gestorben.

Doch war es wirklich ein natürlicher Tod gewesen? Es gab einige offene Fragen. Zum Beispiel hatten zwei Wagentüren offen gestanden – die des Fahrers, was nicht weiter verwunderlich war, aber auch eine der hinteren Türen, nämlich die auf der Fahrerseite.

Als hätte es einen Zeugen gegeben, einen weiteren Fahrgast, der zum Zeitpunkt des Todes im Wagen gewesen war. Oder hatte gar ein Mörder auf der Rückbank gesessen, auf der – ein weiteres unerklärliches Detail – Lorias Schlüsselbund gefunden worden war …?

»Verdammt!«, stieß Eaton hervor.

»Was ist denn, Liebling?«, fragte seine Geliebte, die keine Ahnung hatte, was los war.

»Ach, nichts weiter«, entgegnete Eaton. Sein Instinkt, der ihm in geschäftlichen Dingen so oft gute Dienste geleistet hatte, sagte ihm, dass an Paul Lorias Tod irgendetwas nicht stimmte. Natürlich wusste er von Lorias angeknackster Gesundheit, und es war ihm bekannt, dass Loria bereits vor langer Zeit einen ersten Herzinfarkt gehabt hatte, aber trotzdem …

David Berger wäre als Täter in Frage gekommen; er hätte allen Grund gehabt, sich an Loria zu rächen. Doch das konnte ja nicht sein – Berger war längst tot.

Aber wer, zum Teufel, konnte es dann gewesen sein?

Jemand, der die Wahrheit kannte.

Joseph Eaton pflegte die Dinge nicht auf die leichte Schulter zu nehmen, und ganz bestimmt nicht eine so heikle Sache, die für ihn gefährlich werden konnte.

Er griff zum Telefonhörer und rief Inspektor More in dessen Dienststelle an, obwohl es gerade erst acht Uhr morgens war.

46

Nachdem More sich gemeldet hatte, fragte Eaton ihn besorgt:

»Glauben Sie, Paul Loria könnte ermordet worden sein?«

»Ich weiß es nicht, Mr Eaton. Es ist noch zu früh, das sagen zu können. Wir fangen gerade erst mit den Ermittlungen an.«

Michael More war nervös, denn er war sich bewusst, mit wem er es zu tun hatte: mit Joseph Eaton, dem Multimillionär, der überall die Finger im Spiel hatte – in der Justiz wie in der Politik. Er wollte Eaton weder verärgern noch die Ungeduld, die er aus seiner Stimme heraushörte, durch einen unglücklichen Kommentar verstärken. More wunderte sich auch nicht über Eatons Aufgeregtheit und Ungeduld, schließlich hatte sich der mysteriöse Todesfall auf dem Gelände des Golfclubs ereignet, dessen Vorsitzender er war.

Und was wollte Eaton überhaupt? Sollte die ganze Sache im Keim erstickt werden? Oder wollte er ganz im Gegenteil, dass die Ermittlungen möglichst schnell vorangetrieben wurden?

Eaton klärte den Inspektor sehr bald auf, und dies auf sehr eindeutige Weise:

»Ich möchte, dass Sie die ganze Wahrheit über diese Geschichte ans Licht bringen, und zwar so schnell wie möglich.«

»In Ordnung, Mr Eaton, ich verstehe.« Nach kurzem Zögern nutzte More die Gelegenheit, dem Multimillionär eine Frage zu stellen. Vorsichtig erkundigte er sich:

»Sagen Sie mir bitte, Mr Eaton, hatte Paul Loria Feinde?«

»Nein, im Golfclub mochten ihn alle. Er war ein Gentleman. Der Einzige, der …«

Eaton stockte.

»Ja, Sir?«, fragte der Inspektor.

»Nichts. Es ist nicht wichtig.«

»Sagen Sie es trotzdem. Man kann nie wissen.«

»Nun, der Einzige, mit dem Loria sich nicht gut verstanden hat, ist tot. David Berger.«

Das war nun wirklich keine heiße Spur: ein Toter.

»Danke für Ihren Anruf, Mr Eaton. Sobald ich mehr weiß, melde ich mich bei Ihnen.«

Das sollte schon sehr bald der Fall sein, bereits am frühen Nachmittag.

More hatte dem Experten, der die Fingerabdrücke untersuchte, die man in Paul Lorias Wagen gefunden hatte, von Eatons Bemerkung erzählt, dass der einzige Feind, den das Opfer gehabt habe, tot sei: David Berger.

Zufällig war es derselbe Experte, der den Mord an Louisa Eaton untersucht hatte. Und Mores Worte brachten ihn auf eine Idee. Der Experte hatte Fingerabdrücke am Handschuhfach von Lorias Wagen gefunden, am Autoschlüssel sowie auf einem Tablettenfläschchen, das im Gebüsch unweit des Parkplatzes entdeckt worden war. Nun verglich der Experte diese Fingerabdrücke auf seinem Computerbildschirm mit denen David Bergers.

Das konnte doch nicht wahr sein!

Rasch gab der Experte mehrere Befehle ein.

Der Computer bestätigte ein zweites Mal eine völlige Übereinstimmung der frischen Fingerabdrücke mit den bereits gespeicherten von David Berger!

Wie war das möglich? Aber der Computer konnte sich unmöglich täuschen – nicht, wenn so viele Fingerabdrücke zur Verfügung standen, und erst recht nicht, wenn sie so deutlich waren.

Der Experte teilte More seine unglaubliche Entdeckung mit.

Wie zu erwarten, reagierte der Inspektor zuerst mit Fassungslosigkeit. Dann legte er sich verschiedene Theorien zurecht.

David Berger hatte lange Zeit im Hampton Country Golfclub gearbeitet; deshalb war nicht ausgeschlossen, dass er zu einem viel früheren Zeitpunkt in Lorias Auto gewesen war und dort seine Fingerabdrücke hinterlassen hatte.

Doch in der Zeit, die David von seiner Festnahme bis zur Hinrichtung im Gefängnis verbracht hatte, hatte Loria seinen Wagen nachweislich bei einer Reinigungsfirma abgegeben, die den Wagen von innen und außen gesäubert hatte, da Loria selbst wegen seines schwachen Herzens den Wagen nicht mehr putzen konnte, sodass die Fingerabdrücke eigentlich gar nicht existieren durften …

Unfassbar.

More war völlig ratlos. Dann aber griff er kurz entschlossen zum Hörer und rief den Gefängnisdirektor an, um ihm ein paar Fragen zu stellen.

»Aber das sind doch Hirngespinste! David Berger wurde hingerichtet!«, wehrte der Direktor heftig ab. »Was soll dieser Unfug? Ich habe Besseres zu tun, als meine Zeit zu vergeuden!«

»Die Fingerabdrücke sind echt, Herr Direktor, und wurden in der Zeit hinterlassen, als Berger bei Ihnen als Häftling einsaß«, sagte More mit frostiger Stimme. »Ich kann Sie gern mit meinem Experten verbinden.«

Der Gefängnisdirektor machte sich nicht die Mühe, Inspektor More zu antworten. Ohne ein weiteres Wort knallte er den Hörer auf die Gabel.

Dennoch ließ die Angelegenheit ihm den Rest des Tages keine Ruhe. Er brachte es nicht fertig, nach Hause zu fahren, ohne völlige Gewissheit zu haben. Vor allem wollte er dem arroganten More das Maul stopfen. Wenn er dem Inspektor den Totenschein Bergers faxte, würde dieser Trottel schon die Klappe halten!

Also rief er seine Sekretärin und bat sie, David Bergers Totenschein herauszusuchen, was ihr auf die Schnelle jedoch nicht gelang. Es war jetzt fast fünf Uhr, und sie musste ihre Tochter am Kindergarten abholen.

Der Gefängnisdirektor fluchte. Dann würde er den verflixten Totenschein eben selbst ausstellen, unterschreiben und diesem unverschämten More schicken!

Er rief den Gefängniswärter zu sich, der den toten David Berger in die Leichenhalle gebracht hatte, ging mit ihm zusammen dorthin und bat ihn, ihm die Leiche zu zeigen. Der Wärter fragte sich zwar, wozu das gut sein sollte, aber Chef war schließlich Chef, und der Direktor hatte den Ruf, ein verschrobener Tyrann zu sein, der seine Entscheidungen ungern rechtfertigte. Also schaute der Wärter im Register nach: David, oder vielmehr seine Leiche, befand sich in Schublade Nummer drei. Er zog sie auf.

Der Gefängnisdirektor betrachtete den Leichensack misstrauisch. Der Wärter runzelte die Stirn. Reichte ihm das nicht? Es sah nicht danach aus.

»Machen Sie ihn auf«, befahl der Direktor.

Der Wärter fand die Idee seines Chefs merkwürdig, aber wenn er darauf bestand …

Außerdem waren die Leichen zum Glück tiefgefroren.

Er zog den Reißverschluss auf, und der Direktor beugte sich über den Sack.

Es war nicht David Berger!

»Ich habe keine Ahnung, was passiert ist«, stammelte der Wärter fassungslos.

Dem Gefängnisdirektor blieb nichts anderes übrig, als Polizeiinspektor More vom Verschwinden der Leiche David Bergers zu unterrichten.

Der Einzige, der sich noch fassungsloser zeigte als More, als er die unglaubliche Neuigkeit erfuhr, war Joseph Eaton.

Mit bebender Stimme und bleichem Gesicht dankte er

dem Inspektor für die Information und bat ihn anzurufen, sobald man die Leiche gefunden hatte – falls sie in diesem chaotischen Gefängnis je wieder auftauchte! Dann rief er den einzigen Mann an, der ihm jetzt noch helfen konnte, bevor es zu spät war – für den unwahrscheinlichen Fall, dass David Berger tatsächlich den elektrischen Stuhl überlebt hatte und aus dem Hochsicherheitstrakt entkommen war.

Und das war ein Ding der Unmöglichkeit.

47

David hatte ihre Stimme am anderen Ende der Leitung sofort wieder erkannt. Ob sie seine Stimme ebenfalls erkennen würde? Das war unwahrscheinlich, vor allem nach nur einem einzigen Treffen, bei dem sie einiges getrunken hatte. Außerdem war nun schon einige Zeit vergangen.

Nachdem sie ein paar Worte gewechselt hatten, war David sicher, dass ihr seine Stimme nichts sagte und dass sie ihn nur für einen von vielen Freiern hielt.

Nachdem er sich seiner Anonymität vergewissert hatte, bestellte er sie für neun Uhr abends in das schäbige Motel, in dem er abgestiegen war.

Der Chauffeur, der sie brachte, blieb auf der Schwelle stehen und wartete geduldig.

»Hatten Sie einen Begleitservice bestellt?«, erkundigte sie sich.

»Ja, treten Sie ein«, sagte David.

Doch bevor sie ihren Fuß über die Schwelle setzte, schätzte sie ihn in Sekundenschnelle ab, was bei ihrem Job sehr wichtig war, mitunter lebenswichtig. Der Bursche sah ein wenig seltsam aus mit seinem Baseball-Käppi, das er sogar im Haus trug, schien ansonsten aber ganz normal zu sein.

Sie betrat das Zimmer und sagte: »Ich muss kurz telefonieren.«

David machte die Tür hinter ihr zu.

Die junge Frau zog ein Handy aus ihrer großen Handtasche, in die sie alles hineingestopft hatte, was sie benötigte, unter anderem ein kleines Arsenal von Kondomen verschiedenster Art. Dann entließ sie den Chauffeur, der sofort eingegriffen hätte, hätte es ein Problem mit David gegeben. Er würde die junge Frau abholen, wenn sie ihn wieder anrief.

David hasste diese Frau, weil sie an seiner schrecklichen Situation schuld war; dennoch war er nicht völlig unempfänglich für ihre Reize. Und das lag bestimmt nicht nur daran, dass er im Gefängnis die ganze Zeit auf weibliche Gesellschaft hatte verzichten müssen.

Diesmal war sie nicht so gekleidet wie am Tag ihres ersten Treffens, als sie sich als ehemalige Zahnärztin ausgeben musste, die vom Kuchen des schriftstellerischen Ruhms kosten wollte. Sie war stark geschminkt, mit einem leuchtend roten Mund, blauen Lidern und Rouge auf den Wangen, und sie trug ein kurzes knallgrünes Oberteil, das ihren Bauchnabel frei ließ. Ihre Beine steckten in eng anliegenden schwarzen Leggings. Anders als am ersten Abend hatte sie ihr Haar aufgesteckt, und mit ihren hochhackigen Stiefeletten wirkte sie größer, als sie war.

An diesem Abend konnte man ihr den Beruf – das älteste Gewerbe der Welt – noch deutlicher ansehen.

Sie hatte ihr Handy wieder zugeklappt und ging nun

selbstbewusst, mit ausgestreckter Hand, auf David zu, wie es Vertreter zu Beginn einer geschäftlichen Unterredung zu tun pflegen.

»Hallo, ich heiße Patrizia.«

»Patrizia«, sagte er und drückte ihr mit einem Lächeln die Hand, obwohl er sie lieber erwürgt hätte.

»Und wie heißt du?«, fragte sie und lächelte ebenfalls.

»David«, erwiderte er wahrheitsgemäß.

»David …?«

»Kennst du denn schon einen David?«

»Nein, nein«, entgegnete sie, blieb aber unsicher. Der Name sagte ihr irgendetwas. Und dann war da noch diese Stimme, die ihr ebenfalls bekannt vorkam. Doch sie konnte sich nicht mehr erinnern, denn seit ihrer Begegnung mit David an dem schicksalhaften Abend hatte sie sich mit vielen anderen Männern getroffen. Es fiel ihr einfach nicht ein. Es war, als wollte sie die sprichwörtliche Nadel im Heuhaufen suchen. Sie hatte zwar keine zehn Freier am Tag, aber trotzdem …

»Für eine Stunde oder für zwei?«, fragte sie.

»Ich denke, dass eine Stunde reichen wird«, erwiderte er, und in seiner Stimme lag ein beunruhigender Unterton.

»Das macht hundertfünfzig Dollar im Voraus. Und du musst ein Kondom tragen.«

Er ging zum Bett. Auf dem Nachttisch lag der Umschlag, den der Gefängnisarzt ihm gegeben hatte. Daneben stand ein kleines Radio, das er nun lauter drehte, als wollte er Stimmung schaffen oder die Geräusche übertönen, die sie beim Liebesspiel machen würden. Dann zog er den Rest des Geldes heraus, ein dickes Bündel Scheine, und warf es aufs Bett. Die junge Frau fand die Zahlungsweise des Kunden zwar etwas merkwürdig, sagte sich aber, dass er vielleicht nur schüchtern oder nervös war, weil es sein erstes Mal mit einer Prostituierten war.

Sie trat zum Bett, setzte sich auf den Rand, um die Scheine zu zählen, und runzelte verwundert die Stirn. Das war ja viel mehr, als sie verlangte! David hatte ihr achthundert Dollar gegeben …

»Warum gibst du mir so viel?«

»Wie viel nimmst du denn, wenn du die Wahrheit sagst?«

»Die Wahrheit sagen? Ich weiß nicht, worauf du hinauswillst.«

Allmählich bekam sie es mit der Angst zu tun, denn die Stimme dieses Kunden mit den seltsamen Manieren klang bedrohlich. Sie bereute es jetzt schon, bei ihm geblieben zu sein. Als sie das Zimmer betreten hatte, hatte ihre innere Stimme, die sich fast nie täuschte, sie leise gewarnt. Sie hätte darauf hören sollen.

David zog sein Käppi aus und ließ es auf den Boden fallen. Der Anblick seines rasierten Schädels trug nicht gerade dazu bei, die junge Frau zu beruhigen.

»Erkennst du mich denn nicht?«, fragte er mit harter, verschlossener Miene.

»Nein …«

Sie hatte Angst, ihn zu beleidigen. Vielleicht hatte dieser Mann ihre Dienste in der Vergangenheit schon einmal – oder mehrere Male – in Anspruch genommen, und damit wäre er eine Art Stammkunde. Aber das war ja nicht ihre Schuld. Gesichter hatte sie sich nie gut merken können. Außerdem dachte sie im Allgemeinen an etwas anderes, wenn sie sich ihren Freiern hingab, zum Beispiel an die Einkäufe, die sie noch erledigen musste oder an den Film, den sie sich am Vortag angesehen hatte. Es sei denn, der Freier war sehr nett, aber selbst dann hielt sie es für klüger, sich vorzustellen, an einem anderen Ort zu sein, während sie den Sex über sich ergehen ließ. Solange sie geistesgegenwärtig genug war, im richtigen Moment ein Stöhnen hören zu lassen, damit der Freier sich in der Illusion wiegte, ein unwiderstehlicher Casanova zu sein …

Diesmal aber war die Lage vollkommen anders. Da waren Davids Tonfall, dieses zornige Blitzen in seinen Augen … hier drohte Gefahr.

Sie ließ die Scheine auf dem Bett liegen und griff rasch nach ihrem Handy, weil sie ihren Chauffeur zurückrufen wollte. Doch David war schneller als sie, riss ihr das Handy aus den Händen, schleuderte es zu Boden und zog mit einer fließenden Bewegung sein Messer hinten unter dem Gürtel hervor.

»Wenn du schreist, schlitze ich dir die Kehle auf!«, drohte er.

Trotz seiner Warnung war Patrizia beim Anblick der Waffe so überrascht, dass es ihr nicht gelang, einen Aufschrei zu unterdrücken.

»Und jetzt wirst du mir die Wahrheit sagen. Warum hast du mich in die Falle gelockt? Wer hat dich dafür bezahlt?«

»Ich … Wer bist du eigentlich?«

»Hast du mich noch nicht erkannt? Ich bin David Berger, der Mann, der wegen dir auf dem elektrischen Stuhl gelandet ist.«

Sie wurde leichenblass. Endlich wusste sie, wen sie vor sich hatte, und schien Angst zu bekommen.

»Es war nicht so, wie du glaubst«, versuchte sie ihn zu beschwichtigen. »Ich hätte nie gedacht, dass du deswegen ins Gefängnis kommst, nicht einmal, dass eine …«

Sie hatte sagen wollen: »… dass eine Frau umgebracht wird.« Doch die Vorstellung, diesen Gedanken zu äußern, flößte ihr Angst ein, zumal der Mörder vielleicht vor ihr stand. Und wer einmal getötet hat … Natürlich war ein Justizirrtum nicht ausgeschlossen. Aber sagt man denn nicht, dass es keinen Rauch ohne Feuer gibt?

»Ich will die Wahrheit wissen!«, verlangte David in herrischem Tonfall. Er sah nicht aus wie ein Mann, der sich mit Ausflüchten zufrieden gab, also sagte sie:

»Ich weiß auch nichts Genaues darüber! Hätte ich geahnt, dass an dem Abend eine Frau stirbt …« Sie verstummte, und Tränen stiegen ihr in die Augen. »Ich weiß nur«, fuhr sie ängstlich fort, »dass ich vor unserem Rendezvous im Plaza-Hotel jemanden in einem Motel getroffen habe. Er hat mir aber gleich gesagt, dass er nicht mit mir schlafen will. Als ich ihn gefragt habe, ob ich ihm nicht gefalle, hat er geantwortet: ›Im Gegenteil, du bist perfekt. Noch besser, als sie es mir bei der Agentur versprochen haben.‹ Und dann sagte er mir, dass er einen kleinen Auftrag für mich hat, eine leichte und sehr lohnende Aufgabe. Er hat mir ein Foto von dir gegeben, mir deinen Namen genannt und mir gesagt, dass ich dich eines Abends im Plaza-Hotel verführen müsste. Und vor allem, dass ich … dass ich Sperma von dir besorgen müsste.«

»Sperma von mir?«

»Ja. Ich habe genaue Anweisungen bekommen. Ich sollte dich dazu bringen, ein Kondom zu tragen, wenn du mit mir schläfst … was für ein Callgirl wie mich keine Kunst ist, denn das verlange ich von allen meinen Freiern. Aber ich sollte eine angehende Schriftstellerin spielen, und du solltest kein gewöhnlicher Freier für mich sein, sondern ein Mann, den ich verführe … oder von dem ich mich verführen lasse. Doch ohne Überzieher läuft bei mir nichts. Jedenfalls, nach dem Sex sollte ich das Kondom sofort in die Suite neben unserer bringen.«

Das stimmte. David konnte sich erinnern, dass die »Schriftstellerin« darauf bestanden hatte, das Kondom selbst abzustreifen. Danach war sie verdächtig schnell aus dem Zimmer verschwunden.

Und noch etwas fiel David jetzt wieder ein. Als er der jungen Frau, die zu viel getrunken hatte, ein Glas Wasser aus dem Bad holen wollte, hatte er versucht, die falsche Tür zu öffnen, die ins Nebenzimmer führte. Die Tür war verschlossen gewesen. Doch am Morgen, als er aus der Hotelsuite geflohen war, hatte er erneut versucht, diesen Weg zu gehen – und diesmal hatte die Türklinke sich zu seinem Erstaunen betätigen lassen. Louisas Mörder hatte also nach begangener Tat vergessen, diese Tür wieder abzuschließen.

Ja, das war plausibel.

Jetzt musste er nur noch herausfinden, *wer* sich in der Suite nebenan versteckt gehalten hatte.

»Ich habe getan, was er gesagt hat«, fuhr die junge Frau fort, die nicht besonders stolz auf ihre Tat zu sein schien. »Ich habe an die Tür geklopft, und da hat er mir aufgemacht …«

»War er allein im Zimmer?«

»Nein, es war noch ein anderer Mann da. Und eine Frau.«

»Hast du die Frau gesehen? War es Louisa Eaton?«

»Das weiß ich nicht, es ist alles sehr schnell gegangen. Außerdem lag die Frau auf dem Bett.«

David biss wütend die Zähne zusammen. Es war sicher Louisa gewesen, die auf dem Bett gelegen hatte, und sie musste schon tot gewesen sein …

»Ich habe dem Mann das Kondom gegeben, und er gab mir das Geld, wie vereinbart. Als du eingeschlafen warst, hab ich mich dann aus dem Staub gemacht.«

»Hast du denn geglaubt, was der Mann dir erzählt hat?«

»Ach, weißt du, ich habe nicht viele Fragen gestellt. Du bist ein gut aussehender Mann, da macht es sogar Spaß ... Außerdem sind dreitausend Dollar eine Menge Geld.«

»Und du bist nicht auf die Idee gekommen zu fragen, was der Kerl mit dem Sperma anfangen will?«

»Ehrlich gesagt, nein. Ich hab mir gedacht, dass es um einen Vaterschaftstest geht oder so was ... Weißt du, in meinem Beruf stellt man nicht zu viele Fragen. Die Kunden haben es gern diskret. Außerdem war es mir bei dreitausend Dollar ziemlich egal, was er mit dem Sperma anfängt.«

»Hat er dir seinen Namen genannt?«, stellte David nun die entscheidende Frage.

»Nein.«

Das wäre auch erstaunlich gewesen, aber man konnte ja nie wissen.

»Wie sah er denn aus?«

»Ich kann mir Gesichter nicht gut merken ...«

»Versuch dich zu erinnern, es ist sehr wichtig. War der Mann stämmig? Ungefähr Mitte fünfzig?«

»Es war nicht Joseph Eaton, wenn du das meinst«, antwortete sie wie aus der Pistole geschossen.

Ihr erstaunlicher Scharfsinn brachte David völlig aus dem Konzept.

»Kennst du ihn denn?«, fragte er verwundert.

»Nein, aber ich habe sein Foto in der Zeitung gesehen, wie alle anderen.«

»Wie sah der Mann denn aus? Du musst dich doch an irgendwas erinnern!«

»Er war um die dreißig, hatte kurz geschnittenes schwarzes Haar und sah nicht besonders angenehm aus. Außerdem ...«

Sie unterbrach sich und überlegte.

»Was noch?«, drängte David.

»Er hatte eine schlechte Haut, als würde er ein bewegtes Leben führen.«

»Würdest du ihn wieder erkennen?«

»Vielleicht, aber rechne nicht mit mir. Ich bin zwar keine Intelligenzbestie, aber auf den Kopf gefallen bin ich auch nicht, und ich habe auch nicht die Absicht, Selbstmord zu begehen, auch wenn mein Ego nach manchen Freiern einer tiefen Schlucht gleicht, in die ich mich am liebsten hineinstürzen würde. Doch weil ich immer noch an meinen Traum glaube, ein Fernsehstar zu werden, verdränge ich das alles, stelle mich unter die Dusche, trinke ein großes Bier und sag mir, dass morgen auch noch ein Tag ist, und dass ich es schließlich doch noch schaffen werde, doch allzu viel Zeit habe ich nicht mehr, denn ich bin jetzt zweiunddreißig. Aber wie soll ich beweisen, dass ich begabt bin, wenn ich keine Chance dazu bekomme? Na ja, wenigstens habe ich noch nicht aufgegeben, wie meine Mutter es getan hat, die Sängerin werden wollte und als Bedienung geendet ist ...«

Das alles hatte sie auf ihre übliche Art und Weise ohne Punkt und Komma heruntergerattert. Nach einer Pause fuhr sie mit traurigem Blick fort:

»Verlang jetzt bloß nicht von mir, das alles der Polizei zu erzählen. Ich muss meinen Körper nämlich weiterhin verkaufen, um mein Ziel zu erreichen. Und wenn ich zur Polizei ginge, würde ich mich in Gefahr bringen, weil die Leute, die hinter dieser Sache stecken, Mörder sind.«

»Trotzdem wirst du es tun müssen. Morgen gehen wir zu meinem Anwalt, und du wirst eine Zeugenaussage machen.«

Sie seufzte tief. »Hast du ein Bier da?«

»Ja. Ich hab nämlich an dich gedacht.«

»Du hast dich daran erinnert, dass ich Bier trinke? Das ist

aber nett von dir. Wenn ich meine Freier küssen würde, würdest du jetzt einen Kuss bekommen.«

Er fand ihre Bemerkung seltsam, denn sie hatte es sich am ersten Abend nicht nehmen lassen, ihn zu küssen, sogar ziemlich leidenschaftlich. Allerdings war sie laut »Vertrag« ja auch kein Callgirl, und er kein Freier.

David betrachtete sie, um abzuschätzen, ob er ihr trauen konnte. Schließlich ging er zur Minibar, um das Bier zu holen. Kaum hatte er ihr den Rücken zugedreht, stürzte sie zur Zimmertür, doch David war schneller und hielt sie fest. Wider Erwarten wehrte sie sich nicht, schien nicht einmal verärgert zu sein, sondern sagte nur:

»Ich wollte bloß sehen, ob dir was an mir liegt.«

Als ob das stimmte!

»Tu das nicht wieder«, sagte er, verriegelte die Tür und wies auf den kleinen runden Tisch hinten im Zimmer. Brav ging die junge Frau dorthin. David gab ihr ein Bier, das sie, wie schon damals, gierig herunterstürzte. Dann knallte sie die leere Flasche auf den Tisch und fragte: »Kann ich noch eine haben?«

Als David ihr die zweite Flasche hinstellte, sagte er: »Du sieht wie eine Frau aus, der auch andere Wege offen stehen. Warum hast du dich für diesen Beruf entschieden?«

»Mit sechzehn bin ich von zu Hause weg, weil es die Hölle für mich war. Der Mann meiner Mutter hat sich kaum für sie interessiert, dafür umso mehr für mich. Also bin ich nach New York abgehauen, um eine Fernsehrolle zu ergattern. Aber es ist nicht einfach, sich mit sechzehn allein in New York durchzuschlagen, ohne Freunde und Verwandte. Ich war bei allen Castings, zu denen ich gehen konnte, und die Typen haben mir immer zugesagt, mir kleine Rollen zu geben, besonders, wenn ich lieb zu ihnen wäre. Nachdem sie dann ihren Reißverschluss wieder hochgezogen hatten, hielten sie mich nicht mehr für so begabt. Eines Tages habe ich mir gesagt: ›Wenn du schon mit Männern schläfst, kannst du es genauso gut für Geld tun.‹ Aber du darfst nicht glauben, dass ich wahllos jeden nehme«, fügte sie eilig hinzu, als hätte sie einen leisen Vorwurf in seinem Blick gesehen. »Ich halte was auf mich. Und einige meiner Freier sind schwer in Ordnung. Sie haben nur das Problem, dass sie verheiratet sind.« Sie seufzte. »Im Grunde genommen«, sagte sie dann, »haben wir zwei etwas gemeinsam.«

»Wie bitte?«, fragte er verständnislos.

»Wir sind beide käuflich.«

»Das stimmt«, gab er mit einem amüsierten Lächeln zu.

Patrizia – sei es wegen des Alkohols oder weil der Tag ermüdend gewesen war – unterdrückte ein Gähnen.

»Wenn du nichts dagegen hast«, sagte sie, »werde ich mich jetzt aufs Ohr legen, ich bin nämlich ziemlich erledigt.«

»Du kannst auf dem Bett schlafen«, sagte David, »ich leg mich solange aufs Sofa.«

Das Ledersofa war alt und gammelig, aber das würde David nicht daran hindern, gut zu schlafen – er war an das Leben in einer Gefängniszelle gewöhnt. Patrizia ging langsam zum Bett, als würde sie noch zögern, ob sie es wirklich tun sollte. Dann aber schlüpfte sie unter die Decke.

»Gute Nacht«, murmelte sie und machte die Augen zu.

David streckte sich auf dem Sofa aus und betrachtete sie. Er fand sie hübsch und originell. Aber konnte er ihr vertrauen? Das war die Frage. Vorhin erst hatte sie noch versucht, zu verschwinden, kaum dass er ihr den Rücken zugedreht hatte …

48

Paul Sinclair hätte nicht geglaubt, dass er jemals wieder zum Begleitservice Biarritz gehen würde, obwohl er in seinen wenigen einsamen Nächte durchaus versucht gewesen war. Die reichliche Auswahl an käuflichen Schönheiten, die er sich hatte ansehen müssen, um eine Doppelgängerin Louisa Eatons zu finden, hatte ihn sehr beeindruckt.

Doch Joseph Eatons dringlicher Anruf war eindeutig gewesen. Die Zeit drängte. Und Sinclairs Auftrag lautete, Fragen zu stellen und gegebenenfalls alle störenden Elemente zu eliminieren.

Sollers war aus dem Weg geräumt.

Auch Paul Loria war tot.

Doch das Mädchen war noch übrig.

Sie wusste natürlich nicht alles, aber immerhin genug, um es der Polizei zu ermöglichen, die Spur bis zu ihnen zurückzuverfolgen. Und wer weiß – vielleicht spielte sie mit dem Gedanken an Erpressung. Vielleicht hatte sie auch Loria erpresst, und der Kerl war vor Angst gestorben.

Jedenfalls durfte man kein Risiko eingehen. Man durfte nie Risiken eingehen, wenn man Millionen hart erarbeitet hatte und es riskierte, wegen eines kleinen Fehlers oder einer versäumten Vorsichtsmaßnahme alles zu verlieren. Eaton hatte ihm das zwar nicht alles gesagt, aber er war klug genug zu erraten, was sein Chef ihm verschwieg.

Die Agentur Biarritz hatte außer dem Namen nichts Mondänes zu bieten. Sie war in einem heruntergekommenen Büro in einem winzigen Gebäude an der 42. Avenue in New York untergebracht, direkt neben dem Times Square. Offiziell wurden dort Pauschalreisen verkauft, und die Wände hingen voller Plakate mit exotischen Stränden und knackigen Mädchen im Bikini. Die vermeintliche Reiseagentur hatte allerdings viel länger geöffnet als echte Reisebüros – fast dreihundertfünfundsechzig Tage im Jahr, rund um die Uhr.

Deshalb war William Delarue nicht übermäßig erstaunt, als er den ersten Kunden zu so früher Stunde auftauchen sah, um kurz nach acht Uhr morgens. Was nicht hieß, dass er über sein Erscheinen besonders erfreut gewesen wäre. Delarue saß hinter dem Empfangsschalter, las die *New York Post*, trank seinen Morgenkaffee aus einem Styroporbecher und genoss die von ihm sehr geschätzte Telefonpause. Vormittags war es an Wochentagen ziemlich ruhig, auch wenn er manchmal von so genannten *early birds* gestört wurde – von Männern, die mit unwiderstehlicher Lust auf Sex aus dem Bett stiegen oder die nachts arbeiteten und für die der Morgen der Abend war.

Delarue war Mitte fünfzig und ein extrem dicker Mann, dessen Gesichtshaut straff gespannt war und fettig glänzte. Ihm war fast immer heiß, selbst wenn die Klimaanlage lief. Er trug eine Brille, hinter der seine winzigen Äuglein merkwürdig leuchteten. Ob es daran lag, dass er täglich in den hinteren Räumen des Büros märchenhafte Schönheiten begutachtete und deren Fähigkeiten einschätzte, ohne diese Mädchen jemals selbst zu berühren?

Als Sinclair eintrat, runzelte Delarue die Stirn. Der Mann sah nicht sehr umgänglich aus. Im Gegenteil, er sah aus wie ein Cop – oder ein Killer.

Delarue hatte das Gefühl, den Burschen zu kennen. Ja, er war fast sicher, diesen Kunden schon einmal gesehen zu haben. Aber wann? Er wusste es nicht mehr.

»Was kann ich für Sie tun?«

»Ich möchte Patrizia sehen.«

»Die Blonde oder die Rothaarige?«

»Die hier.«

Um sicherzugehen, legte Sinclair Patrizias Foto auf den Tresen – das Foto, das Delarue ihm vor einigen Monaten gegeben hatte und von dem er sich Abzüge hatte machen lassen.

»Aha, die Blonde also. Und wann?«

»Sofort.«

»Einen Moment, ich sehe mal nach. Ich glaube, sie hatte gestern Abend einen Termin. Einen Augenblick.«

Er tippte auf die Computertastatur und sah auf den Monitor.

»Ja, gestern Abend hat sie sich mit einem Kunden getroffen. Wird wohl für die Nacht gewesen sein. Heute Mittag ist sie bestimmt wieder frei. Aber wir haben haufenweise andere hübsche Mädchen …«

»Nein, es muss Patrizia sein!«

»Das kann ich verstehen«, sagte Delarue mit einem peinlich berührten Lächeln.

Offensichtlich konnte dieser Fall erotischer Dringlichkeit nur von Patrizia kuriert werden. Na gut, die Geschmäcker (und Fantasien) der Kunden standen nicht zur Debatte, denn sie waren es schließlich, die Delarue sein – übrigens recht hohes – Einkommen bescherten.

»Ich würde sie ja gern auf dem Handy anrufen, aber im Allgemeinen nimmt sie Anrufe nicht vor dem Mittag entgegen.«

»Dann geben Sie mir ihre Adresse, und ich gehe sie persönlich wecken.«

»Ich habe die Adresse nicht.«

»Sie haben sie nicht?«

»Das hier ist keine staatliche Stellenvermittlung! Wir haben nur die Handynummern der Mädchen, ihre Maße und ihre Spezialitäten. Der Rest tut nichts zur Sache.«

»Wo war Patrizia denn gestern Abend?«

»Bei einem Kunden, das sagte ich Ihnen bereits. Ich weiß nicht, ob sie die ganze Nacht mit ihm verbracht hat, aber ich kann Ihnen so oder so nicht sagen, wo sie verabredet waren, das ist streng vertraulich.«

Sinclair hatte keine Zeit für lange Diskussionen. Er zog seinen Revolver – eine nagelneue Waffe, denn die alte hatte er zu seinem großen Bedauern bei Sollers' Leiche zurücklassen müssen – und richtete ihn auf den Inhaber der Begleitagentur.

»Na gut, fangen wir also noch einmal von vorn an. Wo hat sie die Nacht verbracht?«

»Okay … ganz ruhig bleiben«, stammelte Delarue und versuchte, Sinclair mit einer Handbewegung zu beschwichtigen, weil er inzwischen begriffen hatte, dass er es mit einem gefährlichen Irren zu tun hatte. »Aber sagen Sie ihr nicht, dass ich es Ihnen verraten habe.«

»Da können Sie ganz beruhigt sein«, erwiderte Sinclair lächelnd.

Der Besitzer der Agentur, der jetzt noch mehr schwitzte als sonst, notierte den Namen und die Adresse des Motels, in dem Patrizia am Vorabend verabredet gewesen war, auf einen Zettel und hielt ihn Sinclair hin, der ihn Delarue förmlich aus der Hand riss.

Sein Entgegenkommen hätte Delarue das Leben retten können, wäre er so schlau gewesen, den Mund zu halten. Doch plötzlich fiel ihm zu seinem eigenen Unglück wieder ein, woher er Sinclair kannte. Ja, jetzt wusste er wieder, woher er den Typen kannte, der ihm die Waffe auf die Nasenwurzel gerichtet hielt. Und weil Delarue geschwätzig war, sagte er, ohne sich etwas dabei zu denken:

»He, jetzt weiß ich wieder, wer Sie sind! Sie haben ein Mädchen gesucht, das der ermordeten Frau glich!«

Tatsächlich war Sinclair mit einem Foto von Louisa Eaton und einer ganz speziellen Anfrage bei Delarue erschienen: Sinclair hatte vorgegeben, ein Mädchen zu suchen, das seiner heiß geliebten, verstorbenen Frau ähnelte. Und Delarue hatte das fragwürdige Glück gehabt, ihm Patrizia anbieten zu können. Einige Zeit später war der Besitzer der Agentur aus allen Wolken gefallen, als er ein Bild der ermordeten Louisa Eaton in der Zeitung sah, und er hatte sich logischerweise gesagt, dass an der sentimentalen Geschichte seines Kunden irgendetwas faul gewesen sein musste.

Ohne es zu wissen, hatte Delarue soeben sein eigenes Todesurteil gesprochen. Jetzt wusste Sinclair, dass der Dicke gefährlich war. Sein Gedächtnis war zu gut. Sinclair blieb nichts anderes übrig, als ihm eine Kugel zwischen die Augen zu jagen.

Delarue brach hinter dem Empfangsschalter zusammen.

Wieder ein Punkt auf der Liste abgehakt, dachte Sinclair. Ein Zeuge weniger, der vielleicht auf den Gedanken gekommen wäre, einen Erpressungsversuch zu machen und Eaton Unannehmlichkeiten zu bereiten …

Sinclair drehte den Computermonitor zu sich und schrieb sich Patrizias Handynummer auf. Er würde die Nummer benutzen, um sich als Freier auszugeben und eine tödliche Verabredung mit der Kleinen zu treffen, oder zumindest ihre Adresse zu erfahren.

Wenn er sie erst aus dem Weg geräumt hatte, könnte Eaton wieder beruhigt schlafen: Die beiden einzigen Personen, die dann noch wüssten, was wirklich geschehen war, wären sein Chauffeur, dem er blind vertrauen konnte, und sein Handlanger Paul Sinclair …

Und natürlich David Berger, falls der Kerl tatsächlich noch lebte, so unwahrscheinlich das auch war.

49

Eine halbe Stunde später stand Sinclair an der Rezeption des *Road Warrior*, das Motel, in dem David untergeschlüpft war. Er legte ein Foto von Patrizia auf den Empfangstisch.

»War diese Frau gestern Abend hier?«

Jay Edward, der Besitzer des Motels, war ein schwächlicher Mann um die sechzig mit grauem, perfekt gescheiteltem Haar. Weil Sinclair etwas Bedrohliches hatte, fand er es ratsam, ihm zu antworten. Doch zuvor erkundigte er sich schüchtern:

»Sind Sie von der …«

»Von der Polizei, ja«, unterbrach ihn Sinclair. »Soll ich Ihnen meine Waffe zeigen?«

Er hatte zwar »Waffe« gesagt statt »Dienstausweis«, doch Edward erwiderte:

»Nein, ist schon in Ordnung.«

Er setzte sich die Brille auf, die auf seiner breiten Nase thronte, und sah sich das Foto an. Dann zog er die buschigen Augenbrauen hoch, zwischen denen eine tiefe Falte stand.

»Äh, nein.«

»Sie haben sie nicht hier in der Nähe gesehen?«

»Nein.«

Auf Sinclairs Gesicht zeichnete sich Enttäuschung ab. Das wäre ja auch zu schön gewesen! Doch er durfte den Mut nicht verlieren. Vielleicht war von diesem Mann ja doch etwas zu erfahren.

»Sie ist also gestern Abend nicht gekommen, um sich mit einem Ihrer Gäste zu treffen?«

»Nun ja, es geht uns nichts an, was die Gäste tun, nachdem sie das Zimmer gemietet haben …«

Das Motel war winzig. Es hatte insgesamt nur acht Zimmer, doch die Gäste hatten direkten Zugang vom Parkplatz zum Zimmer, ohne an der Rezeption vorbeizumüssen. Deshalb wusste der Besitzer nicht, wann sie im Motel waren und wann nicht – geschweige denn, was sie taten. Und solange sie zahlten, nicht zu viel Lärm machten und die Zimmer sauber hinterließen, war es ihm auch egal.

»War gestern Abend ein junges Paar bei Ihnen?«

Eine komische Frage! Als ob sich viele Pärchen ausgerechnet für sein kleines, drittklassiges Motel interessierten … Doch er musste zugeben, dass Paare auf der Durchreise schon mal bei ihm abstiegen. Und wenn er auch nicht sehr helle war, hatte Edward erkannt, womit die Frau auf dem Foto vermutlich ihren Lebensunterhalt verdiente. Sie war Prostituierte. Ihrem Make-up und der Kleidung nach zu urteilen, die sie auf dem Foto trug, schien es Edward sehr wahrscheinlich.

Und schließlich gab es noch diesen merkwürdigen Gast. Na ja, merkwürdig war zu viel gesagt, er war eher verschwiegen, immer in Eile und wirkte irgendwie verdächtig. Er schien sich stets hinter seinem Baseball-Käppi und seiner Sonnenbrille zu verstecken. Ja, verdächtig war das richtige Wort. Der Bursche verhielt sich, als hätte er etwas zu befürchten.

Vielleicht war er es ja gewesen, der ein Callgirl gerufen hatte. Und weil er möglicherweise verheiratet war, machte ihn das nervös, wachsam, als fürchtete er, dass seine Frau jeden Moment hier auftauchte …

Der Motelbesitzer warf einen Blick ins Gästebuch.

»Warten Sie mal …«, sagte er.

Doch Sinclair konnte nicht warten, riss ihm voller Ungeduld das Gästebuch aus den Händen, warf einen Blick hinein und bekam einen regelrechten Schock, als er sah, welcher Name darin stand.

David Eaton!

Das konnte kein Zufall sein. Es musste David Berger sein, da war Sinclair sicher. Und zu allem Überfluss machte er sich über seinen Chef lustig, indem er dessen Namen oder vielmehr den seiner Frau benutzte.

Der Bastard lebte also sehr wahrscheinlich noch. Und was noch schlimmer war – er war auf freiem Fuß und deshalb gefährlich.

Sinclair war fassungslos. Da war er in dieses Motel gekommen, um das Mädchen aufzuspüren, und nun bekam er obendrein diesen Kerl geliefert, falls dieser David Eaton tatsächlich David Berger war.

Aber er musste es sein. Denn dass Patrizia sich *ebenfalls* in diesem Motel aufhielt – oder aufgehalten hatte –, war bestimmt kein Zufall, sondern logisch. Denn nachdem David Berger entkommen war, hatte er bestimmt als Erstes an dieses Mädchen gedacht, das ihn entlasten konnte, und wollte sie dazu bringen, vor Gericht eine Aussage zu machen.

Wenn Sinclair noch Zweifel gehabt hatte, waren sie jetzt bereinigt.

Patrizia musste beseitigt werden.

Und David Berger ebenfalls, ehe es zu spät war.

Aber vielleicht wäre das ja einfacher, als Sinclair gedacht hatte. Vielleicht hatte er Glück.

»Ist dieser David Eaton noch hier?«

»Nein. Er hat seinen Schlüssel vorhin erst abgegeben.«

»Verdammt!«, fluchte Sinclair. »Was für einen Wagen hat er gefahren?«

»Äh … einen schwarzen Honda …«, stammelte der Motelbesitzer.

Sinclair sah im Gästebuch nach dem Autokennzeichen. Statt es sich aufzuschreiben, riss er die Seite heraus. Der Motelbesitzer wollte protestieren, doch der Mann, der vor ihm stand, sah brutal und einschüchternd aus. Also hielt er es für besser, den Mund zu halten und darauf zu warten, dass der Bursche verschwand. Aber er konnte es sich nicht verkneifen, ihm den Mittelfinger zu zeigen, sobald Sinclair ihm den Rücken zugedreht hatte.

Als er auf dem Parkplatz des Motels hinter dem Lenker seines Autos saß, zündete Sinclair sich eine Zigarette an und dachte nach. Er musste sein weiteres Vorgehen gut planen.

Wenn er seinem Chef mitteilte, dass er allen Grund zur Annahme hatte, dass Berger tatsächlich noch am Leben war und sich auf der Flucht befand, würde dieser ihm gewaltig Druck machen. Er würde ihm vierundzwanzig Stunden Zeit geben, um Berger und dieses kleine Flittchen aufzuspüren. Er hätte die niederträchtige Schlampe umlegen und ihre Leiche im Plaza-Hotel zurücklassen sollen, statt ihr dreitausend Dollar zu zahlen!

Aber so einfach war es auch wieder nicht. Das hätte ihren ganzen Plan zunichte gemacht …

Doch Sinclair war sich auch darüber im Klaren, dass sie keine Ruhe geben würde und zu allem bereit war, wenn man ihr nur genügend Geld dafür gab.

Er musste überlegen.

Und zwar schnell.

Sich in Bergers Lage versetzen.

Was würde David Berger als Nächstes tun, nachdem er das Mädchen wieder gefunden hatte, das ihn vor Gericht entlasten konnte?

Zur Polizei gehen?

Nein, zu gefährlich. Er würde es nicht riskieren, auf der

Stelle verhaftet zu werden, ohne jede Chance, zu entkommen.

Würde Berger versuchen, aus dem Land zu fliehen?

Nein. Die Chancen waren viel zu gering. Die Polizei würde sämtliche Flughäfen und Bahnhöfe alarmieren.

Außerdem hätte er sich dann nicht die Mühe gemacht, das Mädchen aufzuspüren, das er als Zeugin wollte.

Als Zeugin vor Gericht …

Plötzlich fiel der Groschen. Ja, es gab nur eine Erklärung: David Berger hatte sich auf den Weg zu seinem Anwalt gemacht, diesem Grünschnabel Rubin!

Sinclair schleuderte die Zigarette zum Fenster hinaus und machte sich in rasender Fahrt auf den Weg zu Rubins Kanzlei.

50

Wo bleibt er bloß so lange?«, fragte Patrizia ungeduldig. »Allmählich mache ich mir Sorgen.«

Sie parkten nun schon längere Zeit vor Rubins Kanzlei, doch der Anwalt war immer noch nicht erschienen.

Patrizia zündete sich eine Zigarette an. Ihre Finger zitterten so sehr, dass es ihr kaum gelang, das Streichholz anzuzünden. David beobachtete sie verwundert. Sie hielt inne.

»Was ist?«, fragte sie. »Ist das ein Nichtraucherauto?«

»Nein. Ich dachte nur, du rauchst nicht.«

»Tu ich auch nicht. Nur wenn ich nervös bin. Dann tut es mir gut, etwas in den Händen zu halten, und jetzt bin ich *sehr* nervös.«

»Ich auch«, sagte David und warf einen Blick auf die Uhr am Armaturenbrett. Es war neun Uhr zweiundzwanzig. »Er lässt sich wirklich viel Zeit.«

»Anwälte …«, murmelte Patrizia, nachdem sie einen tiefen Zug an der Zigarette gemacht hatte. Plötzlich erstarrte sie und nahm noch einen hastigen Zug. Ihre Augen waren vor Erschrecken weit aufgerissen.

»Er ist es!«, stieß sie hervor.

»Wer?«, fragte David verdutzt. »Charles Rubin?«

»Nein, der Typ, der im Nebenzimmer auf mich gewartet hat, als wir in der Mordnacht im Plaza-Hotel waren! Da drüben, in der großen Limousine …«

David drehte sich um und erblickte einen Buick auf der anderen Straßenseite, der in ihre Richtung fuhr. Er hatte den Mann am Steuer nie zuvor gesehen, doch der Bursche sah irgendwie unheimlich aus. Außerdem fuhr er im Schritttempo und behielt dabei den Bürgersteig im Auge, als wäre er auf der Suche nach jemandem. Suchte er etwa ihn?

»Verdammt! Die haben gemerkt, dass ich entkommen bin«, murmelte David, zog den Kopf ein und ließ den Motor an, während Patrizia sich so klein machte, wie sie nur konnte. Ihr Kopf war von der Straße aus nicht mehr zu sehen. Deshalb reagierte Sinclair auch nicht gleich, als er David mit seinem Baseball-Käppi und der Sonnenbrille sah.

Plötzlich aber jagte ein schwarzer Wagen mit kreischenden Reifen los. Ein schwarzer Honda! Im Rückspiegel konnte Sinclair das Nummernschild zwar nicht erkennen, doch warum sollte der Fahrer plötzlich wie ein Verrückter Gas geben, wenn es sich nicht um David Berger und Patrizia handelte? Patrizia, die ihn erkannt hatte, nachdem er an dem Honda vorbeigefahren war …

Doch Sinclair konnte nicht immer so viel Glück haben wie im *Road Warrior.* Wie an Wochentagen üblich, herrschte an diesem Morgen viel Verkehr, und obwohl er wie ein Besessener auf die Hupe drückte, brachte ihm das nichts außer erhobenen Mittelfingern und lautem Gehupe aufgebrachter New Yorker Autofahrer. Und Sinclair konnte sich seinen Weg schließlich nicht freischießen.

Als es ihm endlich gelang, sich in den ununterbrochenen Strom der Fahrzeuge einzufädeln, die in die Gegenrichtung fuhren, machte er eine rasante Kehrtwende.

Inzwischen aber war der schwarze Honda längst verschwunden.

David Berger und das Flittchen waren ihm entwischt!

51

Hatten Sie schon mal Unterricht?«

Charles hielt in der Bewegung inne. Alle, die auch nur ein bisschen von der Etikette des edlen Sports verstanden, wussten, dass es ausgesprochen unhöflich war, einen Golfer anzusprechen, wenn dieser gerade zum Rückschwung ausholte. Es gab keine bessere Methode, einen Schlag misslingen zu lassen – und den Golfer gegen sich aufzubringen.

Die Szene spielte sich auf dem Übungsgelände ab, auf dem David seinem Anwalt wenige Monate zuvor die erste und zugleich letzte Golfstunde erteilt hatte. David hatte den jungen Anwalt ein paar Minuten lang stumm beobachtet, als wüsste er nicht, wie er an ihn herantreten sollte. Patrizia, die eine nach der anderen rauchte, fand Charles ziemlich attraktiv, war aber der Meinung, dass es lächerlich war, in frisch gebügelter Hose, gestärktem Hemd und Krawatte auf Golfbälle einzudreschen. Warum nicht gleich im Smoking spielen?

Die junge Frau warf ständig beunruhigte Blicke in Richtung Parkplatz, weil sie glaubte, dass Sinclair jeden Moment auftauchte, obwohl David sicher war, ihn abgehängt zu haben. Doch er unterschätzte Sinclair offenbar. Patrizia wusste, der Mann war nicht auf den Kopf gefallen. Und ein blutrünstiger Killer, der keine Skrupel kannte.

Charles hatte sich auf Davids Frage hin umgedreht und betrachtete nun das seltsame Pärchen – die auffällige, wenn nicht gar aufreizende Frau mit ihren eng anliegenden Leggings und dem nabelfreien T-Shirt, sowie ihren Begleiter, einen unauffällig gekleideten Mann mit Baseball-Käppi und Sonnenbrille.

»Ja, ich hatte mal Unterricht«, entgegnete Charles schließlich. »Aber nicht lange.«

»Das sieht man«, erwiderte David trocken. »Sie setzen die rechte Hand zu stark ein.«

Ein seltsames Gefühl überkam den Anwalt.

»David? Bist du es?«

David antwortete nicht, lächelte nur leicht.

Die beiden Männer umarmten einander. Schließlich löste Charles sich von David, hielt ihn an der Schulter fest und fragte verwundert: »Aber … aber wie ist das möglich? Ich habe dich auf dem elektrischen Stuhl gesehen! Du müsstest tot sein!«

»Ich werde es dir erzählen.« Er wandte sich an die junge Frau, die sich ein paar Tränen abwischte und nervös an der Zigarette zog, der zehnten heute, und es war noch nicht einmal Mittag.

»Charles, ich möchte dir Patrizia vorstellen. Sie ist diejenige, mit der ... mit der ich die Nacht im Plaza-Hotel verbracht habe. Sie ist bereit, für mich auszusagen.«

»Das ist ja fantastisch!«, rief Charles. »Aber lass uns woanders hingehen. Fahren wir zu meiner Kanzlei.«

Patrizia schien nicht sicher, ob sie mitmachen sollte oder nicht, da ihnen der verrückte Sinclair auf den Fersen war. Sollte sie nicht lieber ihre Koffer packen und sich absetzen? Sie besaß ein paar tausend Dollar, allerdings nicht auf der Bank – angesichts ihrer beruflichen Aktivitäten hob sie ihr Geld lieber zu Hause auf, in einem sicheren Versteck. Damit könnte sie nach Mexiko, sich in der Sonne räkeln und warten, bis alles vorbei war.

»Nein, Charles«, sagte David, »das geht leider nicht.«

Er erklärte dem verdutzten Charles, dass Sincalir ihnen auf den Fersen war, Eatons gefährlicher Handlanger.

»Dann kommt mit«, sagte Charles Rubin. »Ich kenne ein kleines, ruhiges Restaurant hier in der Nähe.«

52

Kurze Zeit später saßen Patrizia und die beiden Männer an einem abgelegenen Tisch auf der Terrasse eines Cafés. Rubins erste Frage galt natürlich Davids unglaublichem Ausbruch aus dem Gefängnis. David erzählte ihm von der originellen Methode des Pflegers Elliot Casey, den elektrischen Stuhl außer Gefecht zu setzen, und berichtete, wie der Gefängnisarzt ihm zur Flucht verholfen hatte. Dann zeigte er ihm die Einstiche, die die Nadeln auf seinen Armen hinterlassen hatten.

Er war so in seinen Bericht vertieft, dass er die Bedienung nicht bemerkte, die gekommen war, um ihnen frischen Kaffee einzuschenken. Sie war eine kräftige schwarze Frau um die fünfzig, die David beim Anblick der vielen Einstiche auf den Armen einen empörten Blick zuwarf, bevor sie Patrizia nicht minder herablassend musterte: Ein Drogenabhängiger mit seiner Schlampe! Und was Charles anging, sah er zwar distinguiert aus, war vermutlich aber nicht besser als das Pärchen, nur konnte er es geschickter kaschieren. Vielleicht war er der Dealer der beiden, oder der Freier des Mädchens …

Als David den Blick der Bedienung sah, lächelte er geniert, krempelte rasch die Ärmel herunter und warf seinen Gefährten einen ratlosen Blick zu. Natürlich hatte die Frau ihn für einen Junkie gehalten. Aber er hatte nicht die Absicht, sich vor der Bedienung zu rechtfertigen, die – ganz abgesehen davon – in ihrem Alter im Sündenpfuhl New York bestimmt schon ganz andere Dinge erlebt hatte! Also wartete er, bis die Bedienung ihnen Kaffee eingeschenkt und sich wieder entfernt hatte.

Dann fragte er: »Und was tun wir jetzt?«

»Wir müssen zur Polizei gehen.«

»Zur Polizei?«, fragte Patrizia, die dieses Wort äußerst ungern hörte.

»Ja, uns bleibt nichts anderes übrig«, erklärte Charles.

»Aber sie werden mich sofort wieder ins Gefängnis werfen«, warf David ein.

»Patrizia wird doch aussagen, oder?«, vergewisserte sich der junge Anwalt.

»Ja, aber …«

»Aber was?«, fragte Rubin.

Auf Davids Stirn erschien eine tiefe Sorgenfalte: Würde

Patrizia, sein Alibi, seine einzige Chance, dass er jemals wieder auf freien Fuß kam, ihn im Stich lassen?

»Ich weiß nicht, ob dein Freund auf dem Laufenden ist, womit ich meinen Lebensunterhalt verdiene«, sagte Patrizia zu David und wandte sich dann an den Anwalt. »Ich bin Schauspielerin, aber wahrscheinlich ist Ihnen schon aufgefallen, dass wir in der Öffentlichkeit sind und sich noch niemand auf mich gestürzt hat, der ein Autogramm von mir wollte. Also werde ich dem Richter wohl oder übel gestehen müssen, welchem wenig ehrenwerten Job ich nachgehe.«

Rubin lächelte. »Das Risiko müssen wir eingehen. Vielleicht kann Ihr Beruf uns sogar nützlich sein. Das macht es nämlich sehr viel glaubhafter, dass Sie die fragliche Nacht mit David im Plaza-Hotel verbracht haben.«

»Und ich bin auch diejenige, die dem Killer das Kondom mit Davids Sperma übergeben hat«, verkündete sie ein bisschen zu laut.

Die Bedienung kam genau in dem Moment an den Tisch zurück, als Patrizia diese Worte sagte. Die Frau riss entsetzt die Augen auf und verlor die Farbe. Mein Gott, was für Leute!

Diesmal war es Rubin, der geniert lächelte, als wolle er Patrizia entschuldigen oder zu verstehen geben, dass es sich nur um einen Witz handelte.

Doch wie beim letzten Mal ließ die Bedienung auch jetzt keine Bemerkung fallen. Sie schüttelte nur den Kopf, legte mit spitzen Fingern die Rechnung auf den Tisch, als fürchte sie sich vor einer tödlichen Ansteckung, und verzog sich schnell wieder.

»O je«, murmelte Patrizia, verzog das Gesicht und kicherte.

Doch sofort bedrängte Rubin sie wieder mit Fragen zu diesem für ihn neuen und so wichtigen Sachverhalt, der die Chance bot, David vor Gericht zu rehabilitieren. Patrizia erzählte Rubin alles, auch dass sie in der Mordnacht im Plaza-Hotel eine Frau im Nebenzimmer gesehen hatte – wahrscheinlich Louisa Eaton –, die auf einem Bett gelegen hatte, vermutlich tot. Jetzt ergab das Ganze einen Sinn. Rubin jubelte innerlich. Endlich war klar, wie das Sperma zwischen die Schenkel der ermordeten Louisa gelangt war, ohne dass David mit ihr geschlafen hatte.

Die drei schwiegen einen Augenblick und versuchten, die Lage einzuschätzen.

Eine Sache machte David noch Sorgen. Schon im Gefängnis hatte er sich tagelang den Kopf darüber zerbrochen.

»An der ganzen Geschichte ist etwas faul«, sagte er schließlich.

»Was genau meinst du?«, fragte Charles.

»Eaton ist Milliardär. Warum hat er seiner Frau nicht einfach fünf Millionen gegeben, wie im Ehevertrag vorgesehen? Fünf Millionen sind für ihn ein besseres Trinkgeld.« Rubin schwieg einen Moment und fügte dann hinzu: »Es sei denn, jemand anders hat Louisa Eaton umgebracht. Aus einem anderen Grund.«

Er warf David einen merkwürdigen Blick zu. Verdächtigte er ihn etwa, der wahre Mörder zu sein? Hielt er es sogar für möglich, dass Patrizia unter einer Decke mit ihm steckte? Dass er sich diese ganze teuflische Inszenierung ausgedacht und sich selbst verraten hatte, um seine Geliebte umbringen zu können und die zwei Millionen von der Versicherung zu kassieren? Denn wenn fünf Millionen für Eaton nur ein Taschengeld waren, stellten zwei Millionen für David ein riesiges Vermögen dar, einen unverhofften Reichtum, zumal

David – wie der Staatsanwalt vor Gericht so eindeutig belegt hatte – vor dem finanziellen Ruin stand.

Rubin ließ sich diesen Gedanken einen Augenblick durch den Kopf gehen, verwarf ihn dann aber. Er mochte ja ein junger und noch unerfahrener Anwalt sein, aber er konnte Menschen gut einschätzen.

Nein, das war vollkommen unmöglich. Sein Mandant war kein Mörder.

David blickte seinen Anwalt forschend an, als hätte er die Zweifel in dessen Augen gelesen.

»Aber im Grunde«, schloss Rubin, »ist das gar nicht so schlimm. Wir sind ja nicht dazu da, Eaton den Prozess zu machen, sondern um Davids Unschuld zu beweisen. Und jetzt haben wir Patrizia – eine Zeugin, die ihm als Alibi dienen und eine schlüssige Erklärung dafür liefern kann, wie das Sperma an den Körper des Opfers kam. Ich bin sicher, das reicht aus, um David freizusprechen. Überlassen wir es der Justiz, das wahre Mordmotiv aufzudecken! Es kann ja sein, dass Eaton seine Frau so sehr gehasst hat, dass er ihr keinen Penny zahlen wollte. Er wollte sie los sein. Und sie sollte nicht nur aus seinem Leben verschwinden, sondern ganz und gar von der Bildfläche.«

»Und was tun wir jetzt?«, fragte David, den die optimistischen Worte seines Anwalts kaum hatten beruhigen können. Schon der erste Prozess hatte katastrophal geendet, obwohl alle überzeugt gewesen waren, dass er freigesprochen würde. Also konnte es gut sein, dass er auch beim zweiten Mal Pech hatte – trotz der neuen Indizien und trotz Patrizia, die ihm ein Alibi liefern würde.

»Bevor ich mich an die Polizei wende«, erklärte Rubin, »hätte ich gern vierundzwanzig Stunden Zeit, um mir meine Taktik zurechtzulegen und einige juristische Fragen zu klären. Kommt morgen früh in meine Kanzlei. Dann werde ich mit Patrizia die Aussage proben, um sicherzugehen, dass sie vor Gericht nicht zu nervös ist.«

»Wundervoll. Ich liebe Proben …«

»Sie lieben Proben?«, fragte Rubin erstaunt.

»Sicher. Ich bin Schauspielerin!«

»Ach ja. Wie konnte ich das vergessen?«

»Und was machen wir in der Zwischenzeit?«, fragte David.

»Du kannst jedenfalls nicht nach Hause – und Sie auch nicht, Patrizia. Ich würde euch gern bei mir aufnehmen, aber ihr habt mir ja gesagt, dass Sinclair weiß, wo meine Kanzlei ist, also wird er herausfinden, wo ich wohne. Das ist zu riskant. Also würde ich vorschlagen, ihr geht in ein kleines Motel nicht allzu weit weg. Kann ich euch erreichen?«

»Ich hab ein Handy«, sagte Patrizia, kritzelte ihre Nummer auf das Papiertischtuch und riss ein Stück davon ab. Rubin steckte es in die Tasche.

»Sehr gut«, sagte er. »Ich melde mich im Laufe des Tages. Und seid vorsichtig.«

»Versprochen«, sagte David.

Trotz der Warnung des Anwalts sagte Patrizia, als sie in dem kleinen Honda saßen:

»Gehen wir zu mir.«

»Zu dir? Aber das ist gefährlich!«

»Keiner weiß, wo ich wohne, nicht mal der Begleitservice oder mein blöder Agent, weil ich zu oft umziehe. Und der Killer wiederum kennt meinen Agenten nicht, dafür lege ich meine Hand ins Feuer.«

»Bist du sicher?«

»Ja, und ich habe die Nase voll davon, die ganze Zeit in denselben Klamotten herumzulaufen. Außerdem bleibt uns gar nichts anderes übrig, denn ich muss mich um Old Blue Eyes kümmern.«

»Old Blue Eyes?«

»Meine Katze. Sie fragt sich bestimmt schon, wo ich bleibe.«

»Ich glaube nicht, dass es eine gute Idee ist, zu dir zu gehen …«

»Im Leben haben gewisse Dinge nun mal Vorrang. Es zwingt dich keiner, mit mir zu kommen. Ich kann mir ein Taxi nehmen.«

»Nein, nein, ist schon gut.«

David wollte sie nicht aus den Augen lassen, aus Angst, sie könnte ihre Meinung ändern und sich aus dem Staub machen. Und dann besäße er kein Alibi mehr, keinen Rückfahrschein in die Freiheit.

53

Es war am Abend, kurz nach halb sieben. Rubin hatte nur einmal angerufen, um zu sagen, dass alles glatt gehe, und dass er sie am nächsten Morgen um neun in seiner Kanzlei erwarte. Patrizia hatte geduscht und saubere Sachen angezogen, die weniger aufreizend waren: eine schlichte Jeans und ein weißes T-Shirt. Sie hatte sich nicht einmal geschminkt – ein Luxus, den sie sich jedes Mal gönnte, wenn sie die Gelegenheit dazu hatte, denn bei der Arbeit, wenn sie sich mit Freiern traf, musste sie sich ziemlich grell schminken. Ging sie zu Castings, schminkte sie sich nicht, damit sie eben *nicht* für das gehalten wurde, was sie tatsächlich war.

Auch David hatte geduscht, doch ihm war nichts anderes übrig geblieben, als wieder in die alten Klamotten zu steigen. Wenigstens fühlte er sich etwas besser, obwohl ihn der Ausgang dieses Abenteuers natürlich sehr beschäftigte.

Sie saßen beide auf der Couch im Wohnzimmer, das zugleich als Esszimmer diente, denn neben Patrizias Schlafraum war es das einzige andere Zimmer. Ihre Wohnung befand sich in Soho und war ziemlich beengt, doch etwas Größeres konnte sie sich in diesem Stadtviertel nicht leisten, das sie so sehr liebte, weil hier viele junge Künstler lebten. Die Wohnung war nicht besonders geschmackvoll eingerichtet, strahlte aber einen gewissen Charme aus, trotz der Unordnung. Die Wände waren mit Fotos berühmter Schauspielerinnen übersät, Patrizias Vorbildern: Merryl Streep, Julia Roberts, Susan Sarandon und einige andere. Das war der einzige Wandschmuck.

Patrizia hatte sich vorsichtshalber weit von David weggesetzt und schützte sich zusätzlich mit ihrer dicken alten Katze, Old Blue Eyes, die auf ihren Knien lag. Ein Mann blieb nun mal ein Mann, und die Tatsache, dass sie bereits mit ihm geschlafen hatte, spielte keine Rolle. Das war aus beruflichen Gründen gewesen, also zählte es nicht ... oder fast nicht.

Sie warf einen Blick auf die Uhr und schimpfte:

»Wenn das so weitergeht, sterbe ich noch vor Hunger! Wo das Essen bloß bleibt? Am Telefon haben sie mir gesagt, es dauert höchstens eine Stunde.«

Sie hatten beim Chinesen bestellt, weil Patrizias Kühlschrank ziemlich leer war. Es war nur noch Bier darin, von dem sie stets große Reserven hatte, obwohl sie behauptete, nicht mehr zu trinken. Was das anging, war es ziemlich schwer, ihren Theorien zu folgen.

»Das Essen muss jeden Moment kommen«, versuchte David sie zu beschwichtigen, obwohl er es gar nicht wissen konnte.

Auch er hatte Hunger. Mittags hatte Patrizia ein paar kümmerliche Brote mit einem Rest Schinken und Käse belegt, und Davids Magen knurrte längst schon wieder.

»Wenn du meinst.« Nach einer Pause meinte Patrizia mit einem zweideutigen Lächeln: »Mehrere Monate im Gefängnis müssen sich auf einen Mann seltsam auswirken ... ich meine, völlig ohne Sex ...«

»Für einen Mann, der schon mal verheiratet war, ist es nicht ganz so hart«, scherzte David. »Aber du hast Recht, es war nicht leicht.«

Patrizia lachte leise. David hatte Humor. Eigentlich gefiel er ihr ganz gut. Der Tag, den sie in seiner Gesellschaft verbracht hatte, war angenehm für sie gewesen, trotz der ziemlich seltsamen Begleitumstände. Und David war nett zu ihr, höflich und zuvorkommend – Eigenschaften, die Männer ihr gegenüber für gewöhnlich nicht an den Tag legten. Aber das konnte natürlich daran liegen, dass David lange keine Frau gehabt hatte und nun alles tat, um sie günstig zu stimmen, damit sie ihm einen Dienst erwies. Bei Männern konnte man nie wissen ...

Aber David war anders. Sie fand ihn sehr sympathisch.

Und sie hatten etwas gemeinsam. Nicht nur dass er auch käuflich war, wie sie im Scherz gesagt hatte. Nein, es war etwas, das tiefer ging. Wie Patrizia war auch David vom Leben verletzt worden. Doch wie sie selbst ließ auch er sich die Hoffnung nicht nehmen, allen widrigen Umständen zum Trotz.

Die Katze miaute, sprang vom Sofa und machte sich gemessenen Schrittes auf den Weg zu ihrem Lager.

»Das ist das Gute an ihr«, sagte Patrizia, »sie weiß, was sie will. Im Unterschied zu manchen Männern.«

David lachte leise und wollte etwas erwidern, verstummte jedoch, als es an der Tür klingelte und der Chinese mit ihrer Bestellung sich meldete. David ging zur Tür und öffnete. In diesem Augenblick war es auch schon zu spät. Mit aller Wucht stieß Sinclair, der blitzschnell hinter dem Chinesen erschienen war, die Tür auf, schlug den Mann nieder, schleuderte David zur Seite und brachte seinen schallgedämpften Revolver in Anschlag. David versuchte, ihm die Waffe aus der Hand zu schlagen. Ein wütender Kampf entbrannte. Als berufsmäßiger Killer war Sinclair sehr kräftig, doch David war Profisportler und trotz der Zeit im Gefängnis ebenfalls körperlich in bester Verfassung. Außerdem war er entschlossen, seine Haut so teuer wie möglich zu verkaufen.

Doch der Kampf währte nicht lange.

Sinclair hatte David zu einem offenen Fenster geschleift und versuchte nun mit aller Kraft, ihn hinauszustoßen – in der offenkundigen Absicht, ihn vom dritten Stock, in dem sich Patrizias Wohnung befand, auf die Straße zu befördern.

Patrizia eilte David zu Hilfe und ließ Faustschläge auf den Killer niederhageln.

Da beging Sinclair einen Fehler. Wütend schlug er nach Patrizia. Sie brach auf dem Fußboden des Wohnzimmers zusammen. Die vom Lärm aufgescheuchte Katze, die ins Wohnzimmer geflitzt war, sprang dem Killer mit zornigem Fauchen ins Gesicht und schlug ihm die Pfote ins Auge.

Vor Schmerz ließ Sinclair seine Waffe fallen, packte die Katze und schleuderte sie gegen die Wand.

»Du Mistkerl!«, schrie Patrizia, sprang auf und stürzte sich auf den Killer, der mit schmerzverzerrtem Gesicht eine

Hand auf sein blutendes Auge drückte. Die Wut verlieh Patrizia ungewohnte Kräfte, sodass es ihr gelang, Sinclair nach hinten zu stoßen und aus dem Gleichgewicht zu bringen. Im unverletzten Auge des Killers spiegelten sich Überraschung und Erschrecken, als ihm klar wurde, dass er keinen Boden mehr unter den Füßen hatte und nichts und niemand seinen Sturz aufhalten konnte.

Er schrie. Sekunden später zerschellte sein Körper auf dem Bürgersteig.

»Ich glaube, der gibt für eine Weile Ruhe«, sagte Patrizia, die neben David am Fenster stand und den Körper auf dem Bürgersteig betrachtete.

Dann fiel ihr die Katze ein.

»Old Blue Eyes!«

Sie drehte sich um und sah, dass das Tier unverletzt war. Als sie die Katze rief, sprang sie ihr sofort in die Arme.

»Der Lieferant«, stieß David hervor und stürzte auf den Flur.

Zum Glück war der Mann nur bewusstlos gewesen. Er saß da, massierte sich den Schädel und fragte sich, was zum Teufel ihm zugestoßen war. Er hatte weder den Killer noch den Schlag kommen sehen.

»Alles okay?«, fragte David.

»Ja, glaub schon …«

Patrizia kam zur Tür, die Katze auf dem Arm.

»Hier können wir nicht bleiben«, sagte David, »die Polizei wird jeden Augenblick erscheinen.«

54

Zwanzig Minuten später saßen sie im Zimmer eines kleinen Motels und aßen einen Happen. Old Blue Eyes wartete nur darauf, dass Patrizia und David einen Augenblick abgelenkt wären, um sich an dem Festmahl zu beteiligen, von dem sie undankbarerweise ausgeschlossen worden war, obwohl sie diesen beiden Menschen das Leben gerettet hatte!

Als sie fertig gegessen hatten, fragte Patrizia mit einem kleinen Lächeln:

»Was gibt's zum Nachtisch?«

David warf einen Blick in die Tüte und zog zwei kleine Mandelkuchen heraus.

»Oh je«, seufzte Patrizia, »nichts Besonderes.«

Und sie sah ihm tief in die Augen, mit einem seltsamen Lächeln, von dem man nicht hätte sagen können, ob es traurig oder fröhlich war.

»Vielleicht täusche ich mich ja in dir, weil ich in der Liebe fast so viel Pech habe wie mit der Schauspielerei, aber ich glaube, dass ich dich weniger hassen könnte als andere Männer.«

Es war ein Kompliment. Ein etwas seltsames Kompliment zwar, das sich von üblichen Komplimenten unterschied, aber bei Patrizia unterschied sich fast alles vom Üblichen. Jedenfalls reichte es, um David über seine letzten Bedenken hinwegzuhelfen. Er hielt es zwar für einen Fehler, wie er sie in der Vergangenheit reihenweise begangen hatte, aber in jedem Fall wäre es ein Fehler, der sich von den vorherigen unterschied und den er nicht verhindern konnte und nicht verhindern wollte, jedenfalls nicht an diesem Abend und nach allem, was er erlebt hatte. Und Patrizia hatte ihm gerade das Leben gerettet – wie könnte er sie da zurückweisen? Vorausgesetzt, ihr merkwürdiges Kompliment war tatsächlich ein Annäherungsversuch gewesen.

Nach einem letzten Zögern näherte er seinen Mund ihren schönen, feuchten Lippen, und sie wies ihn nicht zurück. Während die Katze sich endlich über die Reste des Essens hermachen konnte, auf die sie schon sehnsüchtig gewartet hatte, liebten Patrizia und David sich noch leidenschaftlicher als beim ersten Mal im Plaza-Hotel.

Nach der Liebe schliefen sie ein.

Als David eine Stunde später wieder aufwachte, wartete eine böse Überraschung auf ihn: Patrizia war verschwunden! Sie hatte sich unauffällig aus dem Staub gemacht, wie beim ersten Mal.

David war wütend auf die junge Frau und auf sich selbst. Das hätte er sich doch denken können! Genau diesen Streich hatte sie ihm ja schon beim ersten Mal gespielt. Geschickt hatte sie behutsam, nach und nach sein Misstrauen eingeschläfert und mit ihm geschlafen, um ihn dann außer Gefecht zu setzen und unauffällig zu verschwinden. Dabei hatte sie einen so ehrlichen Eindruck gemacht, als er sie in die Arme genommen und voller Leidenschaft geliebt hatte …

Wie naiv er gewesen war.

Er würde die Frauen nie verstehen.

Jetzt hatte er kein Alibi mehr!

Was sollte er tun?

Jetzt bleibt mir nur noch eine Chance, dachte er. Ich muss herausfinden, weshalb Eaton seine Frau loswerden wollte, anstatt ihr fünf Millionen zu zahlen. Eine andere Chance habe ich nicht. Ich mache mich sofort auf den Weg zu ihm …

Das war natürlich sehr riskant, beinahe selbstmörderisch, aber was hatte David noch zu verlieren?

Er ging rasch unter die Dusche.

Als er das Motel verließ, erlebte er die nächste Überraschung: Draußen wartete Patrizia auf ihn, eine Zigarette im Mund, ans Auto gelehnt. Ihre Katze strich ihr um die Beine, offensichtlich in der Hoffnung, in die Arme genommen zu werden.

»Warum kommst du so spät?«, fragte die junge Frau mit verschmitztem Lächeln.

»Äh … danke, dass du nicht abgehauen bist«, sagte David.

»Wenn du keine gute Note bekommen hättest«, erklärte sie mit einem Seitenblick auf das Zimmer, »wäre ich nicht mehr hier.«

Er lächelte leicht. Sollte das ein Scherz sein, oder war es ihr Ernst? Er würde es wohl nie herausbekommen. Aber wozu auch? War das nicht der Grund, weshalb er so sehr von ihr angetan war?

»Komm«, sagte er und ging zur Fahrertür.

»Wohin fahren wir?«

»Zu Eaton.«

»Zu Eaton? Das ist doch nicht dein Ernst!«

»Doch.«

55

Auf dem ganzen Weg versuchte Patrizia, ihn davon zu überzeugen, dass es der helle Wahnsinn sei, Eaton aufzusuchen und sich buchstäblich in die Höhle des Löwen zu begeben. Aber David wollte nicht auf sie hören. Er wollte Eaton endlich zur Rede stellen.

David wusste, wo Joseph Eaton wohnte: auf einem riesigen Besitz in den Hamptons. Eine knappe Stunde später waren sie da. Inzwischen war es kurz nach zehn Uhr abends und schon dunkel. Sie kamen an ein riesiges verriegeltes Tor, das umso unüberwindlicher war, als eine Überwachungskamera auf den Eingang gerichtet war. David musste sich etwas anderes einfallen lassen. Sie fuhren ein Stück weiter, stellten den Wagen am Straßenrand ab und kehrten zu Fuß zum Anwesen zurück. Die Mauer, die das Grundstück umgab, war nicht sehr hoch, sodass sie am überhängenden Ast eines Baumes auf die Mauerkrone klettern konnten.

Bevor sie sich auf der anderen Seite aufs Grundstück gleiten ließen, fragte Patrizia:

»Bist du sicher, dass du das Risiko eingehen willst?«

»Ja.«

Sie ließen sich die Mauer herab, huschten los und hatten Glück. Die Fenstertür einer der riesigen Terrassen mit Meerblick war offen. David hätte jubeln können. Das Pech hatte ihn lange genug verfolgt. Endlich schien das Blatt sich zu seinen Gunsten zu wenden – glaubte er zumindest, denn er konnte ja nicht wissen, dass seine Ankunft schon von einer weiteren Überwachungskamera aufgezeichnet worden war …

David und Patrizia betraten einen geräumigen, verlassenen Salon, der um diese Zeit nur vom silbernen Mondlicht erhellt wurde.

Aus einem Nebenzimmer drangen Geräusche. Es klang wie das Stöhnen einer Frau. Obwohl er nicht den Wunsch hatte, ein Pärchen beim Liebesspiel zu stören, beschloss David, das Zimmer zu betreten, bei dem es sich jedoch nicht um das Schlafzimmer handelte, sondern um Eatons geräumiges und luxuriös eingerichtetes Büro.

David erstarrte, und Patrizia schrie vor Schreck auf, als sie Eaton auf seiner Geliebten knien sahen. In der eindeutigen Absicht, sie zu ersticken, drückte er ihr ein rotes Seidenkissen auf den Mund.

»Du fetter Mistkerl, hör sofort auf!«, rief Patrizia.

Eaton erschrak, hielt in der Bewegung inne und drehte sich zu den Eindringlingen um. Er erkannte den Golftrainer nicht, ließ aber das Kissen los und stürzte zu seinem Schreibtisch, einem kostbaren Mahagonimöbel. Rasch zog er die Schublade auf, in der ein Revolver lag. Doch David kam ihm zuvor, packte die Waffe und richtete sie auf seinen ehemaligen Chef.

»Ganz ruhig bleiben, wir wollen doch kein Blutvergießen, nicht wahr?«, sagte Eaton mit zittriger Stimme und wies mit der rechten Hand in Davids Richtung. »Wenn Sie auf Schmuck oder Gemälde aus sind … Nehmen Sie, was Sie wollen.«

Tatsächlich hingen etliche Gemälde an der Wand: ein Picasso, ein Chagall und andere Werke berühmter Künstler, die ein Vermögen wert waren.

Als wollte er seine Glaubwürdigkeit unter Beweis stellen, streifte Eaton mit einer nervösen Geste seine schöne goldene Armbanduhr vom Handgelenk und legte sie vor sich auf den Schreibtisch.

»Erkennst du mich denn nicht?«, fragte David.

Mit seinem Baseball-Käppi und der getönten Brille war er allerdings nicht leicht zu erkennen, zumal Eaton keine Gewissheit hatte, dass David tatsächlich noch lebte.

Ob er ihn erkannte?

Eaton schein in sich hineinzuhorchen. Die Stimme klang vertraut, als hätte er sie letztens noch irgendwo gehört. Aber wo? Er runzelte die Stirn. Als David die Sonnenbrille und schließlich das Käppi abnahm und ihm seinen frisch rasierten Schädel präsentierte, erstarrte Eaton und glaubte, in einem Albtraum zu stecken.

»Berger ...«

»Ja, ich lebe noch. Enttäuscht?«

»Was wollen Sie von mir? Geld? Kein Problem ... aber legen Sie erst mal den Revolver zur Seite und lassen Sie uns reden ...«

David schüttelte den Kopf. Dieser Mann war widerwärtig.

»Geld ... das ist das einzige Wort, das dir über die Lippen kommt! Aber ich will die *Wahrheit*. Warum hast du Louisa umgebracht? Um für dich läppische fünf Millionen zu sparen?«

»Ich habe sie nicht umgebracht! Louisa war sehr krank, war geistig umnachtet. Sie hat sich selbst umgebracht.«

»Ja, genau wie die junge Frau dort sich gerade selbst umgebracht hat! Mit einem Kopfkissen auf dem Mund!«

Er wandte sich Patrizia zu, die sich vergebens bemühte, Sylvia wieder zu beleben. Eatons Geliebte lag immer noch bewusstlos da.

In diesen Moment stürmten zwei Polizisten mit vorgehaltener Waffe in Eatons Büro. Einer rief:

»Lassen Sie die Waffe fallen!«

David blieb nichts anderes übrig, als ihnen zu gehorchen, während Eaton triumphierte.

»Er hat meine Freundin umgebracht!«, rief er jammernd und wandte sich um.

Die Polizisten folgten seinem Blick. Doch plötzlich ging ein Ruck durch Sylvias Körper. Sie schlug die Augen auf und kam wieder zu sich. Patrizia ließ von ihr ab, erhob sich voller Erleichterung und beglückwünschte sich im Stillen, so beharrlich gewesen zu sein.

Eatons junge Geliebte war ziemlich schnell wieder bei Sinnen. Sie setzte sich auf, ließ den Blick durch den Raum schweifen und bemerkte die Polizisten.

»Oh Gott … Er hat versucht, mich umzubringen …«, sagte sie mit zittriger Stimme und wies anklagend auf Eaton.

»Unsinn!«, rief dieser. »Dieses Weibsstück will mich bloß erpressen!«

Die junge Frau rappelte sich auf und näherte sich unsicheren Schrittes ihrem Geliebten.

»Nein, ich bin nicht verrückt. Du hast versucht, mich zu ermorden, weil ich die Wahrheit weiß … dass du deine Frau hast umbringen lassen … aus Angst, sie könnte dich in den Ruin treiben, wenn sie die Scheidung einreicht.«

Eatons Gesicht lief vor Wut rot an.

»Das ist lächerlich! Sie hatte einen Ehevertrag unterschrieben!«, wetterte er.

»Der Ehevertrag war wertlos. Er war falsch aufgesetzt. Und das wusstest du. Deshalb hast du deinen früheren Anwalt entlassen. Du hättest zwei-, dreihundert Millionen verlieren können, wie dein Freund Goldbloom, der ebenfalls glaubte, dass sein Ehevertrag ihn schützte. Den Gedanken, so viel Geld zu verlieren, konntest du nicht ertragen, weil Geld dir alles bedeutet, mehr als Menschenleben. Deshalb hast du Louisa umbringen lassen.«

»Hirngespinste!«

»Nein. Ich habe es von Jack Kubrick erfahren, deinem neuen Anwalt. Er hat es mir im Bett gestanden, nachdem er mich die ganze Nacht lang geliebt hat …«

56

Der Prozess wurde neu aufgenommen.

Nach langem Zögern erschien auch Patrizia vor Gericht und berichtete, was am Abend des Mordes wirklich geschehen war. Sie hatte in der Nacht mit David geschlafen und anschließend dem Mann, der im Nebenzimmer wartete, ein Kondom voller Sperma übergeben. Bei der Gelegenheit hatte sie eine Frau auf dem Bett liegen sehen, bei der es sich höchstwahrscheinlich um Louisa Eaton gehandelt hatte.

Doch Blake – derselbe Staatsanwalt wie beim ersten Prozess – machte die Zeugin lächerlich. Es gelang ihm, Zweifel an ihrer Glaubwürdigkeit aufkommen zu lassen, weil sie als Callgirl arbeitete.

Wie sollte man einer Frau glauben, so Blake, die einem solchen Beruf nachging? Und wenn es ihr so leicht gefallen war, David anzulügen – konnte sie dann nicht auch vor Gericht ohne Gewissensbisse frisch von der Leber weg lügen? Geschickt ließ der Staatsanwalt mit seinen hinterhältigen Fragen sogar anklingen, dass Patrizia mit David unter einer Decke steckte, um sich die zwei Millionen Dollar von der Versicherung zu teilen.

Patrizia war wütend. Als das Gericht kurz nach dem verheerenden Kreuzverhör durch Blake eine Mittagspause einlegte, explodierte sie und erklärte Rubin:

»Ich hätte niemals auf Sie hören dürfen! Jetzt habe ich

nicht nur wie eine Idiotin dagestanden, jetzt bekomme ich auch noch einen Prozess wegen Mittäterschaft bei dem Mord an dieser Frau an den Hals – eine Frau, die ich nie im Leben gesehen habe!«

Rubin versuchte sie zu beschwichtigen, doch Patrizia sprang auf. »Mich werden Sie hier nie wieder sehen!«, rief sie mit zornig funkelnden Augen.

»Aber Patrizia, Sie können doch nicht einfach gehen! Ich muss Sie noch vernehmen, um dem Kreuzverhör des Staatsanwalts entgegenzuwirken.«

»Vernehmen Sie, wen Sie wollen. Ich fahre in Urlaub!«

Dieser Wortwechsel hatte in der geräumigen Halle des Gerichtsgebäudes stattgefunden, und Blake war ihr unfreiwilliger, jedoch begeisterter Zeuge gewesen.

»Haben Sie ein Problem?«, fragte er Rubin ironisch und lächelte dabei süßlich.

Rubin antwortete nicht. Er war am Boden zerstört. Trotz all seiner Bemühungen – und obwohl sie offensichtlich ehrlich gewesen war –, war Patrizia fertig gemacht worden.

Würde Charles Rubin diesen Prozess erneut verlieren, und diesmal endgültig? Denn David würde dem elektrischen Stuhl kein zweites Mal entgehen, so viel stand fest. Wunder gab es nur einmal. Diesmal würde man dafür sorgen, dass die Hinrichtung auch wirklich tödlich endete.

Als David abends seinen Anwalt fragte, wie er den Ausgang des Prozesses einschätzte, versuchte Rubin ihm mit seinem üblichen Optimismus zu begegnen, doch David ließ sich nicht täuschen. Schließlich war auch er Zeuge geworden, wie Patrizia von einem Blake in Topform unglaubwürdig, ja lächerlich gemacht worden war.

Die neuen Geschworenen würden zu keinem anderen Schluss kommen als die erste Jury.

57

Am nächsten Morgen gab es Tumulte im Sitzungssaal, als der Vorsitzende der Jury das Urteil verkündete: David wurde freigesprochen.

Frei!

Er konnte es nicht fassen.

Er war nicht schuldig!

Zuerst glaubte er zu träumen und befürchtete, dass es nur ein weiterer grausamer Scherz des Schicksals war.

Er kniff sich in den Arm (der Trick mit den Nadeln hatte ihn für diesen lächerlichen Schmerz völlig unempfindlich gemacht!). Aber nein, er träumte nicht, er schlief nicht. Charles Rubin drehte sich zu ihm, stand auf und nahm ihn in die Arme, Freudentränen in den Augen. Zutiefst gerührt küsste er ihn auf beide Wangen, als hätte er gerade seinen eigenen Bruder gerettet, ja, als wäre er selbst gerade dem elektrischen Stuhl entgangen.

Nein, David träumte nicht, denn während er die Umarmungen seines über den ersten wichtigen Sieg seiner Karriere überglücklichen Anwalts über sich ergehen ließ, stand Eaton ebenfalls auf, das Gesicht wutentbrannt, und streckte rachsüchtig die Faust in Davids Richtung. Allerdings nur einen kurzen Augenblick, denn sogleich traten zwei Polizisten vor und legten ihm Handschellen an. Mit der Urteilsverkündung war Eaton selbst zum Hauptverdächtigen des Mordes an seiner Frau geworden war, zumal Rubin es sich nicht hatte nehmen lassen, Eatons Geliebte Sylvia Gere in den Zeugenstand zu zitieren.

Die Menschenmenge im Saal war aufgestanden, jubelte David zu und hörte gar nicht auf zu klatschen. Es hatte schon einmal Applaus gegeben, als das Urteil verkündet worden war; jetzt gab es erneuten und noch lauteren Beifall, als Eaton festgenommen wurde.

Auf den Stufen des Gerichtsgebäudes warteten Journalisten und Fotografen auf David, um ihn wie einen Helden zu feiern. Doch er entwischte ihnen und ging zu seinen zwei Rettern, Dr. Norman und Elliot Casey, die beide alles aufs Spiel gesetzt hatten, um ihm das Leben zu retten.

»Wie kann ich Ihnen jemals dafür danken?«, sagte David zu dem Arzt.

Der lächelte bloß. »Mir wurde schon gedankt.«

Spielte er auf Gott an, mit dem er sich gerade versöhnt hatte? Oder auf seinen Sohn? David würde es niemals erfahren, denn Dr. Norman sagte nur noch:

»Nehmen Sie sich in Zukunft besser in Acht.«

Dann zwinkerte er ihm zu, ging davon und ließ ihn mit Elliot allein, der Tränen in den Augen hatte.

David umarmte ihn voller Dankbarkeit, was für Elliot bestimmt einer der schönsten Momente seines Lebens war – und zugleich einer der traurigsten, denn was er sich mehr wünschte als alles andere, würde nie eintreten, das wusste er genau. Niemals würde er David sagen hören, dass dieser ihn liebte, nicht nur freundschaftlich, sondern auch körperlich, wie ein Mann einen anderen Mann lieben kann.

»Ich werde nie vergessen, was du für mich getan hast, Elliot«, sagte David. »Niemals. Ich rufe dich in ein paar Tagen an, und dann gehen wir einen trinken.«

Elliot lächelte. Ihm war klar, dass es nur ein freundschaftliches Treffen sein würde, aber es war immerhin besser als nichts. Zumindest könnte er ihn dann sehen, mit ihm sprechen.

David konnte nicht mehr Zeit mit dem jungen Pfleger verbringen. Er hatte gerade auf dem Bürgersteig gegenüber vom Gerichtsgebäude zwei vertraute Gesichter entdeckt, von denen er nie geglaubt hätte, sie je wieder zu sehen.

Es waren Davids geschiedene Frau und seine Tochter Lydia, die auf ihn warteten. Lydia hielt die kleine Puppe in den Armen, die er ihr im Gefängnis angefertigt hatte.

David rannte zu ihnen, und Lydia, die sich von ihrer Mutter losgerissen hatte, warf sich ihm in die Arme und sprach das schönste Wort der Welt aus:

»Papa!«

Nach einer langen Umarmung setzte David das kleine Mädchen auf dem Bürgersteig ab. Als sie wieder festen Boden unter den Füßen hatte, eröffnete ihm seine Exfrau:

»Ich habe viel nachgedacht, David. Lydia hat dich ein erstes Mal verloren, als wir uns getrennt haben, und ein zweites Mal, als man dich zum Tode verurteilt hat. Ich will nicht, dass sie dich ein drittes Mal verliert. Das wäre ungerecht … für sie und für dich.«

David konnte es nicht fassen! Es war zu schön, um wahr zu sein, vor allem aus dem Mund seiner Exfrau, die ihm seit der Scheidung nie die geringste Chance gegeben hatte und immer hart und unnachgiebig gewesen war.

»Wir können uns das Sorgerecht für Lydia teilen«, fuhr Davids Exfrau fort, »wenn du noch willst.«

Und ob er wollte! Dann nämlich durfte er seine Tochter zwei Wochen statt zweier kümmerlicher Wochenenden im Monat sehen!

»Natürlich will ich!«, rief David. »Mehr als alles auf der Welt!«

Diesmal konnte er die Tränen nicht zurückhalten, doch er wartete immer noch, bevor er sich bei seiner Exfrau bedankte, denn auf ihrem Gesicht spiegelte sich ein Ausdruck, den er nicht recht deuten konnte. Beinahe befürchtete er einen plötzlichen Sinneswandel, wie er ihn schon des Öfteren bei ihr erlebt hatte. Dann aber legte sie eine Hand auf ihren Leib und sagte:

»Ich bin schwanger.«

David lächelte sie an. Er war weder enttäuscht noch überrascht, sondern freute sich für sie. Letztendlich hatte er seit langem gewusst, dass es zwischen ihnen nicht mehr klappen konnte, und wenn sie einen anderen gefunden hatte, mit dem sie glücklich wurde, freute es David umso mehr.

Dafür war jemand anders von dieser Eröffnung bitter enttäuscht: Patrizia, die in dem Moment näher getreten war, als Davids geschiedene Frau verkündet hatte, schwanger zu sein.

Patrizia machte auf dem Absatz kehrt. David verabschiedete sich hastig von seiner Exfrau, folgte Patrizia und holte sie ein. Doch als er sie in die Arme schließen wollte, stieß sie ihn heftig zurück.

»Lass mich in Ruhe«, sagte sie unter Tränen. »Ich will nichts mehr von dir wissen.«

»Patrizia, du verstehst nicht. Das war meine Exfrau. Ich liebe sie schon lange nicht mehr, und …«

»Du bist noch widerlicher, als ich dachte! Sie ist schwanger, und du lässt sie sitzen!«

»Aber sie ist nicht von mir schwanger, sondern von einem anderen Mann …«

»Trotzdem war ich dumm«, sagte Patrizia mit Tränen in den Augen. »Ich hätte nicht aussagen sollen. Jetzt weiß alle Welt, dass ich mein Geld als Callgirl verdiene. Niemand wird mir mehr eine Chance als Schauspielerin geben. Ich kann meine Pläne für immer begraben …«

58

Davids berufliche Zukunft sah wenig rosig aus. Trotz seines Freispruchs stand fest, dass er seinen Trainerjob im Hampton Country Golfclub nicht wiederbekommen würde.

Bei anderen Vereinen hatte er auch kein Glück. Kein Vorstand wollte einen Trainer einstellen, der eine Affäre mit der Frau des Vorsitzenden seines alten Clubs gehabt hatte.

So war Davids Unschuld zwar erwiesen und sein Name in aller Munde, doch es trug nichts dazu bei, seinen gewaltigen Schuldenberg abzutragen.

Doch zwei Wochen nach der Urteilsverkündung bekam er einen Brief.

Zuerst dachte er, dass es ein Brief von der Bank sei und hätte ihn beinahe ungeöffnet auf den Stapel gelegt, auf dem diese Art von Briefen bei ihm landeten.

Dann aber öffnete er ihn. Es war ein Brief der Versicherungsgesellschaft seiner ermordeten Geliebten.

Die Summe von zwei Millionen Dollar von der Lebensversicherung, die seine Geliebte zu seinen Gunsten abgeschlossen hatte, würde ihm ausbezahlt …

Zuerst spielte David mit dem Gedanken, den Scheck, der wenige Tage später kam, zurückzuschicken. Doch davon würde Louisa nicht wieder lebendig, und die Gewissensbisse, die ihn weiterhin plagten, würde er davon auch nicht los. Zudem könnte er seiner Tochter ein besseres Leben ermöglichen, wenn er den Scheck behielt; er könnte Charles Rubin, der bislang keinen Cent von ihm gefordert hatte, sein Honorar bezahlen, könnte seine vielen Schulden abbezahlen …

Könnte wieder von neuem anfangen.

David schickte den Scheck nicht zurück. Doch sein schlechtes Gewissen ließ ihn nicht los – nicht nur Louisa gegenüber, auch Patrizia, die ihm das Leben gerettet hatte.

Kurz entschlossen wählte er ihre Handynummer. Dann hörte er nach mehr als zweiwöchiger Trennung wieder ihre Stimme.

»Sind Sie heute Abend frei?«, fragte er mit verstellter Stimme, denn er wollte sich als Freier ausgeben und sich mit ihr verabreden, ohne dass sie wusste, wer er war.

»Tut mir Leid, ich arbeite nicht mehr als Callgirl.«

»Patrizia, leg nicht auf. Ich bin es, David!«, sagte er rasch.

Am anderen Ende der Leitung blieb es einen Augenblick still.

»Ich höre«, sagte sie schließlich kühl.

»Du triffst dich nicht mehr mit Freiern?«

»Nein, mit diesem Leben habe ich abgeschlossen. Der Prozess hat mir einige Bekanntheit verschafft. Ich habe Rollenangebote bekommen und will mein Glück nun doch als Schauspielerin versuchen, obwohl ich dabei riskiere, früher oder später am Hungertuch zu nagen.«

»Du hast die einzig richtige Entscheidung getroffen«, sagte David.

»Danke. Ist das alles?«, fragte sie kurz angebunden, ohne sich nach ihm zu erkundigen.

»Nein. Ich habe mich gefragt, ob du einen letzten Freier akzeptieren würdest …«

»Aber ich habe dir doch gerade gesagt, dass es damit vorbei ist.«

»Und für eine Million Dollar?«

»Eine Million Dollar? Wer wäre denn so verrückt, eine Million zu zahlen, um mit mir zu schlafen?«

»Ich. Aber nicht für einen Abend, sondern für zwei Wochen auf Hawaii … und dann vielleicht für den Rest unseres Lebens.«

»Darf … darf ich darüber nachdenken?«

Doch noch ehe David dazu kam, etwas zu erwidern, fügte Patrizia mit der aufgeregten Stimme eines kleinen Mädchens hinzu:

»Wann fahren wir?«